麦田

麦洛洛 著

A decade of my love

九州出版社
JIUZHOUPRESS

图书在版编目（CIP）数据

小小麦田 / 麦洛洛著 .-- 北京 ：九州出版
社， 2014.8
ISBN 978-7-5108-3220-8

Ⅰ．①小… Ⅱ．①麦… Ⅲ．①长篇小说－中国－当代
Ⅳ．① I247.5

中国版本图书馆 CIP 数据核字（2014）第 199878 号

小小麦田

作　　者　麦洛洛 著
出版发行　九州出版社
出 版 人　黄宪华
地　　址　北京市西城区阜外大街甲 35 号（100037）
发行电话　(010) 68992190/3/5/6
网　　址　www.jiuzhoupress.com
电子信箱　jiuzhou@jiuzhoupress.com
印　　刷　北京建泰印刷有限公司
开　　本　880 毫米 ×1280 毫米　32 开
印　　张　9.5
字　　数　200 千字
版　　次　2014 年 11 月第 1 版
印　　次　2014 年 11 月第 1 次印刷
书　　号　ISBN 978-7-5108-3220-8
定　　价　36.00 元

我行过许多地方的桥，

看过许多次数的云，

喝过许多种类的酒，

却只爱过一个正当最好年龄的人。

——沈从文

目　录

自序

[一]

十年前，我从故乡湖南到北京上学，那年我十二岁。十年后，我离开北京到大理，并最终决定在此定居，这年我二十二岁。

二十二岁这年，我在大理租下了两处院落，相互打通，有一亩多地。像来大理定居的多数人那样，我照自己的想法装修了院落，作为客栈对外营业。这一年里，我发生的最大改变就是如此。

这一年之前，我出版了三本书，有不错的反响。这一年以后，我与写作的缘分还在继续。

从客栈开始迎接络绎不绝的游客、读者之后，我身上的转变开始显而易见。我从一个不与陌生人话说三句的人，变成一个愿意与之敞开心扉交流的人。在珠海闭关写作《野人》时，每天见黎明暮色从海平线上升起又落下，常常一个星期都不说几句话，失语症让我只能在黑夜里喃喃自语，像自己给自己搭建了一个黑色舞台。后来客栈开起来，无论是白发苍苍来大理修养心性的画家，还是青春洋溢的高中毕业生，无论是离婚来大理疗伤的女人，还是来大理度蜜月的夫妻，我都能在院子荷花池旁的露天茶室里，与之饮茶，展开对话。我们会聊自己的故事，也会聊人生中最美好的年华。

这便是写作本书的缘起。

[二]

我常梦见自己。另一个我站在梦的界外，观察梦境中童年或少年的我自己。我观察他的一举一动，聆听他的一句一话。在他爱得愚蠢又冲动时，我特别想冲进梦里阻止他，以免他受到伤害。在他哭得伤心时，我又特别想冲进梦里抱住他，告诉他黎明会来的，伤心也总会过去。但我却无能为力，只能在梦境之外眼睁睁看他或喜或悲，笑得没心没肺，哭得肝肠寸断。

这篇小说里的主人公"小麦田"，非常像我，应该说有百分之八十的我，但又不同于我。我与他的关系，就很像我和自己梦中的关系。一个在界外，一个在界里。我书写他，但不能改变他的成长轨迹。我无法纠正他每一次犯下的错，也无法分享他每一次收获的喜悦。他是独立的。最后，我塑造了他，仅此而已。

很多读者说，他们羡慕我的经历与生活。但当我真正开始书写自己的故事，才发现它单调得近乎无味。我不知道自己的喃喃自语是否会让人把书丢在一边。但写作这本书，我唯一的目的是，希望比我年长的人在书里看到青春，希望比我年少的人能够少走一些我曾走过的弯路。

每个小说家笔下的人物，或多或少都会有他自己的影子。我喜欢用小说的形式刻画人物，因为他们在我的笔下会渐渐饱满、丰盛。梦境里的我，过着我想过却无法过的精彩人生。

这个故事从我的十二岁开始，到二十二岁结束。

[三]

十年。

也许很多人都忘记了十年前的自己。时间是很无情的，同时它又多情。你当下感受到的喜悦、伤悲、幸福、痛苦，都是不作数的。等到时间过去，低谷过去，你会知道所有的情绪都将化作力量，变成通往未来路上的石头。

过去的经历会决定你未来变成怎样一个人。

我所理解的幸福生活是，经历磨难和成长后，你终于变成了自己最喜欢的样子，和自己最喜欢的一切在一起。

[四]

　　这就是我最喜欢的样子。穿着返古，喜欢长袍老绣。头发是利落的短发，褪去了婴儿肥的脸上，轮廓伸出来，脸颊上散些雀斑。有安静规律的作息，清瘦健康的身体。

　　这也是我最喜欢的一切。有一个安静的院子，前院是荷花池，五彩锦鲤穿梭在油绿荷叶中，还有一片小小天地看电影。晚上剪一瓣荷叶，盛养在清水中，深夜在卷起的荷叶中放些沱茶普洱。第二天清晨，跑完步后，卷开荷叶，用沾了荷叶香的茶叶煮一碗茶，让温暖的水把身体里的寒气驱散。后院是一片小森林，自己种苹果树、栀子树、梨树、樱花树、桂花树、枫树、朴树、梅花树，一年四季都可以看到益然生长的植物。夏日炎热，在树下乘凉读书，看着看着就睡去了。突然下起一阵雨，也躲在树下，让被树叶遮挡的、零零碎碎的雨点打在身上。有多久没在雨中了？像小时候那样在雨水里玩耍。再过些年，我也许会领养一个孩子，让他在苍山下、洱海前静默成长，去领略大自然。

　　最近阅读的书里，一个回到故乡的摄影师说："不喜欢什么变化，一辈子可以只守着一片树林过活……一生可能只完成这一部东西，得让它继续走下去。它是一个自然状态，像种子撒在地里，自然生长。我爱这片山丘。我可以面对这里的一草一木，直到死。"

我想我也是愿意的。

[五]

我曾经历低谷，在珠海无人的郊区看了半年大海，人生丧失目标。我也曾坚持下来，把脸上的淡漠渐渐变成微笑。能把生活过成艺术的人很少。

就像他还说："艺术是一座独木桥，没有坚强的信念无法坚持。信念来自是否真的热爱艺术。如果真的热爱，就无所谓苦难，无所谓离开大众的价值观。选择了艺术，也是选择了一条苦行的路，但其实也是一条幸福的路。"

全书共十三章。"13"是不吉利的数字，代表黑暗。但我希望度过轮回苦海后，能够遇见新的光明。

我把自己的十年青春都装在这本书里了。它几乎有我所有的认知，对于情爱、家庭、光明，以及一切。

所以，我希望这本书对你来说，是值得阅读的。

[六]

以此书，给最亲爱的人。

以此书，纪念十年青春。

麦洛洛

2014年7月12日大理

第一章

小小麦田

十年后，小麦田的家从城东搬到了城西。搬家那天，云很淡，天空像一面平整的镜子，底板是浅灰色的。这是小镇再平凡不过的雾霾一日。

小镇的雾霾缘起于小麦田父亲所在的钢铁厂，厂子如一头睡着的巨兽，每天往外喷着黑烟子，染了小麦田童年记忆里天空的湛蓝，也染了城东城西之间跨越的这座桥。此刻，桥在小麦田眼里虚幻起来，连同整个小镇一起，浮在空中。

能见度不足二十米，开车过桥是危险的。十年了，他不曾一次走过这座桥。他童年的生活范围仅仅限于城东的钢铁厂家属区，钢铁厂子弟学校，钢铁厂门口的镇一中学。小麦田的童年从他十二岁前算起。

还好，十年后的小麦田看不见桥下往外省绵延而去的大河。这条宽敞的河在十年前还没有被厂子巨兽吞噬，流淌着干净的水。河边两排大柳树也很年轻，没被巨兽催老，变成如今的毫奢病状。小麦田把头伸出车外。开车的父亲老了，昔日年轻的继母也老了，如同这个小镇、小镇里的人那样，一起衰老。老了，安静下来也容易。此刻，车内安静得像个微型灵堂。连汽车马达发出的轰鸣也被这安静压过了。

二姐出殡的时候，灵堂也像此刻的车厢一样，无底的安静使十二岁的小麦田深受震撼。人的生前不管再怎么闹，再怎么绝望，死都是解决一切的办法。死让一切归于寂寞。他还记得他走到二姐的棺材前面，看着她躺在一团软絮里，被水泡发的煞白的脸成为面具，生前的喜怒哀乐全被这惨状的白抹平。于是也就寂寞了。一个人丢掉了灵魂，连肉身都不再与灵魂相伴。除了寂寞，还剩什么？

十年后，二十二岁的小麦田搭着父亲开的车开过这座桥时，他想到的是：姐姐太傻了。这是小麦田用了十年时间才得出的结论。十年前，小麦田想的是：我杀了姐姐，父亲杀了姐姐，那个赌棍男人杀了姐姐。那时他对姐姐的死还耿耿于怀，每天思考的问题是，到底谁杀了姐姐。如果他早到五分钟，姐姐的跳江也许就会沦落成十年后的荒谬往事。如果父亲不阻止姐姐和那男人结婚，姐姐也许根本不会想到跳江。如果那赌棍男人变好了，不把自己的孩子也赌输出去，姐姐也许就幸福地当了妈妈。可是，小麦田十年后得到的答案是：为了爱情，姐姐让自己去死，太傻了。

小麦田姓"杨"。小麦田这名字是二姐杨蓓取的。说母亲在产房里把小麦田生出来时，二姐就在旁边，看着一个小小的黄人儿从母亲的产道里脱颖而出。一下地就开始吹喇叭，哭声震天。母亲是高龄产妇，如果不是奶奶催得紧，一心盼望着孙子，父亲和母亲是不准备再要孩子的。幸亏是个男孩，杨蓓想。不然三十八岁的母亲又得遭一回罪，又得把身上的血来次大清洗。二姐看着自己的弟弟，如一颗麦穗那样瘦小孤零，头和身子不成比例，明显头重脚轻。她只觉得他丑，一点想不到几年后，弟弟的样貌竟逐渐出落得清秀乖巧。大概是吃了五十年素的佛奶奶祈祷的结果，本来命里该是个女孩的，结果临产前，佛祖发了慈悲，小女孩成了小男孩。小麦田长大后，从哪个角度看，都应该是个漂亮的姑娘。他身上除了那嘹亮的小喇叭，别的地方没有一点男性征候。

二姐小蓓蕾在母亲痛得要死的间隙里，在她耳边悄声说："妈，是个弟弟。我们给他取名小麦田吧。"

小麦田从小只跟二姐亲。十个月时，他开口会喊的第一句话不是"爸爸妈妈"，而是"姐姐"，尽管从来没有人教婴儿小麦田喊姐姐。

所以二姐杨蓓在小麦田断奶之后，就把他接到了自己的卧室，每晚抱着他睡。也只有在二姐怀里，小麦田才能安安静静的，不哭不闹。

小麦田断奶后的十天，杨家发生了第一个大变故。母亲把小麦田偷偷抱进自己怀里，趁家人不在，反锁家门，扭开了煤气。直到二十年后，小麦田还对浓浓的煤烟味仍心有余悸。半小时后，婴儿小麦田脸涨得黑紫，他仰视着的母亲便成了他眼中最后的母亲。那是个靠在床头、掉垂着脑袋的女人，脖子和身躯似乎脱了节，长头发盖了满脸。这最后一眼的母亲，还是没能让小麦田看到她的脸，只有个模糊的轮廓。然后，小麦田的注视就被二姐打断了。

几年后二姐小蓓蕾告诉小麦田，母亲自杀的下午，她正上着课，突然没来由地一阵恐慌。恐慌里只现出小麦田的脸。于是她跑出教室，只用了五分钟便奔回家里。门口围满人，但谁都打不开门，煤气的浓厚程度体现了母亲求死的决心。没人知道小蓓蕾哪来的力量，她用瘦弱的身体一下下撞着门，把铁门的锁撞脱，不管不顾地冲进煤气里，从已死的母亲手里，从死神手里，夺出了小麦田的命。

那时小蓓蕾已经忘记了哭，只是抱着小麦田呼哧呼哧喘气。看小麦田在怀里挣扭，与死神做着最后决斗，此刻她才想起来哭，才想起要给弟弟做人工呼吸。她把空气连带着咸咸涩涩的眼泪一起喂到弟弟嘴巴里。几分钟后，小麦田的呼吸渐匀了，在姐姐的怀里稳稳睡去。

奶奶重男轻女的思想在钢铁厂是出了名的。生下两个女孩后，人们经常可以看见在钢铁厂荷花池旁的小路上，一个恶婆婆推搡着自己儿媳的画面，还可以听见恶婆婆辱骂儿媳的高亢嗓音。

奶奶固执地以为生小麦田也一定是个女孩，所以母亲生产时她去也没去，窝在山顶的寺庙里念经拜佛。这苦情的母亲、妻子、女人在产下孩子后，听说是个男孩，心里没有欣喜，有的是欣喜到极致的哀恸。此刻，她的心像一口深井，灵魂不断往下坠，坠到底了，她便把自己永远封存了。那时，闭塞的小镇还不懂什么叫"产后忧郁症"。所以小麦田从来不知道母亲长什么样子，他印象里的母亲，只是脑袋与身躯脱节的轮廓，像母亲在对命运低头认错。

因此与母亲相依为命的大姐杨梅，从小就仇恨弟弟。家里没人的时候，她常常把弟弟抛起来，在离地不到十公分的距离又接住这粉红的肉团，让肉团在手臂上一次次玩过山车。弟弟的哭声让她开怀大笑。有一天杨蓓回家，正好看见这一幕，大姐被吓得手一缩，小麦田径直摔在地上，后脑着地，摔得声响全无。杨蓓抱着弟弟飞奔到医院，在路上她想，你这命苦的小麦田，你为什么不是个女孩？

从此之后，小蓓蕾把弟弟当了女孩子。小麦田三岁时，小蓓蕾把她小时候的衣服穿在小麦田身上。粉红的公主裙，脑袋上再别朵大花。这是小蓓蕾和小麦田之间的秘密，当然这是在卧室里才能玩的游戏。有时候他们把被单披在身上，扮演古代小说里的白娘子和青蛇。有时候小麦田和小蓓蕾缩在被窝里谈论母亲，谈着谈着，小麦田就枕着姐姐的肚子睡着了，丝毫没感觉到姐姐在默默流泪。

杨家的第二次大变故发生在小麦田十一岁的时候。杨蓓十六岁，已经辍学在家。那一天，小镇的雾霾已开始苏醒。半夜里起了风，一阵妖雾刮来，窗外的梧桐树被遮了，只听见大风拍打干秃树枝的声响。小蓓蕾像儿时那样，和弟弟悄声说着话。她把自己的爱情故事告诉给小麦田。她说自己怀了个孩子。小麦田知道二姐的恋人是谁，一个钢铁厂的底层工人，一个在小麦田放学偷偷去网吧找姐姐时，会把小麦田架在脖子上的好看男人。第一次见面，二姐就让小麦田叫他姐夫。说这话时，二姐脸上的幸福是真的。只要二姐是真的幸福，小麦田便一句句姐夫叫着。十年后，小麦田在街上碰到过他一回。他冲小麦田微微一笑，一个转脸便躲过了，羞愧让他显得懦弱。与十年前他的懦弱无二致。

这一晚的几个月后，小蓓蕾的肚子藏不住了，把这事告发给父亲的是大姐。那一晚父亲用尽全身力气想把小蓓蕾肚子里的孽种打掉。可那尚在沉睡的小人儿一点也不为所动，坚固地躺在姐姐用肚子垒起的襁褓里。第二天小蓓蕾从家里失踪了。

小麦田以为姐姐任何事情都会对他说，所以这一次姐姐的不告而别让他急疯了。他每天逃课，在街上转悠，想能不能和姐姐再来一次心有灵犀。为了找姐姐，小麦田旷了整整一个月的课，被学校开除了。

也正是这次开除，小麦田才知道姐姐其实一直守在他身边。被父亲打骂着推搡回家的路上，他瞥见了躲在大树后面的姐姐。如果不是父亲钳子般的手抓住他，他一定会冲过去。但已经晚了，姐姐的身影消失在小镇苏醒的雾霾里。

没有多久，被小麦田称作姐夫的男人敲开了杨家大门，身边跟着肚子又大一圈的二姐。男人手里提着好多礼物，可因为姐姐的肚子已经到了不能打胎的怀孕周期，所以她和男人的回家，更像一场反客为主的鸿门宴。父亲请他们进门。男人开门见山地说一定会娶姐姐的，希望父亲能够接受他。父亲听了只有恶心，说一个天天进麻将馆赌博的人能给他女儿什么未来？孩子一定要打掉。

小蓓蕾突然跪在地上，伏在父亲弯曲的膝盖上哭了。

小麦田看到父亲的眼圈也红了。

十年后，当小麦田再回想这一夜时，发现姐姐的哭里面夹着更多的是无奈、委屈。无奈是，她爱这个男人爱疯了，她爱他每天下午放学都会在校门口拿着一堆礼物等候她。她爱他在黑灯瞎火的暗处，盖在她唇上的暴烈之吻。委屈是，父亲说的都是真的。他每天都会进麻将馆赌博，可以一整天不吃不喝，连拉撒都免了。有一回，他找到她，跪在她面前，说如果拿不出十万就只能去死了。小蓓蕾把父亲的银行卡偷出来。她必须在脑海里想尽一切对父亲来说重要的日子。只有三次输密码的机会。前两次都失败了，第三次，她输入了母亲的忌日，小蓓蕾成功地把父亲卡里的十二万现金取出来，帮赌棍男人还了账。

她战战兢兢偷走父亲的十二万之后，便消失了。再出现时，男人提着十二万现金来提亲。谁都不知道这十二万是怎么来的，二姐也不知道。原来那些礼品盒里装的全是钱。

已露出老态的父亲面对着这扭曲狰狞的一大家，只能更老。他累极一样走回卧室，把姐姐和男人晾在客厅。此时小麦田走到二姐身边，央求她晚上留下来。跪在地上的二姐猛然抬起头，挂着满脸晶莹的泪珠笑着冲他说："姐姐有家啦！"

小蓓蕾敢说这句话是因为那一晚男人回家时，把整整三十万的现金摔在了她面前。除了给父亲的十二万，还有十八万是绝对够买一套小房子的，那房子有个小小的院子，等孩子出世后，她会再买一只小狗回来。她尽情地想象着未来的幸福生活，心里又有种说不出的失落感。那一晚，姐姐睡得好香甜，她抱着肚子里的孩子，姐夫从后面抱着姐姐和她肚子里的孩子。他们都太累了，连微弱的床头灯都懒得关了。微微灯光营造出一派极不真实的罗曼蒂克，像一个唯美的电影画面。

　　从父亲家回来之后，姐姐还在心里回味着她想象中的幸福生活。她走进那个破陋的出租房，迎面扑来的霉味让她把晚饭全部作呕出来。和弟弟一样，经历过母亲的煤气自杀后，他们对一切刺鼻的气味都敏感。吐完之后，她走到床上睡去。临睡前模模糊糊又把她的生活看了一遍：狭窄的房子，没有阳光的墙壁上长着青苔，一口小灶，一把简易木桌。现在有多落魄，她对未来的期望就有多强烈。还有这个默默打扫呕吐物的男人，尽管他有那么多缺点，可她就是爱了，爱得不可自拔，爱成了赌博，把全部的筹码压在他身上，连命都可以输出去。

　　等她醒来，惊讶地发现男人消失了。

　　她摸出银行卡，不顾晨时寒风，踉踉跄跄来到银行门口。一查，十八万还在。她又跑到麻将馆，心放下了。他不在。

　　可她没想到的是，就在她从银行折返到麻将馆的途中，男人正被一群人压着，从麻将馆去往银行的路上。

就半个夜，他输掉了五十万。取出十八万后，用来抵债的是他未出世的孩子。

追债的人跟男人回到家里，小蓓蕾已经回家了，还给男人买了早餐。她丝毫想不到前后的变故。

男人是爱她的。更早以前，他在麻将馆战斗了五天五夜，用身上仅有的两千块赢回了三十万。那时，他心里只有一个念头，就是让小蓓蕾过上幸福生活。此刻，小蓓蕾还沉浸在她虚构中的幸福生活里，突然闯入的一群人把她的思绪打断了。她一下就明白了，这个世界上，戒烟戒酒戒毒都是有希望的，唯独戒赌没有希望。

男人跪在她面前。催债人把家里能看上的东西全都拿走了。小蓓蕾觉得自己在这个瞬间长大了，她的童年是十六岁之前。

她的一生卡死在她的童年。

她发疯一样阻止着那些人，如果没有幸福生活，那现在仅有的生活也不能被破坏。催债的人揪住她的头发，把她当皮球一样摔着，打着，发泄着不能讨回债的愤怒。这一次，肚子里的孩子没能安全挺住。也许它是预感到母亲心里的放弃，所以它也放弃了。

小蓓蕾躺在医院里，小麦田和父亲照顾她，她苍白如纸的脸上一丝内容都无。然后屋外就响起了男人疯狂的咆哮。"杨蓓！我要见你！我爱你啊！"

　　小蓓蕾心里一惊，也许这是她所期望的结果。她难道不是一个爱做梦的公主，期待着一个勇士闯破层层难关，只为营救她？他来了。原来她心里的放弃是假的。

　　她不管不顾地要冲出病房，被父亲强力的手抓着。透过病房木门上长长的玻璃窗户，小麦田看到男人手持一把刀，嘴里还念着："你不出来我就去死！"姐姐把身体里最后的内存都哭出来了。她祈求着父亲让她出去一下吧，就短短五分钟，容她把最后的告别说给他听。

　　父亲拒绝了。

　　男人把刀扎进自己肚子里，围观的医生护士连忙把他抬进急救室。刀刺得不深，没戳中要害。当晚，男人和姐姐再度消失。

　　小蓓蕾跳江前回过一次家。她是看见了父亲出门上班后，才回家找弟弟的。她把一切都告诉弟弟了，唯独没说的是她已和男人约定好一起跳江。她是真的可以把爱输掉。人生在世，没有不在赌的时候。

　　小蓓蕾爱怜地抚着弟弟的脑袋，抚过他漂亮优美的五官，抚过他脸颊两侧还未褪去的婴儿肥。弟弟还是个孩子。

　　她吻了弟弟的婴儿肥，如儿童时代那样，用嘴巴把弟弟脸上肥嘟嘟的肉嘬进嘴里。小麦田被姐姐逗得哇哇乐。

　　然后她给弟弟做了一顿晚饭，她叮嘱他一定要吃胖些，不能像个女孩子那样弱小。她问弟弟，哪个女人在爱情面前不是弱小的？

弱小到只能以死相抵。

"所以你要坚强！"

小蓓蕾在弟弟上厕所的时候偷偷走了。那一瞬，小麦田和姐姐的心有灵犀又起效了。他心里没来由地一阵惶恐，提着裤子奔出家门。看姐姐消失在他眼前浓重的雾霭里。

最后，他在这座桥上找到了二姐。二姐坐在石头桥梁上，二十米下是那条平静而深邃的河。姐姐的身边坐着他，那个前不久答应给二姐幸福的男人。

小麦田喊："姐！姐！"

小蓓蕾转过头，冲他一笑，笑容又让她变回了童年时的小蓓蕾公主。

然后，只听见从浓浓雾霭里传出一声水溅，还有男人剧烈战栗的哭泣。男人没有跳。

小麦田的童年在十二岁时走到头了。

汽车穿过雾霭，从城东开到城西。小麦田的沉默如同姐姐灵堂的寂寥一样。很安静很安静，静出一丝诡异。

小麦田一分钟也不想在小镇待了。十二岁的小麦田去省城考试，被监考老师一眼看中。他要去往北京的一所艺术学院。继母很好，以为北京一年四季都是冬天，所以大夏天的就把小麦田的冬装全给收拾出来，夏装反而一件没带。

十年后，坐在搬家的汽车里，小麦田终于想通了。母亲和姐姐的命运其实已经昭示了整个家族的命运。为了爱情，她们可以把生命输尽，还是那样心甘情愿地输尽。他也一样。

他想起姐姐的那句话：人生在世，没有不在赌的时候。

雾霭在傍晚时褪淡下去。

第二章

小小麦田

闪电的瞬间，他觉得火车猛地哆嗦了一下。窗外的雨下了整天整夜，穿过这广袤的北方平原，火车马上就要进站了。

晚点了三小时的火车，直到天光微亮才缓缓进站。一大帮口气浑浊、蓬头垢面、洋溢着泡面气味的难民同时涌向月台。如果从高空往下看，每一次乘客的入站出站都是壮烈的场面，如同战争片里被俘虏的战犯，一个挨着一个，连手铐脚镣都免了，谁也甭想冲出这由人体筑成的肉墙壁。小麦田和父亲缩在这群战败犯里，人潮的汹涌把个子不高的小麦田淹没了。父亲死死拽着他的手。他感觉下过一场暴雨的四九城，空气里都带着浓浓的尘土味，父亲的手粗糙，像凭空摘了把沙子。

一父一子下过出口阶梯，再提着沉重的行李箱爬上出站阶梯，阳光劈头盖下来，是夏日清晨的暖人太阳。用不了几小时，阳光就烈了，把穿着一条厚厚牛仔裤、绵密毛衣的小麦田捂出一身痱子。

很多年后，当小麦田离开北京城，唯一能忆起的就是这一天早上阳光从天空洒下来的画面。他能忆起父亲粗糙的手一边拽着他，一边提着行李。两个人手拉手步上一段新生活的阶梯。那阳光实在太好，填满了他新生活的全部内容。

等待托运行李的间歇，小麦田悄悄扭过头，看了看父亲。火车开了两天两夜，父亲便是没合眼两天两夜。父亲倦怠的脸上还有二姐自杀后留下的阴影。摇摇晃晃的火车上，小麦田几次被雷声惊醒，看到父亲用手肘架在车窗边沿，默默望着窗外。这个壮年丧妻、中年丧女的男人，沉默里全是崩溃的坚强，只有在儿子睡着后，才能把心里坚强的碎片一块块捡起，一块块黏合，露出它脆弱的裂痕。

　　一路上父子俩的交流很少，他们的全部交流藏在肢体活动里。比如小麦田会撒娇一样靠着父亲的肩，又把头搁在父亲腿上睡。这一系列的动作打开了与父亲交流的大门。父亲老态的手会搭住小麦田的肩，用催眠的力道拍着，时而微微握紧，这套交流就完成了。又或者父亲把一碗泡面煮好，搁在睡着的小麦田面前。等小麦田醒来，泡面早发了，小麦田也不嫌弃地吃完它。从来没有一段时刻能容父子俩这样毫无矛盾的交流。自从二姐过世，小麦田的性格就变了，一窍不通的赤子心开始懂得观察别人的内心世界。所以在别人看来，小麦田的眼里总是装着太多东西，满出来了，有太多内容需要他一一理顺、理解、解答。他的静默是在思考。

　　在托运部等了半天，期间小麦田和父亲如那些真正的难民，铺开两张报纸，睡在冰凉的火车站地上。临行前，父亲做了个大胆决定，把小麦田的高额学费装进箱子，并不随身带，而是宁愿等待漫长托运，只有这样才能让高额学费的失窃概率低于零。这个半天让小麦田知道了北方的气候变化。北方并不像继母说的一天到晚四个季节。只有仿若被棉被压抑的闷热，让穿着冬装的他难受无比。此刻他只想让箱子快点到，不然他就要被这座热炉融化了。父亲看出他的难受，一声不吭，在旁边的商店里买了套夏装给小麦田。

　　十二岁的小麦田有了羞耻心，不像别的孩子那样当众换衣服。他拿着衣服走向公共厕所。那时，他心里的大城市还只是这个仿佛走不到头的北京西站，透过窗子能看到马路上架起的高架桥，以及穿梭的汽车。他一点也想象不出北京城的"大"远远不止这些，远远不止仿佛有整个小镇那么大的北京西站。

　　小麦田在厕所里，尽量不让衣服沾到地上肮脏的尿渍水渍。那时西站的厕所还没有门，一排蹲坑连贯到底，人还没拉完，水就哗啦一冲，把污秽全堵在第一个坑下面。本来就不多的坑位，愣是被小麦田占走一个。一个憋急的人在小麦田面前跳脚，把一地的尿全溅到小麦田的新衣服上。小麦田怒火中烧，换好衣服也站着不走。那男人一口一句："咋回事？"还在跳着脚。小麦田说："你赔我衣服我就让开！"跳脚先生停止了生理反应带给肢体的条件反射，不便对坑位上的臭小孩动粗，有点祈求地说道："小屁孩，快让叔叔解手，要拉在裤子上了！"

　　小麦田一扭头，摆出个"不"的造型。

　　旁边的坑位上，众人解手解得正如火如荼。

　　跳脚先生只好说："叔叔错了！向你道歉！"

　　又僵持了几分钟，小麦田被厕所的气味熏怕了，便把坑位让给了跳脚先生。

手表的指针在父亲手里走了一圈又一圈，小麦田换衣服还没回来。原因是小麦田想真正见识下四九城的"大"。他本来只想到附近走走，却神不知鬼不觉绕着火车站走了两圈，结果找不到父亲所在的候车室了。迷路的小麦田想象着父亲恼怒的样子，心里又怕又惊。没办法了，他只能原地站住，等待父亲来营救。

　　他蹲在角落位置，看面前人来人往。他把脸伏在臂弯里哭了，吓哭的。等他把模糊的视线擦净，眼前出现一个女人。她微微笑时，两撇文过的眉毛显得夸张怪异，努力往上挤出两撇弯曲的弧度，好让嘴上虚假的笑最大限度地接近真实性。她的声音也糯糯的，问他："小朋友，你怎么啦？"

　　小麦田说："我迷路了，找不到爸爸。"

　　女人微笑的眉毛往上翘得更努力了。"我是你爸爸派来找你的阿姨！你爸爸在那边急死啦！"

　　在小麦田跟着女人绕七绕八的时候，他迅速在心里做出判断。也许她是可信的，父亲掌管着两万多元的高额学费，一时抽不开身，便花钱找人营救他。一定是的。不然女人不会花十块钱给他买零嘴，又把换下的冬装拎在自己手上。漫长的绕圈终于结束了，小麦田和女人走进阴冷无人的地下车库，脚步停在一辆大面包车前。小麦田察觉出了不对劲，问她："我爸爸呢？"

女人还是那样两撇眉毛翘着笑，说："一会儿就到！"

　　就在小麦田鬼使神差马上要进入女人的圈套时，一个男人从远处冲出来。一把拉住小麦田的手，对女人说："你要把我儿子带哪儿去？"

　　小麦田抬眼一看，是方才在厕所里遇到的跳脚先生。

　　小麦田愣愣地看着女人满头大汗，身体随着跳脚先生的拉扯而左右摇晃。"跟我去派出所！"跳脚先生马上要大打出手了，女人才着急忙慌跳上车，一轰油门开走了。

　　跳脚先生告诉他，他是地下车库的看管员，遇到这女人好多次了。他还激昂地说："有我在一天，她甭想再进来！"

　　一番折腾后，跳脚先生带小麦田找到了父亲。远远地，只看见父亲孤零零的身影，旁边立着一个大箱子。父亲已经急得连脾气都发不出来了，他一把将小麦田扯进自己的安全范围里，问他："刚才去哪儿了！"小麦田支支吾吾不敢讲差点被拐卖的事。跳脚先生一笑，说刚才遇见小屁孩迷路，在那儿哭呢，就带他走了一圈。父亲将信将疑地望着他，舒缓一口气。不管真假，至少他把儿子带回来了。他冲跳脚先生道歉、致谢，说如今这么好的人还上哪儿去找？小麦田躲在父亲身后，和跳脚先生眨眼睛，谢谢他善意的隐瞒。小麦田在十分钟里就体验了大城市的善与恶，以至于他之后对文眉的女人没有一丝好感，对有着憨憨傻傻笑容的男人好感十足。

随后，小麦田的父亲又向跳脚先生咨询了去往小麦田学校的最近路线，以及最方便的乘车方式。跳脚先生在地图上一阵比画后，出现了一条长长的蓝色路线。小麦田才知道，原来北京城这么大，大到需要坐三个小时的车、需要换乘各种交通工具才能到学校。小麦田看得目瞪口呆。

父子俩到达学校是傍晚六点多，学校已经关门。小麦田在高耸的铁门外瞧见了日后需要读四年书的地方。高高的红砖楼，正门口一座大手雕塑挡住了傍晚即将退却的太阳。他想，我就要被关在里面了。可如果不把他关起来，他又该去什么地方？回家吗？不行，他天天变着花样儿地和继母闹。或者干脆被女人拐走，得到一个新身份，永远告别"小麦田"三个字为他人生盖下的戳？这一天，小麦田在铁门外想象着日后的生活。他就要像一颗种子，被埋在四九城的土地上，努力发芽，生根，最终扎驻存活。他心里突然漫起一层悠远的遐想。

当晚，他和父亲找了家最廉价的招待所，就在学校附近。那是他第一次住在没有二姐的房间。累极的父亲头刚挨床就睡死过去。小麦田把房间里的水桶拿到外面，长条形的院子中间安放着长条形的洗漱台，没有房间能洗澡，只能用冷水把水桶装满，再一瓢一瓢淋在身上。小麦田第一次体验到地下水的冰冷，那真是冷到骨子里的。月光下，只听见水珠流过皮肤上的鸡皮疙瘩，再冲向地面的声音。

北方的月亮很圆，天空却没有星辰。小时候，他常和二姐趴在窗台上望星星。小麦田对满天的星星有浪漫的期望。他八岁那年的生日，二姐送他的礼物是她亲手编的一盒子星星。那一天十二点，睡熟的小麦田被推醒，姐姐打开了礼物，突然从盒子里飞出无数萤火虫，还有发夜光的星星。漆黑的房间里满是光的扑朔迷离。小麦田惊呆了。二姐说："弟弟，我把天上和地下的星星全摘给你了！"

所以，十年后，当小麦田成为一名作家之后，他对萤火虫总有很深的情怀。他能想起姐姐在那一晚，映在萤火虫和夜光星星微弱光芒背后的脸，充满着希望。一切都如此完美。一点也想不到，萤火虫会死，夜光星星在姐姐死后也失去了光泽，蒙上一层灰，再也亮不起来。

小麦田抬眼望了望北方天空的无尽，忧郁地叹了口气。

第二天一早，父亲给小麦田买来早餐，小麦田的许多个第一次都是在离家之后发生的。此刻是他第一次吃这么难吃的早餐。一个鼓鼓的肉包子，也有个乡土名字：狗不理。他嫌弃地把包子扔下，勉强喝了两口绿豆粥。以前在家乡，每天的早餐是一碗热辣辣的米线。父亲显得有点生气，但没有发作。自从姐姐死后，父亲的脾气也改了，很多将要发出来的火都会先在脑子里过一遍。过了一遍，火就灭了大半，所以发出来也显得淡淡的。父亲还学包子铺的店小二那般，用滑稽的天津话逗着小麦田："吃吧！最有名的狗不理包子。"

小麦田于是硬把狗也不理的包子塞进胃里。

小麦田往后赖着步子，他不想结束和父亲这短短的愉快时刻，但学校马上就到了。

终于走进这扇大铁门，走进新同学问询的目光里。他很快便知道同学们质疑的眼光投向何处了。在路上奔波了三天，父亲一个澡没洗，一件衣服没换，看起来就像个拾荒者。十二岁的小麦田脱出父亲的手，走着走着，一个微妙的让步，便把身边的拾荒者忽略过去。

走进校长室，他首先瞅见的是女校长和同学们一样的眼神，只是很微妙的面部动作，却被小麦田捕捉到了。他低头站在门口，迟迟不愿进去。不管父亲和校长怎么安慰他、恐吓他，他都把着门不肯进。父亲只有转身哈着腰，把两万元学费递上。女校长冷冷的脸上闪过一丝疑问：这个不听话的小孩是哪位老师招进来的？

现在，父亲夹在校长和小麦田之间，他往后瞅瞅小麦田，决定从小麦田身上开刀，来化解此刻由儿子的"不听话"带来的尴尬。小麦田的倔，在父亲拉他手的瞬息全面爆发，他哭喊着"不读了不读了"，要和父亲回家。父亲想，来北京不是小麦田坚持的吗？的确，父亲曾做过思想斗争，是选择儿子的前途，还是选择留住家里剩余不多的现金？直到他看见儿子用水彩笔在床头柜上写下"我要去北京"五个大字时，他才决心把新妻子日夜巴望的新房子赌进去。怎么临到头，小麦田又不读了？

父亲憋了一路的火气终于爆发了。他抓住小麦田的手，力道变猛了，小麦田也不甘示弱，死死用手把着门框，就是不进川。这动作死皮赖脸了。小麦田见这招似乎对父亲不奏效，便躺在地上撒泼打滚。父亲的脸都让小麦田丢尽了，虽然他三天没洗澡的外在形象已经在此之前把脸丢尽。

围观的学生越来越多，嘲笑的声音越来越响。小麦田突然直起身，逮住个空隙挣脱掉父亲的手，往操场跑去。这下可兴师动众了，好事的学生自动当起奋勇向前的英雄，要逮捕一个即将越狱的犯人。好多人围着小麦田追，简直成了瓮中捉鳖。小麦田被同学们制服了，在父亲冷峻的眼光里被压进校长室。路过学校的大铁门，他看见两扇铁门缓缓闭合。他再也躲不过了。

父亲帮他收拾行李时，小麦田静静地把头扭向窗外。正对面矗立着地方法院，给了他一种更强烈的犯罪心理。这学校怎么看怎么如同监狱。一墙之隔的自由，他再也得不到了。

当晚小麦田就安静了下来，不哭不闹也不吃饭，成了一个沉默的抗争者，希望以沉默换取最后一线重获自由的可能。但绝食行动还没撑过半小时，他就饿着肚子走进食堂。他一个人默默坐在最角落的位置，打好饭，吃完饭，再把铁盘子在旁边的水池里洗干净。一切都要他自己来了。他体会过这种感觉，二姐死后，他什么都自己来了。继母从来不会刷他的饭碗，大姐早已离开家，去深圳打工。他就像一个罪孽，他的存在无时无刻不在提醒两个人的死亡，母亲和二姐的死亡。二姐在的时候，家里任何劳动都无须他操持，她把他的那一份担了。如今，他要担着给二姐的罪孽，活在监狱里。

吃完饭后，他在宿舍里等父亲。早些时候，父亲帮他收拾完行李，说要找个澡堂去洗澡，和小麦田约定的见面时间是晚饭过后。他等啊等，等到天幕降下来，父亲没有出现。

他心里早知道了。对于一切等待都已死心。就像三个月前，他在二姐的病房外面等待二姐起死回生。那时他就明白，一切等待都会得到枉然的结果。医生早已开出死亡证明，但小麦田就是不死心，硬要让个死人霸占着床位。他觉得和二姐之间的心有灵犀还未死。到了第二天早上，趴在二姐身边睡着的小麦田醒了，发现二姐已被抬进太平间。

所以，此刻的小麦田知道等待是毫无结果的。趁着昏昏沉沉的晚霞还未褪去，他走到操场，一个人也没有。寂寥的操场上杂草丛生，夏风掠过草尖尖，像二姐临死前的手拂过小麦田。那一刻，他从未感觉过的温柔在心中慢慢淌过。

气味还清新的宿舍里响起室友的鼾声，浑浊的鼾声连带着浑浊的口气不出一会儿就会将宿舍的空气恶化。这一晚，小麦田没有睡，他把姐姐送给他的小星星拿出来，捂在被窝里，想让被窝捂死的黑暗放开星星的光芒，然而他只见到一团黑暗。

小麦田在心里做了个决定，他要徒步回家。他在心里列了张任务表，第一项就是击溃女校长，让她不得不给自己放行。第二天一大早，他就守在校长室门口，把一堆零食捧在手里。校长开门请他进内，小麦田把零食哗啦摊了一桌子，说："这是我的全部家当了！你让我去火车站送爸爸吧。"校长扑哧笑出来，她摇摇头说："想出门必须要有家长的身份证复印件，还得签个安全责任书。"随后她挑战般从抽屉里拿出一张安全责任书，从小麦田的全部家当里推开一条路，把责任书搁在小麦田面前。

小麦田还想好声好气把话继续谈下去，但内心的愤怒已开始燃烧。"校长，我爸爸还没走，我回头让他补你一张身份证复印件，安全责任书我签。"

校长彬彬有礼地回敬道："安全责任书也得你爸爸签！"

他倒要看看是什么样的安全责任书。他倒要看看是什么能把他关在这所监狱里。

校长说："你就安心学习，过几个月就放寒假了！"

小麦田拿着安全责任书的手颤抖起来，纸页刷刷地响。他突然把安全责任书一撕粉碎，摔在校长脸上。

校长怔了，从嘴里吐出的话成了结巴："你……我迟早要开除你！"

正巴不得，小麦田想，我就是让你急，让你借用开除的名义来还我的自由。他潇洒地转个身，离开了校长室。

小麦田往校长脸上扔纸的事在学校里传开了，好多人围攻了他的宿舍，想看看这个胆大包天的小麦田是何许人也。也不过是个孩子，就像校长对众位老师的宽慰之词一样，他不过是个孩子。

那时谁也不知道他的身世。如果有人问起他家里几口人，他会迅速回答道："五口。爸爸妈妈，外加两个姐姐。"他一点不要别人的同情，这同情会无时无刻提醒小麦田灵魂里所背负的两条人命，两段因他而起的罪孽。

不过尽管没被开除，点名批评还是要的。在公告栏里贴出的告示上写着，今晚的新生大会上会拿小麦田做蓝本，给那些调皮的孩子上演一次杀鸡儆猴。

小麦田站在告示前，不屑地笑出声。他根本不会给校长这个机会。昨晚的操场散步，小麦田是带着目的去的。他沿着围墙边缘，寻找着突破口，看哪里有不被铁丝罩住的空口，好容他个子不高的身体翻过去，再让他完成心里英雄式的两万五千里长征。

可结果让他失望，任何缺口都没有，本来就高耸的围墙上竖着电网。那些由铁丝扎成的电网把学校彻底进化成监狱。不过小麦田还是看出了端倪，他扔了个空的塑料瓶子在电网上，没有任何惊心动魄，塑料瓶还是原来的样子。

搞定了。原来电网只是虚张声势，只要能爬上围墙，以他此刻的勇气是绝对敢从二层楼高的围墙上跳下去的。对围墙外面世界的渴望，让他忽略了最大的问题，就是他扔出的塑料瓶子并不导电。

不远处的地方，同学们都从教室里搬出凳子，全部涌向最大的多媒体教室。教学楼和宿舍楼之间的空地瞬间被鱼贯而出的同学填满了，乌泱泱的，谁也看不清谁，让小麦田的失踪很好地蒙混过关。

十分钟后，等多媒体教室的灯光打开，空地上再没一个人后，小麦田潜入教学楼背后的操场。他往昨天寻觅到的最佳缺口处匍匐进军。他的背后正响起一阵热烈的掌声，像给他内心的壮烈鼓舞士气。不会有人注意到他。他在暗处，而且夏日疯长的蒿草也为他做了天然遮挡。他踩上昨天布置好的砖块，登上昨天用手抠掉的砖头缝隙，尽管与围墙的最高点还差很远，但这是小麦田能用手够到的最高位置了。可当他马上要进入电网的攻击范围时，两个保卫员包抄了他。

小麦田没想到，校长早就做了安排，一看杀鸡儆猴的鸡没来开会，就对保卫员说："尽快去围墙边找他！"

他的第一次逃遁，也是最后一次逃遁，就这样被扼死在两个保卫员手里。

保卫员冲楼上唯一亮灯的多媒体教室喊道:"找到啦!"

所有同学瞬间涌向窗口,能看到各年级的班主任老师正努力安抚着同学们看热闹的情绪。一个个小脑袋伸出来。小麦田想:你们还笑呢!坐牢了都不知道!

月光很好,洒一地银灰。小麦田被两个保卫员压着奔赴刑场。中途保卫员说:"你不要命啦,不怕被电死?"小麦田不屑地用脚踢踢草,说他昨晚试过了,电网是关的。保卫员捡起块铁片,顺手往旁边的电网上扔去,只见电网刺啦刺啦把铁片打得扭曲。小麦田不说话了。

多媒体教室的白炽灯像审讯室的白光,刺得他睁不开眼。全校同学都搬着凳子坐在台下,满满一屋人,像浪花一样,一拨拱着另一拨,只留开一条可供离开的小路。当门轰轰打开,他真的成了待杀的鸡,被押着从门口奔赴"刑场",走在全校同学的眼光里。这情景却让小麦田心里无端生出股悲壮。很快,所有的眼光便也成为一种审讯。他极力往后拖时间,计算着保卫员松懈的时候,他如何能以最快速度逃出"刑场"。但还没等他计算完成,他就被推上了"行刑台"。校长滔滔不绝的长篇大论似乎没有被小麦田打断,也许她是故意让小麦田在那无数的审讯目光里多待一会儿。保卫员似乎等不及了,冲"刑场"上的审判长说:"这小子想翻墙出去!"

校长还未从滔滔不绝里缓过神来,又有个保卫员邀功般扯着嗓子说:

"不要命了这小子!"

　　小麦田十二岁的人生里还从未受过这么大的委屈,但他拼命忍着泪水。校长停止了谈话,整个教室突然出现了短暂休克。根本不用她说什么,小麦田的光辉事迹全校人都知道。校长的脸由红变紫,氤成一团愤怒的火烧云,可还是不说一句,她把手指向小麦田,这修长的胳膊便成了行刑牌,无奈地演示出"看看!这就是要杀给你们看的那只鸡!看清楚他是什么样的人了吧!你们都给我安分点儿!"小麦田被这股静默的阵仗吓住了,浑身不自觉地扭着。校长发话了:"你给我站好!"

　　小麦田被校长推到黑板下面。他一个矮矮的小人儿此刻显得那样无助,所有目光都盯着他,所有目光里都是嘲笑、鄙夷,间或掺杂着几声辱骂。小麦田的手在裤腿边揪成一团,尽管他多么想坚强地忍住哭,可还是没能抑制泪水流下来。他把整张面庞都流落成伤心,哭得那么小心翼翼,如果别人不知道他的光辉事迹,会觉得他真惹人可怜。但似乎谁也没料到小麦田居然会往前跑两步,把台上滔滔不绝的校长推翻,让她摔了个狗吃屎。全校师生都看到了小麦田脸上得意的笑,和揭开可怜面具后的真实嘴脸。台下的同学老师全被激怒了。随后,他指着校长骂了句:"婊子!"

　　就在这个瞬间,多媒体教室又陷入了难得的静默,所有人都惊讶了。半晌，几个和校长关系甚好的高年级男生突然举起屁股底下的凳子朝台上冲去。我们看到小麦田并没有跑，也没有躲，还是那样笑着、满足地看着冲上台要把他揍死的男生。这一刻，他几乎有种"小八路"的英勇。

没有师生关注过他，如果没有这一晚的突发事件，谁都不知道在这个学校里还有一个读了三年流行音乐专业，却鲜少有人知道他名字的"钟灿"。他几乎像十步跨栏跃过前面的人头，从最后一排靠窗的位置飞奔到小麦田面前。就这样以身体为小麦田挡住了那些钢铁板凳。那些高年级男生想收手也晚了，凳子全砸在了钟灿身上。

全校大会在一片混乱里结束。小麦田被叫到校长办公室。他站在一脸愤怒的校长面前，还是不可一世的轻蔑和无所谓。校长问他："你到底想干什么？"

小麦田不说话。

窗外围观的同学们都不知道校长为什么会忍耐小麦田的以下犯上。校长站起来，把手搭在小麦田肩上。一个明显嫌恶的侧肩动作，手从小麦田肩膀上掉落了。校长叹了一口气。

"你父亲把你家里的情况都给我说了。"

原来父亲是来过的。他了解儿子的无理取闹，所以他也有理由让校长明白。原来小麦田曾经也童真单纯过，只是二姐的死把他的童年掐死在十二岁。

现在，小麦田抬起脸，这一刻他最恨的校长竟给了他不屑的温情。他哭了起来。让他流泪的原因不是校长的温情打动了他，而是他居然在心底深处接受了这份温情。此刻他无比鄙视自己。

"你是个很好的苗子，知道吗？校长……阿姨……什么都能忍。"校长把"阶级"取缔了，代之的是一个别扭而尴尬的称呼：阿姨。

阿姨？这刻意拉近距离的称呼使小麦田在心里扇了自己无数耳光子。他怎么一句反驳的话也说不出口？

"来，和我敞开心扉聊聊吧。"校长重新坐回椅子上。现在，小麦田才把她的脸认清楚。她是个典型的女强人，谁也不知道她如今的这份成功是怎么得来的。是用离婚、与孩子永不见面的代价换来的。

小麦田摇摇头，又把头低下。他摇头是想告诉校长，他今晚并不想说他的身世。他低头是为今天给校长阿姨带来的伤害道歉。

校长把他抱进了怀里。从这温暖的女性身体里淌出的温情像开了闸的洪流，把小麦田淹没了。他闻到校长头发上的香气，这么近，那么远，让他险些入醉。此刻，她与他"阶级平等"。

"随时找我聊，小麦田。"

当小麦田从校长办公室出来，已经深夜两点多。那些高年级男生还没有把心中愤怒全部发泄完，他们把小麦田堵了，叫他进宿舍楼的厕所里"聊聊"。

"你进来。"男生A嘴里叼着一支烟，做出痞子老大的样子。

小麦田翻一个白眼，径直往宿舍走去。

"把他给我拽进来！"痞子老大发话了。

"你有这时间好好想想怎么考大学吧！"小麦田回敬了高年级男生心里最不愿揭开的那道疤。他们有的已在学校复读了一年，有的两年，满三年之后，学校就不接受了，他们只能把集体户口打回原籍，回乡种地。

小麦田被两个彪壮大汉拽进厕所。厕所里充溢着浓浓的烟味，青烟把他的视线模糊了。他看不清他们的脸，只觉得那一张张血肉的脸变成了死硬的一张张面具，那样狰狞而可怖。

"你小子啥意思？"痞子老大再度发话。

"我鄙视你！"小麦田得意地笑着。他能勇敢地冲痞子老大挑衅，坚强后盾居然是前不久也让他鄙视的校长。

痞子老大夹着烟的手不断在小麦田面前指指点点，他被噎得一句话讲不出口。末了，他迸出一句打死小麦田小麦田也想不到的话："我们不打你。"

更让小麦田没想到的是，他说："我们跟你道歉。"

停了一秒，躲在人群最后面的他咳嗽了一声。

这声咳嗽威严，厉害，体现出他才是真正的痞子老大。小麦田瞧见了众人最后面的他，那个前不久还舍身保卫他的高个子男生。小麦田是在这一刻发现他个子很高的，十八岁的少年在十五岁时开始抽条，慢慢长成一棵一米八〇的大树。他在他面前像只瘦弱的小羊羔。小麦田就这样一直看着他，渐渐，看呆了。

"喂，你听见了没有？"伪痞子老大似乎为小麦田身上的傲慢所恼怒，扭头冲真正的痞子老大摊开手掌，意思是"瞧见了吧，这孩子没救了"。

"我没听见……道歉？是这态度吗？"把痞子老大看呆的小麦田还不忘和伪痞子老大战斗，只是他此刻咿咿呀呀的嗓音体现出妥协，是头小羊羔的嗓音，却是头死不悔改的小羊羔。

"你！——"这个道歉的伪痞子老大马上又要落下挥起的拳头。末了，还是被他拦下来。

那时小麦田还不知道他的名字，但他却把他的脸深深刻在了心里，刻在心肉上，那凸起的一层便是他的脸。由于那舍生取义的温情，他的脸在他心上起了一层清晰的凸起。

"别打了，他还是个孩子。"

"没见过这么气人的孩子！"

他慢慢走到他面前，把嘴里叼着的烟摔在地上，踩灭，撵几下。这一串连贯的动作也融进小麦田心上的那层凸起。

他朝他走过来，小麦田才知道他是那么高，那么不可一世的冷酷。他的全部，在那一刻全被小麦田洞悉。他的全部，便最终构成了小麦田心上那一层凸起的完整性。

他把手轻轻搭在小麦田的肩膀上，像父亲，像二姐，像刚才的校长阿姨。钟灿说："没事了，你回去睡吧。"

小麦田睁着两只眼睛，眼前的这个人像一团谜，使人无法读懂。他只能点点头，然后答非所问地说："你叫什么？"

他似乎也被小麦田答非所问的话问懵了。愣了一秒，他说："我叫钟灿。"小麦田点点头，他只感到这个叫钟灿的男生的手在他肩膀上微微耸起一下，两下，力道不大，却把他肩上的经络压迫得那样敏感，这敏感便成为一种疼。这疼，也烙进小麦田心上的那层凸起。

小麦田说："谢谢你。我叫小麦田。我的爸爸妈妈、我的姐姐和朋友，都叫我小麦田。"他第一次在陌生人面前露出纯真，尽管其实他已没了母亲和姐姐，尽管"朋友"对他只是个遥远的抽象的名词。

"你好，小麦田。"钟灿朝他笑一下，"现在，你该回去睡觉了。"

谁都没看出这一刻小麦田的不对劲。他也冲他笑一下，点点头，但他只是转过身子，往前走得特别缓慢。谁都不知道这一刻的小麦田多么想往后再看一眼，但他没这个胆量。他生怕一转脸，就会惊动自己心里的不对劲，会让那些蠢蠢欲动的不对劲公之于众。小麦田终于感到肩膀上的他的手放开了，短短的失落，手又重新搭上他的肩，往前轻轻一用力，小麦田便真的成了小羊羔，被他爱怜地推出了狼的陷阱。

第三章

小小麦田

开学之后两个月，小麦田的勤奋让全体师生刮目相看。这个在新学期伊始"大闹天宫"的小麦田保持了全校出勤率的最高纪录，整整六十天的早功练习，他没有一次迟到。每回都是早功铃声一响，小麦田就从床上飞速腾起，披上衣服往操场奔，他站在初秋的冷冽风中，等一批批同学睡眼惺忪赶到。师生们不知道，这样一个安分守己的小麦田是钟灿带来的。

整整六十天，他想钟灿想得失眠了，可奇怪即使是失眠，他也能保持一天到晚精神高度集中。每到晚上，小麦田躺在床上，不再翻看姐姐留给他的漫天星星，而是想钟灿，想他那一晚在厕所里握在他身体上的手。一双年轻的手，很清秀很修长，却略有些黑，指甲盖短短的，像田野里刚捉完泥鳅，让手成了孩童的。小麦田满心幻想。终于在浅浅睡去之后，梦里也全是钟灿的手。睡着睡着，他只觉得胸腔里往下坠着一股灼热。

让小麦田保持六十天的早到记录的原因是：见钟灿。每一天早功，不管是舞蹈系声乐系，或是钢琴系，都要全校排队跑步。钟灿尽管每天会迟到几分钟，但都会来。只有现在，小麦田才能明目张胆地看他，把满脑子幻想兑换成现实。他这样毫无顾念，见钟灿在人群最末跑得漫不经心。尽管他是个隐藏很好的痞子老大，完全可以在这所封闭的监狱里活出份坦荡自由，但正因为他的安分、他表面的乖学生样子，才更使人着迷。他不是帅的那种，但绝对是能给人安全感的那种。

这张照片是小麦田好费劲才得以保留下来的。小麦田把这张照片蚀进了心里，企图以它来抚平钟灿的脸在小麦田心上注入的那层凸起。是个少年，叼着烟，两瞥细细的眼睛、高高的鼻梁、乌紫病状的嘴，这一系列不和谐的面部器官，却最终构成了一张谐和模样。黑色头发让劣质药水烫成了细卷，有几撮还被染成五颜六色，像黑夜天空里隐藏一条七彩虹。黑色眼线把眼眶勾勒得怪诞荒谬，手里的吉他却让他神态安宁。很多年后，这种打扮逐渐成为潮流趋势。又过很多年，这种打扮被无数人嗤之以鼻，并为它取了个带有讽刺意味的专属名词：非主流。

现在，"非主流"的装扮还是主流，体现着高人一等的叛逆感。跑完步后，小麦田走进舞蹈教室练早功，把腿搭在墙上，劈成一线，不断挑战着筋骨的拉扯极限。他的微笑表情把舞蹈班的同学吓坏了，从没有人像小麦田这样，拉腿也拉得快乐、舒坦。他的表情在充满着嚎叫、哭闹的早功教室独树一帜、格格不入。其实小麦田也痛，不过他有一套忘却疼痛的办法——想钟灿，想钟灿那晚在厕所里把手按在他肩膀上的温情，就让温情去抚平拉扯筋骨带来的剧痛吧！他保持着拉腿姿势，时而换换左腿，换换右腿。老师提醒他："杨麦，换下来的腿要踢呢！不然筋会打结。"小麦田朝老师微微笑，让腿在眼前的风里划出一段段规整的弧线。风似乎唱歌了，窗外的秋意渐渐浓起来。

练完早功，小麦田去食堂吃饭。路过小卖部，他买了个大大的苹果，趁着教学楼还空无一人，他潜入钟灿的教室，把苹果搁进他的抽屉里。他从来不肯放过有关钟灿的任何细节，包括他的生日，他的座位号，他的课程表。没课的时候，他就躲在教室门口，看钟灿上他最喜欢的钢琴课。每天傍晚，余晖还在天际，钟灿会抱着吉他去操场唱歌。傍晚的操场已静下来。钟灿的歌声被风刮进不远处的小麦田耳里。

小麦田在圆形操场一圈圈散步，钟灿的歌只为他一人而吟唱。

小麦田想，哪怕只是远远地守望，他也高兴。就像每天早晨他给钟灿买一个苹果，哪怕这种偷偷摸摸的有些羞耻的付出，也能让他兴奋一天。每到第二节课下课，小麦田故意走过钟灿的教室，看他把苹果吃完。这种被人接收的付出，也让小麦田快乐无限。这天下课，小麦田依旧装作上厕所，路过钟灿的教室。他见钟灿把苹果握在手里旋转，眼睛牢牢盯死它，审视它，揣度它，却不肯吃下。小麦田不自觉放慢脚步，停在了极危险的视野范围里。他等待着钟灿咬下第一口苹果。然后他被发现了。钟灿把头扭过来，两人的眼神首度擦枪走火。

这是一种什么感觉？很多年后小麦田回想着那天早上和钟灿眼神互换的那一瞬。钟灿眯起本来就不大的眼睛，嘴角里藏着一丝笑。分不清这是什么笑，反正绝不是嘲笑，也到不了暧昧的程度。总之眼神接触的一刹，小麦田感觉那次本该被电网击中的通电在此刻苏醒了，一股酥麻使他浑身的感官都被激起，张大着它们的嘴，嗷嗷待哺着渐行渐近的蓬勃欲望。只消一刹，小麦田跑走了，留下钟灿不明就里，满脑子疑问。

第二天钟灿就把疑问解答了。此刻小麦田匆匆跑出他的视野，但从此他的视野里就开始装下小麦田了。放学后，他关注着小麦田，见他和自己有着相同的目的地——操场。他唱完一首又一首歌。小麦田转了一圈又一圈。等到他回宿舍，小麦田也消失了。于是，他们的眼神在第二天的晨跑时又对上了。对上的一刹，小麦田赶紧躲开。于是，他又看见了小麦田偷偷从小卖部买走一个苹果，看见他潜入清晨寂静阴森的教学楼，在他的抽屉里放下苹果。

　　他什么都明白了，又什么都不明白。他是个男孩子，这么做难道只是为了报全校大会上的那次恩？

　　钟灿决定接受小麦田的好意。有白占的便宜谁不想占？

　　小麦田每天一个苹果把钟灿原本病态的脸养得渐渐红润。钟灿的打扮似乎在一夜间开了窍，他把头上的彩虹染黑，戴一副眼镜，让他眯起时略显歹毒的眼睛变得柔和。此时，钟灿把他身上最后一丝坏学生的气质抹杀了。他和小麦田每天第二节下课的相见成了仪式，钟灿当然需要在完成每日的仪式时有副好的精神面貌。往往，小麦田路过时，钟灿会回过头冲他一笑，举起苹果像举起一杯酒，似乎在说"谢谢你的苹果"。这时的小麦田是最幸福的，他害羞地跑过，害羞到连偷偷回敬给钟灿一个笑也不敢。

　　他停在厕所长长的一排镜子前，努力平复着心里的激动。他的心脏要冲破胸腔从嗓子里跳出来了！他看着镜子里反射出来的脸。这是张纯真的脸，从小就无数人形容这张脸"漂亮"，而不是"英俊"或"帅气"。小麦田不知道，他的纯真在日后将变成工具，俘虏一个人的心，俘虏亿万人的心。可谁又知道，在如此单纯的面表之下，却有着装满心事的灵魂。此刻，他的脸像捧在钟灿手里的红苹果，红成了被抚摸过后的娇羞。

还有件令小麦田害羞的事。他终于把自己的手机号码随苹果装进了钟灿的抽屉。也许不出一会儿，他和钟灿的距离会因为电话号码而更进一步，也许他俩的距离永远也不会拉近。不管是哪一种结果，小麦田都能接受。哪怕读书的四年时光，不能和钟灿说一句话，这样的付出本身也能构成一段幸福的情感回忆。

十年后的小麦田才意识到，原来十年前与钟灿的开始只是一种鱼与水的需要，结束却是飞鸟与鱼的永不交集。他只是需要一个人在身边，一个像大树般高大的人，太阳天能为他遮阴，下雨天能给他打伞。像童年时二姐杨蓓的角色。他太怕孤独了，孤独的人是重情的。十年后，他仍旧把钟灿留在记忆里，在幻境中，取得他永远也得不到的保护与温情。

接到钟灿的短信是在凌晨三点。这几天，钟灿想小麦田也想得失眠了，不过他只是想揣度出小麦田的动机。

隔过几座门，304房间，那里躺着小麦田想接近的钟灿。此刻手机让他们像躺在一间房里说悄悄话。那些话语穿过诺基亚蓝屏手机的显示屏，跳跃进黑夜，在阒寂的宿舍里连成动作，有了含义，有了表达。小麦田一惊，迟迟不敢回复。终于，在兴奋抵达顶点后，他颤颤巍巍地回了他，不多的字里行间多得是错别字。

钟灿：你好，小麦田。（晚了，他应该睡了吧？）

小麦田：你是？（我终于收到你的短信了！）

钟灿：钟灿。（我来问你几个问题。）

小麦田：你好钟灿，还没睡？（我知道是你！我知道是你！）

钟灿：没，在想一首新歌。你不是也没睡？（我想知道你为什么送我苹果。）

小麦田：我也在想事情。（因为我就是想对你好。）

钟灿：想什么？（为什么？）

小麦田：你唱歌好听……（因为……我……）

钟灿：你听过？（不想说就罢了。）

小麦田：没啊，听同学说的，说流行音乐系有个大才子钟灿。（你就让我一直对你好下去吧！）

钟灿：明天下午来操场听我唱歌吧。（是因为大会上我替你挨刀吗？）

小麦田：好啊，你要睡了吗？（……）

钟灿：不啊，你还不睡？（回答我！）

小麦田：你不睡我也不睡咯。（算是吧……）

钟灿：你先睡，我就睡咯。（其实不用客气的。）

小麦田：你先睡。（我把你当哥哥。）

钟灿：再不早睡，你这年纪很容易长痘痘耶。（哥哥？）

小麦田：你已经长了很多痘痘啊，哈哈。（……）

钟灿：我打你了！（你所做的不是弟弟该做的吧？）

小麦田：行行行，我睡，你也得睡呢！（我管不了那么多！）

钟灿：好。（……）

小麦田：对了，那天……谢谢你！（从没有人为我舍生取义过。）

钟灿：小意思。（小意思。）

小麦田：晚安。（晚安。）

钟灿：安。（安。）

　　关掉手机后三个小时的睡眠，是小麦田十二岁的人生里最深沉而幸福的一段睡眠。他把钟灿发给他的每一条短信复制，粘进手机的记事本。他们的对话像两位象棋高手，博弈隐在暗地里。你进我退，你往前我后撤，跳着一曲互不交错的探戈舞，却由这永不交错的舞步编结出一种相交形式。小麦田睡去了。

　　第二天的早功练习，他和他又有了新的仪式。他在队伍最前面，他在队伍最后面，跑着跑着，他和他的距离就近了。中间长长的同学队伍为他们的交流提供了安全屏障。不会有人在意：晨跑队伍的首尾连接竟是安排好的。他快跑几步，他慢跑几步，到最后就分不清谁在前谁在后了。尽管他们没有丝毫交流，但全部的交流都隐藏在步伐的变换里，隐藏在跑步的呼吸之中。那和脚步并不协调的呼吸就是小麦田的话，落在离他不过三步远的钟灿耳里。

小麦田扭过头，钟灿像从迷瞪里回过神，吓一跳似的往后一躲，纯属本能反应。钟灿把跑步掉下鼻梁的眼镜往眼眶上一推，一个亲昵的眨眼被挡在镜片后面。这种眼神只有传送者指定的接收方才能发觉，随后钟灿又把下巴往旁边偏偏。这个动作明显了，斗胆了，是告诉小麦田练完早功之后，教学楼背后的草地见。

小麦田一分一秒挨过早功，一下课，他飞速跑到和钟灿约好的草地上。等了会儿，他见钟灿从人群中走慢脚步，悄悄拉开去食堂吃饭的人群距离，去践小麦田的约。

钟灿踢踢踏踏走得很慢，也许是不知道怎么和小麦田开口说第一句话。秋意浓，他脚下的野草被踏过之后化入泥土。

这一刻，懒洋洋的阳光从天际上迸出，一道耀眼的金光让钟灿被烫卷的头发成了神话故事里英俊的王子。雕塑复活了，这一幕成了永远定固在小麦田心里的虚幻。

他掏出一根烟,随后递给小麦田一根。企图以烟来填充他们之间尴尬的静默。

小麦田的第一根烟是钟灿给的。从此小麦田就迷上了香烟,而且只抽红皮万宝路。

小麦田一口烟一口烟地喷着,用他极有限的吸烟常识努力摸索门道。等一根烟烧到屁股,他们还是一句话没说。这气氛开始变得像两个坏学生聚众吸烟,而不是小麦田认为的"约会"了。几次欲言又止,打断在时不时路过的学生脚步里。钟灿熬不住了,他一个偏头,冲小麦田笑笑,意思是他要吃早饭去了。

小麦田眼见着钟灿走远,才发现原来他浑身的细胞都在关注着钟灿的一举一动,尽管他刚刚刻意地不去看钟灿,怕他贪婪的眼睛会让钟灿不自在。直到钟灿远远离开他的视线,小麦田才发现原来整整六十天,他记住了钟灿每一天的穿衣打扮。这件蓝色薄毛衣钟灿穿了三天,有破洞的牛仔裤他穿了一个礼拜!小麦田被猛然觉醒的感官吓一跳,钟灿的生活在他的火眼金睛里成了全裸。

小麦田为不开口说话懊悔。他走到食堂,在窗外看见同学陆陆续续都散了。他赶紧买了苹果,跑进钟灿的教室。却见钟灿用手杵在窗沿边,眼睛呆呆地朝向远方。

这分明是尊活的人像雕塑。完美的侧脸,金光把他脸上的瑕疵修补。

他微微凸起的嘴唇，嘴唇往上伸延而去的鼻梁。钟灿把额前的刘海往耳际抹去，小麦田愣在教室门口，张大嘴呼哧呼哧喘气。他手里冰冷的苹果有了温度，钟灿把头转过来了。他审视他，揣摩他，眼神里闪过一丝尴尬的不悦。小麦田幸福过了头，一步一步朝他向往已久却企及不到的神话走去。他把苹果递给钟灿。

钟灿静静的，一句话也没有。小麦田知道，此刻千言万语都藏在钟灿嘴里，却被这通红的苹果噎住。钟灿在无话的几分钟里把小麦田的脸也看遍了，这是个漂亮的男孩子，因为他过于漂亮，所以像极了女孩。他接过苹果，只等着他开口，一个结果就将他们之间的关系固定。可小麦田不要知道结果，不要！他一撒腿跑了。

放学之后，小麦田在他的抽屉里发现了钟灿的信。

有什么话是不能发短信说的？小麦田走回宿舍，一路捏着钟灿的信，尽管信封上没有任何字迹，不用打开也知道，这是钟灿来的信。摊开信纸，上面只有短短几句话，话语底下留着无数行空白。无非是些聊天的话语，在短信里也能说的那种。

可小麦田一下就参透了钟灿的意思。他也像短信聊天一样，把短短几句留在信纸的空白上。他甜甜蜜蜜地写着，走到操场，把信封搁在每晚钟灿唱歌的固定位置。

听完钟灿唱歌，小麦田在回宿舍的路上发现了钟灿留在领操台边缘的信封。第二天，小麦田把回信连同苹果搁进钟灿的抽屉。

一页信纸很快不能满足他们的千言万语了。收到下一封钟灿的信时，小麦田把这页满得不能再满的交流压在了枕头底下，他盘算着周末去超市大购物时要买一个密码盒子，恐怕一个超大的盒子也装不下他们的千言万语。

钟灿邀请小麦田当他圣诞晚会的主唱。小麦田拒绝了，理由是他唱歌五音不全，只需要听他静静唱歌就满足了。钟灿说，那我教你。在哪儿教？信上。

于是这一天傍晚，小麦田在操场听见了钟灿创作的新歌。这首歌首先附在了信纸上，蝌蚪状的五线谱里原来装满这样的情绪。配合着北方渐渐大起来的粉尘和风，歌声显得寂寥绝望。歌声里的呐喊是十二岁的小麦田所不能懂的。

信里，钟灿问小麦田听到了什么。小麦田用他富有天赋的文学思想写了一首情诗。

情诗露骨而绝望。那时小麦田刚看完波德莱尔的《恶之花》，世界对他来说浑然是悲观的。只有钟灿是他生命里的一束暖阳。二姐死后，小麦田在二姐的遗物里发现了这本诗集，是那个懦夫男人的。在整个充满诗意的八十年代，懦夫男人也做过文学梦，可现实让他最终沦落成钢铁厂三班倒工人。他赌博，喝酒，借诗集里颓丧的情绪获得内心丝丝平衡。小麦田无数次在夜里翻读这本诗集，每一篇他都能背下来。一次语文写作课上，他把波德莱尔的句子整理成一篇作文。小镇的语文老师可不知道谁是波德莱尔，只觉得一个小孩写这么令人绝望的作文，心里肯定有病。老师把小麦田的父亲叫到学校，恶狠狠地"批斗"了一下午，父亲什么话也没说。那一晚，父亲躺在小麦田身边，要陪他一起睡。他知道女儿的死对小麦田心里产生的阴影。睡着后，小麦田的手第一次碰到了父亲的手。触感竟是那样让人惊奇。他从小就没获得父亲多余的爱，母亲的死时刻提醒着他不配。小麦田扭亮床边的台灯，继续读着厚大一本诗。第二天，诗集就消失了。

消失的诗集让二姐在他心里所产生的最后一点影响也消失了。在二姐死前最后回家的那次，她把一切都告诉了弟弟。那一天男人把姐姐从医院掳走，在狭窄的出租屋里，他们共同幻想了未来的美好生活。那一晚，姐姐以为噩梦走到头了，美梦临门将至，可她没想到，就在她躲进男人的怀里睡去之后，男人又起床走进了夜色里觥筹交错的麻将馆。姐姐是被梦吓醒的，她睁眼一看，男人果然不在。流产的疼还是没能挡住她揭开事实真相的强烈好奇心。根本不需要走进麻将馆，远远地，就能听到男人高亢的嗓音。

"你还拿什么输？"

"我拿手指头和你赌！这一局再不赢，你把我中指拿走！"

藏在春风吹满地的美好景象里的姐姐哭了，她抱着肚子，呜呜地哭着。只觉得一阵猛烈的虚空感攫住了她。这一局打了好长时间，长到婴儿剥离子宫所留在姐姐肚中的痛感都被时间淹没了。生死一局。输了。姐姐想起最初的时光，男人每天一首情诗奉上，把成绩优良的"三好生"拦截在放学路上，并最终俘虏她的心，让她甘愿陪他，一起与命运赌博。她在那一刻知道，他们必输无疑。如同她知道，男人在麻将馆里此刻面对的生死一局也注定必输无疑一样。她早就绝望了，只是心里还尚存一丝希望。男人灰溜溜地走出麻将馆，他被姐姐微缩的身体挡住脚步。夜色正好，月光显得冷寂而落魄。他抱住她，用他的整个身体围拢她想象中的快乐岁月，用他曾宽厚过的臂膀围出一圈假意的温度，让她在这温度里再次堕落。他哭了，和心爱的女人一起哭着。

回到家后，她默默收拾行李，却又在临走前把他所有的衣服洗一遍，晾晒在月光下。他一根一根抽着烟，冷冷地看着女人浸泡在凉水里的手。他想，该是多强烈的爱，才能让她在离开之前，也要最后关怀他、爱他？正如是多强烈的爱，才能答着他的脚步，让他在绝望之后，再生起一线希望，想把输掉的未来生活再次赢回来？

他走进厨房，拿起一把刀，切掉了自己的中指。

血光四溅。小蓓蕾惊吓地跑到他面前。那一根嗜赌的中指僵硬地躺在盥洗盆里，流干它最后一滴血。是要把存在体内的带有赌博因子的血流干，才能赢回新生活。此刻，他像一个真正的汉子，把中指留在了与命运的生死一局里。

她已一点希望都没了。他们约好自杀：如果只有死才能换来新生。

那一晚，他用她的丝巾裹住断指，在她耳边念了一首波德莱尔的诗。他闻着她头发里的香气，检讨自己的罪过。两人都平静异常，也没睡，只是读着诗。他把诗歌当成安眠曲，抚平她内心久久不能平息的颤动。

现在，小麦田把记忆里波德莱尔的诗稍微改编一下，装进了信封，递给钟灿。

其实他一点也没明白钟灿的歌要表达什么意思，说些让人同样不能明白的诗，这样显得有话聊。同样，他在信尾处问钟灿，你懂我的意思吗？

以前，每当小麦田写出一篇作文，问父亲你懂什么意思吗？父亲都会微笑着，看也不看就说：懂！你一个小孩能写出什么让人不能懂的作文？小麦田就觉得败兴，他一定觉得钟灿也会这么说。但钟灿给了他一个意想不到的回答：我不想懂。

小麦田一颗跳动的心脏静止了几秒。难道是被他看懂了吗？

通信被情诗打断了几天。这几天，小麦田苦苦等着钟灿的来信，可信就是不来。早上的仪式也被取消掉，钟灿插进人群中央，再也不与队首的小麦田首尾呼应了。小麦田心里想到了，也许这就是钟灿定下的结果。

这是小麦田十二岁人生里感受到的第二次悲痛。心脏，像有只爪子牢牢抓着，在它尖利的掌心挤压，要被挤爆。可他没有感到钟灿的陌生。尽管一言不发的钟灿不在第二节课下课把苹果吃完，但他会把苹果带回宿舍。尽管他每天傍晚不去操场唱歌了，但还是会在宿舍唱歌，让歌声飘过几个房间，让小麦田心里安定。又过几天，沉浸在悲痛中的小麦田才知道真实情况，原来钟灿生病了。

原来只是病了，小麦田又高高兴兴做回了小麦田。校长答应陪他一起去超市，一个月五百块的零花钱全被小麦田买了药和补品。他像个孩子一样，在超市里穿来穿去，把购物车塞得爆满。全是买给钟灿的。

保持了六十天不迟到纪录的小麦田旷课了。小麦田特意腾出下午的数学课去看钟灿，因为小麦田仔细对比过全校年级的课程表，只有这节数学课的时间才能保证宿舍楼空无一人。他提着给钟灿买好的礼物，敲开了304宿舍的门。

他把这次看望也当成仪式。他换上自己最满意的一套衣服，在头发上喷了无数摩斯，想让他一头直硬的头发看起来卷一点，再非主流一点。于是被摩斯固定的头发就成了黏在头皮上的大蜘蛛，裹着头的大小尺寸，看起来有些怪诞。不论如何，没有更多时间让小麦田臭美了，眼见着被掐好的看望时间过了半钟头，小麦田只好任自己以一个小丑样子去看望他心里的神话钟灿。

他缓缓走到304宿舍，每进一步，就感觉胸腔的起伏更强烈一层。终于到了。他轻轻敲门，里面没有声响。再敲，手的力道猛些了，传出一声低沉的呻吟："谁？"

"我……"

能觉得里面的人被怔住了。这声"是谁"，小麦田听出了是钟灿的声音，钟灿也一定听出了小麦田。两个人在认知彼此声音过程的几分钟里，都在做些什么？——小麦田站在门口，手上的重量已经不能让他坚持多久。

钟灿扭开门锁的瞬间，小麦田第一眼看到的是，拉紧的窗帘边沿透进的一丝光线，然后是一个女孩从光线里匆匆跑过，离开钟灿的宿舍。

钟灿用手抓着他那头非主流卷发，解释说："我病了，同班女生来看我。"

小麦田微笑着把一手礼品推给钟灿："这是我给你买的。"

钟灿顺手把礼品扔在宿舍床上，扔在那团皱缩的被窝上。小麦田丝毫没察觉钟灿的不对劲。

两个人迅速坠入沉默。钟灿把窗帘拉开，让一屋子的臭袜子味散去。

小麦田坐在钟灿的床对头，正襟危坐，成了军姿。钟灿在他对面，为刚才半途而废的情爱愤怒，又为一床礼品不解。钟灿说："没想到你要来。"

小麦田垂下头，把一个傻笑藏在垂头形成的暗影里。他没有搭钟灿的茬儿，而是自顾自问着："以后还能通信吗？"

钟灿一愣，仿佛没想到通信是种刻意行为，就说："可以，当然可以。"

小麦田翻出手机，看了看表，还剩十五分钟，他就该结束对于钟灿的探望，走进教室继续伪装他的"三好学生"。他起身，表示自己该走了。钟灿冲他挥挥手，恕不远送，同时往兜里掏出一根烟。小麦田一个侧身，把他的烟从两瓣嘴唇间夺下："少抽烟，你病了……"

他的手不经意间触碰到钟灿唇瓣的柔软，这一刻，小麦田想起全校大会那一晚，当所有钢铁板凳朝他飞来的时候，突然从侧幕里杀出个半路英雄。那一晚，小麦田的知觉与全校师生所看到的不同。他的知觉是这样的：钟灿矫健的身影冲到他面前，把他死死挡住，在钢铁板凳飞来的慢动作里，钟灿将他抱住了，又推开，只留下手臂的力气在小麦田腰部形成的一团柔软。钟灿趴倒在地上，钢铁板凳将他的头砸得挺起来，借由这身体的下意识反应，他将小麦田仔细观察了一番，观察里全是关爱"你没事吧""你哪儿受伤了""你这头倔强的小羊羔"，他见他纤毫未损，才放心地把头低下。在脸庞与地面交错的阴影里，有他温柔多情的眼眸，他看见钟灿的眼神起了变化：一个从霸道到温柔的蜕变完成了。眼眸里的水是疼惜，是关怀，是逗英雄。他把一种专有的保护以这目光烙下来，给了小麦田。

钢铁板凳住手之后，钟灿的眼神如泡沫涣散了，剩下小麦田呆呆地立在原地，所有知觉都被那方才的一眼击溃，只能觉察骨骼与骨骼连接处的麻木、震惊，让他浑身都飘。他见钟灿撇着嘴一笑，把嘴唇勾成了月牙儿。坏坏的，极不真实的。他赶上前去扶住他，用他瘦小的胳膊架起救他的英雄。他触碰的每一寸肌肤都留下温柔，温柔顺着胳膊往全身蔓延开去。他知觉到他宽厚粗糙的手托在他腰部，以一副垂死的姿态隐藏着他暗地里的感官享受。他回过头，看着他。两人的眼神接上了，这一眼为他们之后眼神的擦枪走火做了铺垫。那是不顾后患、不念生死的一眼。两人都有些躲避，受不住这一眼沉甸甸的分量了。他就扶着他走过全校师生的眼睛，一片大乱中，火光从四面腾起，他与他完成了一次英雄式的拯救与被救。

现在，还是从钟灿温柔多情的眼眸里钻出来的一笑。小麦田便如幼鹿，撒腿跑出了钟灿的宿舍。

他停在钟灿的宿舍门口，把心里的紧张呼哧呼哧喘出来。他太紧张了，又觉得每一次和钟灿的近距离接触都如同虚幻。接下来的课他没上好，回答老师提问也是虚幻。只有在放学收拾书包时，在三楼教室的窗口，他望见了钟灿从宿舍楼里走出来，傍晚的余晖洒在他身上。如同小麦田的眼神死死定在他身上。

这一刻是绝美的。小麦田日后想。其实在与钟灿保持距离的交流里，每一刻都是绝美的。

那一晚，他又把信搁在了钟灿唱歌的操场上。信上满是祝福的语言，祝福里满是叮嘱，叫他一定要好好保重自己身体，不能再抽烟喝酒了。钟灿这一晚却没有来唱歌，绕着圆形操场散步的小麦田死死盯着被风时时吹飞的信纸。到了九点，他终于确信钟灿今晚不会来了，他把信捡起，整个人像将死的动物；只有满心期许而又落空期许的人才能有这一副魂不附体的表情。

小麦田这一晚的睡眠里没有梦。

第二天，小麦田被班主任叫到办公室，问他圣诞晚会为什么不参加舞蹈班的群舞，而是单独报名唱一首歌？小麦田满脑子雾水，说不想跳群舞也没有报名唱歌。班主任把报名单推到小麦田面前，问他是不是和舞蹈班的孩子有矛盾。小麦田摇摇头，他能和舞蹈班的同学有什么矛盾？他每天独来独往惯了，班里同学他没几个能叫得上名字。班主任告诉他，校长希望他能参加舞蹈班的群舞表演，而且舞蹈老师已把编舞想好，让他做男生领舞。小麦田在班主任滔滔不绝的劝说里仔细想了想，突然意识到独唱表演可能是钟灿为他报的名。和钟灿的每一封信上的每一句话，小麦田都能倒背如流。他记得钟灿信里那不容置疑的话，圣诞晚会他必须唱他写的歌。小麦田于是拒绝了老师的好意，决定把钟灿的情歌学会。

下午，他收到了钟灿的来信。信里约他晚饭时间去琴房练歌，为时一钟头。只有这时才没人打扰他们。一下课，小麦田就飞奔到食堂，把钟灿的那一份晚饭打好，好说夕说让琴房阿姨准许他把饭菜端进琴房。他躲在厚厚的隔音门外，听钟灿在屋里弹琴，陶醉了。等缥缈的琴声落定，小麦田进门，让钟灿在弹琴的间隙里左右换手，把晚饭吃了。钟灿首先教他唱音阶，教他如何发声如何让气息灌满丹田。小麦田慎微唱着，声线如纤丝，吹弹可破在命悬一线的调子上。还没变嗓的小麦田用尽嗓子全部的负荷，终于唱到了离HIGHC不远的位置。

"很好！"钟灿边嚼着米饭，边把一块辣子鸡上的肉剔净，骨头剥出嘴里。"休息一下。"

钟灿五分钟结束晚餐战斗。小麦田问他为什么要给自己报名。钟灿说他就是想听小麦田唱歌。其实，后来小麦田才知道钟灿的良苦用心。全校大会事件过后，全校师生就把小麦田彻底孤立起来，钟灿决心再做一次拯救小麦田的英雄。苹果、礼品是不能白收的。

秋风渐弱，冬风渐起，配合着屋外的落叶和冬风，钟灿一遍遍纠正着小麦田的发音。当琴房逐渐被勤奋的学生占满后，小麦田离开了钟灿的琴房。他和他刚才的交流并不多，像之前数次见面，说出口的话都能用十根指头掰扯清楚。可走在操场的小麦田心里很暖，他跳着步子，让冻硬的脚趾头能得到些许血液的温暖。突然，围墙外的路灯和对面法院的灯光齐刷刷亮了，世界由这灯火辉煌竟而出奇的温暖起来。他望着灯火，想，哪怕是坐牢，其实有钟灿的日子，也并没有想象中那么难过。

第四章

小小麦田

钟灿是云南人，像这个时代的大多数家庭那样，他是家里的独苗。十五岁的时候他报名考试，弹唱自创的歌曲，把现场一位女评审老师唱哭了。其实女评审并不是学校的正式员工，而是招生专员，可能是要等某一位正式老师退位，她才可以顶职。钟灿一眼就记住了她，记住了她的风情、骚情、柔情。招生专员捂着脸，把一脸青春痘哭得通红，她打断钟灿的表演，匆匆跑进卫生间，引起众位男评审不满，但碍于她和校长的姑侄关系，才不方便发作出来。

　　钟灿是招生专员一定要招进学校的，并承诺学费减半。钟灿的家里实在太穷，别说减半，就算只掏书本费，钟灿的残疾父亲也掏不起。所以钟灿读了三年书，学费一直是贷款的，向校长贷款，承诺上大学之后分期还清。钟灿这个农村孩子，在一位好心老师的帮助下第一次走进大城市。小麦田后来明白了，为什么尽管钟灿是学生堆里的痞子老大，但该完成的作业一笔都不会落，该上的课一节都不会逃。这些故事是钟灿在信里说给小麦田的。但有一点钟灿撒谎了，他把籍贯偷偷改了个字，其实他是河南人。

　　所以钟灿把他的自卑藏在沉默里，藏在沉默之中的自狂里。小麦田的举动第一次打进他顽强的内心世界，让围拢在他心上的铜墙铁壁有了松动。有一次，吃完苹果之后，他把核儿留下来，把它埋在傍晚唱歌时的操场中心。他想等待它发芽，让泥土把小麦田的馈赠滋养成一棵大树。他不是个懂得如何报恩的人，正如他不知道如何感谢把他招进学校的招生专员。十八岁的他心里藏着呐喊。他把呐喊写进歌里，但却是小麦田所不能懂得的。

小麦田知道钟灿的自卑，是在大姐杨梅来学校探望他的第二天。钟灿给他写了一封很长很长的信。信纸搁在了小麦田的床上。可没等小麦田先读，他宿舍的同伴就把信读完了。这是第一批知道小麦田和钟灿私下通信的侦探。在此之后，侦探们全体出动，想在现实生活里找到钟灿信中那些模糊语言的解读。但有什么是他们不能解释的，两个男孩子交朋友也是正常，可这正常里就是透着一股不正常。这份不正常是那些正常的侦探们不能解读的。

姐姐杨梅的出现让小麦田震惊，这天是圣诞节，晚上就要登台表演了，小麦田正偷偷练着钟灿的歌。姐姐杨梅冲进学校，身边带个五大三粗的老男人，两个人穿过正在广场搭建舞台布置灯光的舞美组，把小麦田从琴房里拽出来。小麦田把姐姐和男人领进宿舍，杨梅将新买给小麦田的衣服扔给他："快试试！"

脏分分的宿舍里，五大三粗的男人拘谨地坐在一旁。小麦田的眼睛跟随着男人的一举一动而变化。姐姐说："他是蚂蚁，是你姐夫。"

"蚂蚁？"小麦田觉得好笑，瞧这身材应该是"大象"。

小麦田试穿姐姐给他买的新衣裳，姐夫蚂蚁忙不迭在旁称赞，称赞里还夹着每个看见小麦田都会说的话："吃胖点！不然像个女孩子。"

杨梅被蚂蚁的话逗乐了。小麦田不知怎的，听惯了的话，再听一遍还是觉得刺耳，况且这话是从第一次见面的陌生人嘴里说出来的。

小麦田问姐姐怎么突然从深圳跑到北京来。姐姐说："当演员啊，来北京机会多！"

小麦田很想大问这位蚂蚁姐夫到底是何来头。但话到嘴边就成了："你要住北京吗？"

"当然！我已经和你姐夫商量好了，明年初就买房，到时候周末你可以来家里住。"

小麦田想，这等天大的事父亲知不知道？

杨梅把他心里的疑问解答了："你先别告诉爸爸，我会和他说的。"

小麦田点点头，把一件套头衫奋力穿进去，很明显衣服小了。

"几个月没见了，都长高了，我记得这个码你能穿啊。"姐姐杨梅毫不客气地拿起小麦田的杯子，倒了一杯热水给蚂蚁。

小麦田有很严重的洁癖，他想又该花钱买个杯子了。姐姐不是不知道他的洁癖，她这样故意拉近蚂蚁和弟弟之间的关系，肯定不是单纯来看望他。果然，看望里潜藏的目的下一秒就暴露了。

"对了，姐姐还得和你说个事。"

小麦田在套头衫里挣扎，想穿又穿不进去，想脱又脱不下来。只得隔着厚厚的套头衫回答姐姐："什么事？"

"你帮我问爸爸借三万块钱。"

"啊？"

"怎么了？"

"我怎么开口要啊？"

杨梅一副势在必得的样子："理由我替你想好了，就说学校要提前预付下一年的学费。"

"爸爸不会打电话问啊？"

"他现在忙着处理别的事，才懒得管你呢。"杨梅刻意把语调扬得夸张至极。

"你要这钱干什么？"小麦田终于把衣服脱下来了，换上舒服的旧衣服。他端端正正坐在蚂蚁和杨梅的床对头，一场谈判开始了。

"小孩子问那么多干什么？我是你姐姐，会害你吗？"

真说不准，小麦田心想。如果是二姐杨蓓，他是不会问东问西的。但大姐杨梅早在十八岁就在整个小镇出了名。十四岁，该是一个女孩最懵懂的时候，可杨梅就像一颗先吐的芽，成长比同龄人快速。她的早熟是被父亲发现的，当孩子们还看着动画片，杨梅就对言情小说情有独钟，每天从小书店里花一毛钱租一本言情小说，第二天上课时看完，放学之后再去租。言情小说里的情节控制着杨梅的喜怒哀乐，也控制着杨梅体内荷尔蒙的分泌。一次上体育课，她说肚子痛，要在教室休息，可被年轻的体育老师抓包了，正发现杨梅躲在座位上津津有味地品读着言情小说。书名让体育老师都害臊：《最后一个情妇》。

他问杨梅："怎么看这种书？"

杨梅来了句言情小说的台词："因为这世上已没有一点爱了……"

体育老师把情况汇报给班主任。当天父亲就被叫到学校，说原本成绩拔尖的杨梅自从迷上言情小说后，成绩一落千丈。同时，杨梅和高三学长恋爱的事也被同班同学告发。男生和杨梅被齐齐推进校长室，两个缱绻的人竟趁着校长背身倒水之际还生死不离地牵着手。校长一怒之下罚杨梅和男生蹲马步。这是学生时代最严厉的酷刑，把手臂端平，膝盖弯曲到九十度，一分钟还能撑，可十分钟之后你的腿就麻痹了，止不住颤抖。杨梅实在支撑不住，向校长央求道："我要去厕所啊！"校长低头装作没听见，继续处理她手头上复杂的工作。杨梅又说："我真要去厕所啊！"校长冷笑一声："怕你是撒谎撒惯了，才十分钟就坚持不了了？刚才的放肆劲儿呢？"

杨梅哭出了声音："我是真的要上厕所！我没骗你！"

校长已经对杨梅的谎言忍无可忍，她走过去，用腿踢踢杨梅的膝盖，把她偷懒的膝盖重新踢回九十度。没想到，校长一碰，尿液就从杨梅的裤裆间滴了下来。

直到此刻，杨梅心里还有种誓死捍卫爱情的悲壮，但身边男生憋不住的笑把她心里最后的悲壮变成可笑。她抖着腿，踉踉跄跄跑出校长室，跑出校门，跑到放学后常常和男生约会的野外铁轨。一列火车响着鸣笛，轰隆隆从远处开来。她想死了算了，可又觉得死了不值。正当她犹豫之际，一个铁轨修理工跑过来，把她一把拽出危险地带。于是，男生带领着校长、父亲等一干人看到的，就是想自杀的杨梅被人救了。

　　小镇的宁静被打破了，任何一条新闻在死水一潭的小镇都能激起千层浪，被当作爆炸新闻。杨梅被救的事上了头条，铁轨修理工被竞选为那一年的荣誉市民，从此生活就改变了。有了荣誉，他一年内升职四次，被当作了道德楷模。

　　这件事改变的不仅仅是修理工的人生，还有大姐杨梅的人生。她从来没受过这么大的羞辱，她尿裤子的事也被夸张地写进新闻报道，全镇人民都知道了她尿裤子。在小镇曾经风风火火的少女杨梅，走到街上会把头埋得很低，她也不再向往言情小说里浪漫离奇的故事，她努力在学校里做个安分守己的乖学生。高考前夕最后的模拟考试，她考了全校第一。正当所有人都以为她必定能上清华北大时，高考成绩发放下来，填在成绩单的数字让所有人既惊讶又奇怪。零分。

　　她没有打招呼，只是简单收拾了几件衣服就坐上了去深圳打工的火车。半年后，杨梅一头金发、满脸油彩地走进家门，把一个厚厚的信封摁在父亲面前，用一嘴乡音普通话说："这是孝敬您的！"

从此低眉顺眼的杨梅一改往日，变成了风风火火的老大姐。她戴着满手金戒指，走到大街上。别人问她是怎么发达的，她会说凭自己的劳动创造呀！又说戒指真好看啊，她说在香港买的呢，香港的金子是真便宜，你去过香港没？那人悻悻地走了，低声骂一句："显摆什么呀？不就是当鸡赚的脏钱，有什么可显摆的？"

这样的话，小麦田听到过几句。但现在站在他面前的大姐杨梅是个标准的美女，年少轻狂的金发被剪了，只有尾梢的些许金色还念念不忘过去，延续着轻狂最后的生命力。姐姐脸上的妆也淡了，不再在眼皮上画彩虹、在脸颊上扑面粉，而是素素雅雅，脸上的雀斑都依稀可辨。难道她真的决心改邪归正了？三万块钱对十二岁的小麦田是天文数字，对临近五十的父亲来说也是一年的存蓄。她要那么多钱干什么？小麦田决定把事情刨根问底。

"哎呀，梅梅，弟弟不肯帮忙就不难为他啦。"一言不发的蚂蚁终于发了一言。这一言发得绝对到位，不仅把关系确定了，还让小麦田十足难为情。

小麦田说他要上个厕所。在屋外，他给父亲拨去电话，一段长长的笛音过后，电话那头出现父亲的声音。他的声音听起来异常疲惫。

"什么事？"父亲开门见山。

"爸……"

"什么事？"第二句开门见山，父亲的语气就显得不耐烦极了。

小麦田很想跟父亲说姐姐到了北京要借钱的事，但话说不出口。他只得说："就想给你打个电话。"

"我正忙着。"父亲并不透漏他在忙什么，但语气让小麦田隐隐察觉到不安。

姐姐恰到好处地出现了。她嬉笑着，在旁边小声鼓励小麦田："说！说钱的事！"

"那个……爸爸……学校要预付明年的学费。"小麦田战战兢兢地撒谎，他可没有姐姐的撒谎功力，能把一个谎撒得毫无破绽。

"哦，你姐姐和我说了。"

"啊？她什么时候和你说的？"小麦田看着姐姐一副撒谎成精的得意样子，心里惶恐，可别把他扯进谎言的圈套。

"昨天你姐姐给我打电话，说老师把电话打到了她那儿。"

"爸……"小麦田面对着洋洋得意的姐姐，为父亲感到一阵心酸。

杨梅在小麦田身边兴高采烈地跳着脚，小麦田突然意识到姐姐撒谎的可耻，就像她曾经经历过尿裤子的可耻。这份可耻是说真话带给她的。

"其实学校没有要预付学费……"小麦田把声音压到最低，低到企图只让父亲听见，让姐姐听不见。姐姐的兴高采烈忽然顿住，她的表情生了变化，慢慢变得愤怒而可怖。

"你说什么？"

小麦田决定豁出去了："姐姐让我管你要三万块钱。"

这之后，父亲在电话那头的辱骂，小麦田一句也没听进去。他最后听见的，是父亲挂断的忙音。杨梅的静默真让人害怕，她脸上的素妆把她全部的表情衬托出来。她扯着小麦田的衣领厉声问："我对你还不好？我给你买了衣服，你给我说个谎怎么了？"

小麦田在大姐的"魔爪"控制下左摇右摆，他并没有想挣脱。从小到大，他太了解大姐的强势了。还是婴儿时代的小麦田，被姐姐摔在地上的一刻起，就对她的强势生出畏惧。

"啪！"一记耳光摔在小麦田脸上，落五道魔爪印子。

姐姐冲进宿舍，把买给小麦田的礼物悉数收回。"蚂蚁，我们走！"

姐姐和蚂蚁擦过小麦田。他想，这是怎么了？他的家怎么了？他看见蚂蚁也愤怒着，只是他的愤怒藏在侧身而过时留给小麦田失望的摇头中。

小麦田孤立无援地站在楼道里，三三两两的同学观望着，没有人上前安慰他，渐渐地，人也就散了。

小麦田掏出手机给父亲打电话。电话那头的父亲正无处发泄，小麦田正中枪口。父亲把对女儿的满腔愤怒全发泄在小麦田身上。这回他听清楚了父亲高亢的咒骂。骂着骂着，小麦田觉得脸庞湿了。

他静静地坐在床上，突然觉得姐姐的到来恍似梦一场，只有床上那件落下的蓝色套头衫还在狰狞着，提醒姐姐来过。午饭时间过了，小麦田感觉不到饿，他浑身被一种虚空控制，因着大姐的无理取闹，他更思念二姐杨蓓。

钟灿推门而入。

"和你约的中午练歌，怎么没来？"钟灿也恼怒，为他饿了一中午的肚子而怒，为了虽没和小麦田约好可每日已成习惯的午餐而怒。

钟灿看出了小麦田的不对劲。他坐到小麦田身边，递给他一支红皮万宝路。小麦田想把满脸的泪水别过去，不让钟灿发现他也是个爱哭的小孩子。正如他一点不稀罕别人的同情。他是那么那么黑暗的一个人，心里被死去的二姐占满了，好不容易钟灿给他黑暗的心透进一点阳光，他不要这点阳光也被黑暗遮去。

但是他止不住。他没有接过钟灿递来的烟，而是借由钟灿递烟时伸开的手臂，顺势扑在他怀里。这时候能有个肩膀靠真好。他躲在钟灿手臂形成的一圈温度里，把心里所有的委屈都哭出来。他觉得钟灿的肩膀是那样牢靠，简直成了山，成了海洋里救命的船。

待小麦田情绪稍加稳定之后，钟灿一个侧身，便悄悄把小麦田的靠山抽走了。这个宽厚的大肩膀猛地离开了他。多年后小麦田才意识到，这个靠山的分量原来不重。原来那时候他所有的不安全感恰恰是靠山带给他的。

这个夜晚很好，有一点点星辰缀在空中，像给一块糙了的天鹅绒缀上塑料珠子，美好的伪造。唯一不好的，还是风大，圣诞晚会舞台边的灯火在风里刮出难看的流线，可这还止不住同学们的圣诞狂欢。小麦田暂时从姐姐的谎言里走出来了，正在舞台后面化妆，透过侧幕条，他看到钟灿怀抱着吉他，在舞台一侧调试，吉他间或发出几声调音的刺耳杂音，锐得那么心惊肉跳。现在，他还解答不出钟灿脸上的惊恐是为何故。

中午，他和钟灿待在一起时，对钟灿说，希望圣诞晚会结束后能和他在操场一聚，小麦田有些话憋了太久，他不是心里能藏事儿的人，再不说出来，小麦田会被憋死的。小麦田叫钟灿一定要赴约，他多晚都等他！

同学们都陆陆续续从教室里拿出凳子，坐在露天舞台下面，再大的风、再冷的天气也挡不住同学们狂欢的热情。今晚不会有年迈的班主任到场，不会有铁面无私的校长到场，今晚是只属于年轻人的狂欢。但是一个陌生面孔让同学们的狂欢热情瞬间冷化不少，又瞬间涨起百倍的热度。谁都没料到是个陌生的女老师主持晚会，更没料到这女老师居然比他们还热情，在舞台上玩得像个疯婆娘。疯婆娘很快俘虏了他们，获得了全校同学的一致好感。只听见舞台下推波助澜叫着一个名字："苏老师！苏老师！再来一个。"

苏姐笑眯眯的在台上说："大家别叫我苏老师，我还不是老师呢，目前是给学校'打酱油'的。大家叫我苏姐吧！"

苏姐惊人地表演了一个大变活人魔术。小麦田在后台只能听见她的声音。是个温柔的声音，凭这声音就能把人俘虏了。"现在，我要找个助手帮我一起完成这个魔术！"

台底下一声迭一声喊道："我！我！"

苏姐将舞台搜寻一遍，发现了躲在侧幕条边深思的钟灿。

"就你吧！"

于是钟灿懵懵懂懂上台了，他在刹那间想起招生考试时，苏姐的多情。这个暗地里资助他的恩人回来了，回来索恩了。

小麦田穿起姐姐落在他床上的那件套头衫，小小的衣服把他瘦小的身子裹得更瘦小。他完全把舞台上的精彩魔术忽略了，想起姐姐离开前落在他脸上的巴掌，他的左边脸颊还微微刺疼，其实早已没知觉了，是这疼钻进了心里，并最终在肉皮上留下阴影。他闭紧泛泪的眼睛，让意识回到现实。此时，舞台上的大变活人完成了，苏姐把钟灿在道具里劈成几节。那时的小麦田当然不会知道，日后的钟灿将像此刻舞台上的他，被苏姐和小麦田劈成几节，当作公狮和母狮的猎物进行分抢。

钟灿在舞台下一波波的欢呼声里侧身闪进后台，在一大片狼藉里找到小麦田。他有什么可抱歉的？一脸抱歉神情。他是不忍搏了小麦田的这份痴情、这份对阳光的贪恋吗？每个藏在暗恋眼光里的人其实都知道被人暗恋的事，只是看对了眼，暗恋就成了明恋，看不对眼或不能看对眼的就将彻底沦为暗恋。

小麦田在上场前又再次重申了今晚赴约的重要性。可钟灿却把手从吉他上挪开，让它暂时安抚下即将受伤的小麦田吧！他的手贴在小麦田受了姐姐巴掌的左脸颊上，轻声问："还疼吗？"

小麦田撒娇般摇摇头。

钟灿猛地将手抽回，说："为了我，好好唱……"

然后小麦田感到腰部蓄着一股冰冷的温柔。他被推上了舞台，推上了日后疯抢钟灿的战争场上，就像钟灿几个月前用他冰冷的温柔将他推出狼的陷阱。

这个叫小麦田的十二岁少年从一片夜色里闪出来。头顶一方方白杨树枝被初冬的寒霜冻僵，在狂风的晚上一动不动。已经晚了，圣诞晚会舞台上残留的灯光被霜气罩住。五彩而又丧失了狂欢喜悦的灯光投影在地上，又升上天空，映出空气里浓浓的雾。一切静如幽冥。小麦田的脚步很慢，踩在幽冥里，他反插着手，一点不畏惧北方干燥的严冬。他不时往后看看，回头回得那样漫不经心。但如果你仔细瞧他，会发现在他深藏的漫不经心里，其实是满满的警惕和期望。

露天广场上，全校学生为圣诞节举行的狂欢派对接近尾声，都玩累了，尽兴了，剩余一派恢恢。此时，临终的舞台上响起一个男声悠悠的吉他弹唱。小麦田还是那样漫不经心，用手撩撩头发，他脚下的干草已经发黄，成了圆形操场上一块触目惊心的疤。

很快，狂欢派对就要结束。再等十分钟，最多一刻钟。苏姐已声嘶力竭地喊道："晚会结束后，大家回宿舍早点睡觉！"再容他帮老师收拾收拾场地吧，小麦田想。用不了多久，他就可以到他面前来，践他的约，约他的会。

灯光刹那间稀薄了，没人在意这个远处的身影。小麦田躲进操场背后的高草丛里，透过树枝纵横交错的间隙，眼看着一波波黑影如流水般淌进宿舍楼，没有一个拖沓的身影是朝他这边走来的。

小麦田想，没关系，我还可以再等。就像半年前，他要等钟灿的问候一般。那时候他还不是整宿整宿睡不着觉？想到这里，小麦田从裤兜里掏出烟。风实在太大了，微弱的火在风里不堪一击。他蹲下身子，终于把烟点燃。借着烟瘾，他心里想了好多好多事。于是，随着地上的烟蒂一根根多起来，他心里的念想便一点点少下去。

钟灿会来吗？

风的声音像尖刀。一个红色烟盒在地上动了动，又动了动。小麦田再伸手从烟盒里拿烟，才发现一整盒红皮万宝路都被他抽空了，自从钟灿给了他第一根红皮万宝路，他就戒不掉了，就像钟灿第一次营救了他，他也是戒不掉了。

夜是真的静下来，宿舍楼的灯都熄了，和它遥遥相对的琴房、排练厅的教学楼也彻底空下来，在黑暗中矗立的两栋楼，如两个幽灵，在小麦田的眼里浮动。小麦田起了困意，但他告诉自己不能闭眼睛。他心里害怕，他从小就怕黑，虽然他心里是个装满黑暗的孩子，但周围的黑暗与他心里燃起的希望比起来是那么不足畏惧。这希望是钟灿投在大片黑暗里唯一的一盏灯火。这灯火足够盖过一片，是万家灯火独属他的一盏。小麦田此刻想，我是个心里能装下大事的人了。

成熟后的小麦田在无数个夜里想，变成大人无非是一晚的事，就像一晚可以终结他的童年，取决于这一晚是否给他造成大伤害。每个成熟的人都经历过万般幼稚，每个成功的人都曾拥有无数失败。这天夜里，小麦田踩着一地秋黄，迎着满面冷风，即使双手已冻得麻木，即使钟灿早就过了和他约定的时间，他也还是满怀希望地等下去。那时十二岁的小麦田还不知道，长大不是傻傻地等，也不是奋起追逐，而是对一切淡漠，冷淡到不自知的地步，才是成长。

几乎就在小麦田快要放弃等待的时候，十一点自动熄灯的宿舍楼面上，一盏盏灯忽地依次亮开了，如沉睡的人走向清醒。小麦田心里一抖，一定是他的消失被发现了。他赶紧又躲回灌木丛里，草好歹挡了些风，让他冷冻的心暖一些，草也挡住了他放弃的念头。凭着一股子犟劲，他决心等下去。哪怕钟灿一晚上不出现，哪怕钟灿不来兑现他的承诺，他也要等到天亮。

可是他还没有等到天亮，两束手电筒光就扫射到他了。他像个逃狱的犯人，被抓了个现形。后来保卫员在茶余饭后闲谈时，说起小麦田被抓时的情形。说他缩在地上，双手抱着脑袋，脸往臂弯里赖着、拖拉着，以为这样就能掩耳盗铃，手电筒光就射不到他了。保卫员还说，不知道为什么，那一刻他其实有点可怜这个讨人厌的孩子，他想是不是这孩子内心太寂寞了，又从小受了伤害，所以自闭、孤独。还说小麦田当时哭了，抱在臂弯里呜呜地哭，甚至连他们走近都未察觉。当他上前拍小麦田的肩，提醒他该走了，逃亡结束了，小麦田还是无动于衷，抬起一张被泪模糊的脸。这脸被手电筒的光打得锃亮分明，铺叙着的惊恐、绝望、气愤，把两个保卫员吓傻了。

小麦田死活不起来，蜷在地上。渐渐地，老师们来了，围成一个圈，嗔怒着这头不听话的兽。的确，此时的小麦田什么话都听不进去，他只是抬起头，望向他面前的这群大人，更准确地说，他是想看看这群大人里有没有钟灿。死到临头了，他的希望还没死。

他仔细看看这些人，人群里没有钟灿。他们多高大啊，每一位都对他指手画脚，即使面对着他难得暴露的孤独，也毫不理睬。他们也许觉得可笑，一个孩子心里怎会有"孤独"？

"明天干脆让校长把他开除算了！"不知道是谁说了这句话，惊动了小麦田。他突然转过身，嗫嗫嚅嚅用还未经历变声的嗓子说："别开除我……我听话……"这声音听起来如一只待杀的狗的乞怜。

在场的人谁也不知道，为何几个月前一心巴望着被开除的小麦田，会突然祈求自己不被开除。也许是他这声音太过柔弱，露出了孩子的一面。老师们个个叹口气，说："回去睡吧，我们当没这回事，以后要乖。"

"我起不来……"被冻僵的小麦田，每动一下，浑身关节刺骨地疼。

他带着骨节的疼和心疼被老师们押回宿舍。还在回味狂欢的同学们探出脑袋来张望，想看看是谁把他们尚未尽兴的狂欢续上了。小麦田微微挣一下身子，一步一趔趄走着，脸上是绝望到极致的深情。

终于要到了，他的宿舍。304。那门也开着，探出他同屋的几个人，但没他。小麦田隐约听到有吉他声传出，唱着一首轻快的民谣。他的声音，小麦田绝不会认错。

他走到他的宿舍门前，站定，那歌声随之戛然而止。小麦田的眼里只有他宿舍里被一根挂满袜子的铁丝横腰切断。窗户开了个小口，风灌进来，袜子被吹动着，一扇、一扇，在袜子们扬起的瞬间，他看到他躺在靠窗的上铺，怀里抱着心爱的吉他，仔细调整它，样子冷漠，甚至不抬头看一眼门口哭泣的小麦田。小麦田转身走了。

那歌声又荡漾开来。

整整一晚，小麦田都在哭。他的哭是没有声音的，哭泣浸在黑夜里。他听到窗外的风刮了一晚，凄厉的，如刀割过裂帛。

似乎他的歌声还在耳里。从钟灿救了他之后，小麦田想尽了办法要和钟灿接触。他对钟灿的情感，只是一种单向的依附，像鱼离不开水，鸟离不开天空，像鱼会死可水永在，像鸟会飞走而天空永在。他的依附藏在每天中午给钟灿打好饭，搁在他的琴房里。藏在每天夕阳西下时，远远望着钟灿坐在操场上弹吉他的歌声里。

一个夕阳西下往前推着一个夕阳西下，小麦田听他唱歌的脚步也一天推着一天，更近，更近。直到那一天，操场刮起秋风，叶亦变黄了。钟灿终于在歌声中抬起头，冲他一笑。夕阳的光刚好打在他脸上，这笑温暖了，如同这个温暖的秋日傍晚。他说："昨晚还发短信呢，今天就不认我啦？你过来听嘛。"

小麦田颤颤巍巍走到他身边，扭扭身子，抓抓头发，他心里的那股不对劲又作祟了。"你唱歌好听！"似乎是为了掩饰那些不对劲，又连忙添一句，"——校会上的事……谢谢你！"

"你拿什么谢我？"钟灿又笑了。

"嗯……嗯……"

"谢我，就坐我身边听歌。"钟灿把屁股往旁一挪，这动作是个鼓励，鼓励小麦田勇敢落座。操场上空无一人，广袤得很。

那一天钟灿和小麦田之间没有多说什么。这一天的沉默决定了他们日后见面的立场，只有静默，只有让歌声填充这份静默。小麦田听钟灿唱完一首又一首，听他的烟嗓在天地里回响出一股老人的沧海桑田。小麦田想，如果此刻就是沧海桑田，该多好……

这沧海桑田只持续了短短数月。

那应该是小麦田笑得最开心的几个月，也许此后的十年，二十年，小麦田都不会有那样的笑了。

小麦田再没笑过，是这晚圣诞节之后。后来成为作家的小麦田在小说里描写过那一晚。他给同学们延续的"圣诞狂欢"在宿管老师严厉的骂声里结束，大概凌晨三点，小麦田从十足的清醒里爬起来，悄悄打开宿舍门。他走到304门口，想敲醒里面熟睡的钟灿，问问他为什么没来赴约，把一场精心准备的表白掐死在娘肚里。可是他没这么做，他只是在漆黑的楼道里站了很久，很久，久到太阳微微冲破云霄，洒下人间的第一缕光辉。然后他又回到宿舍，穿上练功服带上舞鞋，等宿管老师开门。他走到操场，将一声声呐喊藏在疯狂的跑步里，藏在死命的压腿踢腿中。

到了正常练习早功的时间，舞蹈系的女孩裹着厚重的棉大衣跑步，声乐系的同学也夹着钢琴曲谱走入琴房。霎时间，整个操场恢复了活力，只有小麦田孤单的身影在操场最边上瑟瑟发抖，他提前结束了早功练习，此刻他怕极了人群，怕他们见到他的伤心。瑟瑟发抖的他一点没打扰操场的活力。

他等到了钟灿，他见他拖着一夜没睡好的步子走进琴房。小麦田不管了，他豁出去在全校师生面前冲向钟灿，如一匹疯了的马。他觉得委屈，可冷风把他的泪水冻住了，红彤彤的脸绷得死紧，哭不出来。他的奔跑让钟灿停下了脚步。小麦田矮矮的个子横陈在钟灿身前。他说："昨晚你为什么不去？"

钟灿不知所措，警惕地望着操场上练习早功的同学们，他深知敬业的侦探就潜伏在不远处。

然而钟灿依旧一句话不说。小麦田急了，抬起双手抓住钟灿的肩膀，死劲摇晃，好像要把一个死去的人摇醒："你说啊！你明明答应我了的！"

钟灿一个微小的侧身动作，挣脱了小麦田绝望的手。然而小麦田绝不放弃，他又抓紧钟灿的双臂，厉声说道："你说话啊！"

钟灿恼了，因为全校的眼光都盯着他们，全校同学都成了侦探。钟灿把钢琴曲谱一捧，猛地推了一把小麦田，将他瘦瘦的身体一下子推在地上。空中一个完美的九十度，小麦田以体操队员抛落的弧度着地了。

即将从小麦田嘴里蹿出的表白被落地的动作憋死，他完全忘记了早在几个月前就准备好的表白，早把下了一晚上决心，一定要在早功时把昨晚没表白的表白忘了。远远赶来的老师、学生，也被小麦田忽略了。当他们快走到面前时，钟灿撂下一句狠话："你知道你很讨厌吗？"然后转身走了。

小麦田侧身趴在地上，于是地上就只剩了小麦田的背影。这背影缩成一团，颤抖着。

昨晚的钟灿去哪儿了？能说那句"为了我，好好唱……"的钟灿去哪儿了？小麦田这才意识到昨晚这句温存的话听起来像句温柔的告别。一切都是有预兆的，钟灿早就想好不去赴小麦田的约，不去赴约就是最适当的拒绝。这个纠结的钟灿啊！

连走在人群最前面的苏姐也看出小麦田哭了，心碎了一地。

苏姐把小麦田扶起来，在起身的瞬息，小麦田闻到了她身上浓烈的香水味。如果一开始小麦田就知道，他肯定要仔细看看苏姐，看她到底长什么样子。可那一天早晨，他没有仔细看她，只觉得她身上的香水味散发着一股动情、两股激情、无数股柔情。小麦田日后在钟灿面对苏姐的时候，一点也不陌生苏姐的多情。她拉起小麦田，可小麦田一动不动，像个岿然的雕塑，定格在那个鱼死网破的姿态上。

苏姐说："待上一会儿就去吃饭噢。要乖，知道吗？"

人渐渐散了，深秋的阳光普照开来。直到最后一个人走远，钟灿才把脑袋从琴房的窗口上探出。小麦田一眼就锁定了他。于是，他也只能走出来，迎上他鱼死网破的姿态。

"你想死吗？当那么多人的面！"钟灿离他几步远，强压着声音喊出来。

好了，小麦田感到做了一晚的噩梦终于结束了，这个十八岁少年又恢复了他的霸道和多情。

"你昨晚去哪儿了？"小麦田问。

钟灿摇摇头，从兜里摸出一根烟。

小麦田把烟抢过来，和几个月之前的动作一模一样。曾经，小麦田总在钟灿要吸烟的当口上夺下他的烟，然后温柔又强硬地说一句："别吸烟，吸烟会废掉嗓子！"

这一刻，小麦田也是这样说的，他还想通过往昔的片段找补些往昔的钟灿："别吸烟，吸烟坏嗓子！"

可钟灿又把烟抢了回去。他说："用不着你管。"

小麦田这才发现，他的噩梦并未结束。曾经，钟灿会笑着对他说："不抽，不抽，听你的。"他还发现，此刻眼前的钟灿完全成了另一个人，肢体动作、语言表情都是陌生的。陌生得不近人情。

可小麦田仍旧不死心地嗔怨一句："叫你别抽啦！"

钟灿发现小麦田的这句话并没有感动自己，而是让他感到了更强烈的恶心。几个月来，他每晚都会收到小麦田发的短信"早点睡噢""明晚操场我会偷偷见你……"——要么就是长篇大论，把一天的流水账发给他看，这一堆没用的废话让他回都懒得回。可他居然为了小麦田身上淌出的弱小动心过，还给他写了信，把心里话全数写在信里。他突然发觉整桩事情那么可笑，一个小男孩居然发来了女朋友该发的短信，一个不可一世的霸主居然向一个如此弱小的动物袒露过，心疼过。他像他的家人一样称呼他"小麦田"，这句昵称如此恶心，现在想来一定让他骄傲的心脏受不了。于是在喊了他一个月小麦田之后，他再也没回过他短信，就连一句轻轻的解释也没有。

小麦田并不知情，在圣诞晚会开始的下午，钟灿被侦探们截堵的早些时候，他突然被苏姐叫进办公室。他看着面前这个成熟的女人，浑身的香气让他晕眩。她长长的头发铺在背后，如缎子般柔滑。他禁不住问一句："苏姐，你用的什么洗发水？"苏姐倚在窗台上，头发甩动两下，她背后是一片初冬的夕阳。夕阳让她的眼睛波光粼粼，这一对好看的凤眼下面是一只精巧的鼻子，红润的嘴，还有那高山流水的身材。

"别叫我苏老师。我不是老师。"

"苏……"

"苏姐苏妹都可以！"苏姐努力憋着笑，然而钟灿窘迫尴尬的神情让她越憋越想笑。

"我回来啦！你高兴吗？"苏姐倚着夕阳，将一句非情话说得那样多情。

钟灿木讷地点点头。

"我是为了你回来的！"

钟灿不懂地笑笑。

"好吧，是为了你的歌声。"

苏姐请钟灿再弹一曲。她听他唱完，夕阳的光也落下了。苏姐淡淡地说："你以前受了多少伤害？"完全是母亲的语气，像归家的浪子得到母亲的心疼，一颗浪子的心一下踏实了。

夕阳无限好，只是近黄昏。黄昏都散了，可他们俩还不愿散去。他和苏姐有那么多话，和母亲有倾吐不完的苦难。他说着说着，哭了，母亲将他抱在怀抱里，原来依赖人的感觉如此好。在家里，他从不依赖母亲，更无法依赖父亲。从父亲残废后，他年少的心一下就懂事了，如村子里大多数苦难家庭的儿童，极端的自卑造就了他的不可一世的冷漠。可苏姐母亲般的怀抱将这冷漠化开一点，再化开一点，最后的余晖穿进窗子，打在苏姐背上，钟灿抬起眼，他不敢做过大的动作，生怕一动就会打散此刻恰到好处的柔情。所以他只能略略抬起眼睛，看见金光把苏姐彻底进化成一位母亲。沾上了母爱光辉的女人是最美的。

此刻，钟灿眼中，一个乳臭未干的孩子，阳光反打着他的身体轮廊，勾出一道毛茸茸的金边。通过这孩子，他看见了昨天苏姐怀中的那个自己。

他往小麦田身前走近几步，要挡住阳光打在小麦田身上的这种美好。这美好让钟灿心都碎了。

可他转念一想，此刻千万不能心软。这莫名其妙的一段纠缠让他浑然不知所措。

于是，他又离他远几步，比方才站定的距离更远。

小麦田不甘示弱地走近他，如昨晚对老师如狗一般的乞怜。他是为了他才变得像狗。他在一天一夜间，已做了两回狗。总得给个说法。

他对小麦田说："你还小，不知道谈恋爱只能是男女之间。"小麦田说："我也没想和你谈恋爱啊。"

他又对小麦田说："我得专心读书，得考上大学。"小麦田说："我们可以一起努力！"他摇摇头，笑了。突然不知该说什么。是他理亏吗？他对遥远的苏姐一直存着一份情，从恩情一直到爱情，昨天的那一幕把恩情最终总结成爱情。

可这为什么不敢和小麦田说？

小麦田还在絮絮叨叨，语无伦次。"你考哪所大学我就努力考哪所大学，以后在大学里……"

"请停止吧！"钟灿说。

这样陌生，连钟灿自己都被吓一跳。这"陌生"比小麦田之前感受到的陌生还可怕。只是，小麦田难道不知道，他和他的专业不同，他要考的大学里也没有小麦田读的专业。除了陌生，他还能给他什么好话？

小麦田果然意识到了。他低下头，哭了。

"我还是你的哥哥……"钟灿的音调柔了些。

小麦田下意识地微妙一抖，头猛然抬起，把一双入了瘾的眼睛死命往他眼底钻。钟灿才发现，他的这句话比任何话都绝情。

他的脸已被冷风冻得毫无血色，即便阳光让他看起来美好。

钟灿说："饿了，我去吃早饭了。"

"阿灿！"小麦田不肯死心的一喊，把信里的亲密爱称都喊出来了。

钟灿回过头。

"我不要你做我哥哥……"他又把头低下来，钟灿看到他金黄色的睫毛上沾着一颗晶莹的泪滴。这泪滴里都染满他的身影，他英雄般的伟岸。

一个小小的人儿，他的眼里居然满是他。

一个小小的少年，他的眼里居然满是另一个少年。

他突然发现自己抽了一下鼻子，他这才知道，原来杀了这头小羊羔有多费劲，原来割舍他是不易的。他为了他的深情，也落下一滴泪。

"我……我真得吃饭去了……"

小麦田不语。

"好好读书，听话。"他老师似的。

"我听话……"小麦田说。

钟灿起了脚步。

"能告诉我为什么吗？……"

怎么这个人没完没了？钟灿想。他一切的傻话都让他觉得恶心、难为情。

"因为……因为我喜欢别人……"快结束这冗长的恶心和难为情吧！

"噢……那我走了……"小麦田的声音魂飞魄散，他不再哭了，只是一下一下抽着鼻子。他的心空落得那样彻底。

没等钟灿转身，小麦田就走进冬天枯黄的操场。操场地上的草甸子像一块疤，永远烙在小麦田心里。

钟灿呼出一口气。小麦田的反应令他安心，这个孤独的小少年，从小就知道放弃，知道不做无谓挣扎。虽然他已为了他做过无数次无谓挣扎。可这挣扎终于到头了，两方都解脱了。果然还是苏姐厉害，她告诉钟灿，如果冷战不行，就和他摊牌吧。闹了这么个事，男孩子爱上男孩子？他心里解脱了，终于可以在日后和苏姐在背地里偷情时，心里不用装着他了。

这一刻，他才发现，原来他心里是装着他的。尽管那只是一种面对追求者的隐约背叛感。

　　小麦田绕了个弯，回到宿舍里。他躺在床上一动不动，旷了一天的课。到了下午，他又被校长拉去办公室训话。钟灿走进他的宿舍，想把之前拿给他看的《中外音乐史》拿回来。这本书躺在小麦田的枕头边，一本厚厚的书还没读完。可他为了抽掉心里最后一点念想，还是把书拿起了。就在他拿起书的一刻，他摸到小麦田枕头上的潮湿。枕头上全是未干的水渍，他竟流了一天的泪。他想想，把书又放下了。他再一想想，又把书拿走了。

　　他面对着小麦田枕头上的泪水时，也落泪了。他忽地想起他的好。那时他每天中午都送饭到琴房，为了不打扰他练琴，把一盘饭菜端在手里，站在琴房门口。等听到他的琴声没了，他才微笑着，从玻璃小窗上露出他孩子的脸。他看他认真吃饭，吃完把嘴一抹。他看他练琴时的疯狂劲，他最喜欢听他弹柴可夫斯基的《十月秋歌》，那前调上几个淡淡的音符，后续渐次拉开架势，还为了他心里早把《十月秋歌》认定成他俩的定情之曲。傍晚时，他跑去听他唱歌，两个人坐在逐渐冷起的秋天里。上午全校上文化课，下课五分钟的间隙里，他从走廊这头跑到那头，在他的教室门口张望，递给他一个隐匿的眼神。随后他跟着他来到操场，前头小小的他，步子那么欢快，他也会心地笑。然后他会猛地转身，从校服口袋里掏出一只个苹果。好大好大的苹果。他叮嘱他一定要吃，多吃苹果对身体好呢。他弄得那么烦琐，只为了送他一个苹果。他宁愿上课迟到十分钟，也要看他把整个苹果吃掉。

钟灿又想起了开学初，这个小少年被父亲拽着，极不耐烦地走进办公室。他拼命挣脱父亲的手，把衣服扯得拧巴不堪，成了绕在身上的一根藤。那一刻他刚好路过。他发现这孩子好英俊——不——不能用英俊形容，是漂亮，这个小男孩长着一张女孩的脸。他突然笑了，也像好多人一样站在旁边围观着、嗤笑着。身边人的嗤笑却惹恼了小男孩，他眼神狠狠地，扫过每一个笑他的人。他忽然觉得他应该不简单。那一晚的全校大会上，他搜索了整个台下，没发现他。他想，他是不是真的如愿走了？一直到他替他挡住那些钢铁板凳。他近乎自然地用手推了一下他的腰肢，把他推到安全范围里。当那些钢铁砸在身上时，他没有觉得疼，有的只是手心里那一块触碰的柔软。他的心猛然一悸。

然后他们就开始了长达两个月的眼神交流。整整六十天，眼睛和眼睛就那样顺乎自然地对答如流。他明白他一切想说的，他想他也明白。他默默地接近自己，每晚都来听他唱歌。他也知道自己每晚来唱歌其实都是为了他。他看他不敢走近，只是用眼神轻轻敲问。他一边唱，一边笑。但是在某个晚上，他突然发觉了他们之间不对劲的地方。也许是他太像女孩了，所以他自动忽略了他的性别。他开始不敢看他的眼睛，开始躲闪，可就在眼神躲闪之后的重新对答里，他更强烈地感受到暖意。那暖意令他沉醉，令他青春期的叛逆心里，第一次生出无数动情的柔波。

此刻，他触摸着小麦田枕头上的潮湿，在他脑中极有限的词汇量里，突然蹦出个"楚楚可怜"来。

第五章

小小麦田

苏姐踏着初冬的薄雪，从教学楼直奔304宿舍。雪是昨夜下起的，黄黄的，和着尘土，把人寰下成香港老电影里妓女的闺房，映在地面的白雪反光便是那床前明月光，雪粒便是那串在床尾的卷珠帘。苏姐停在钟灿的宿舍门口，她使劲跺着高跟鞋，一方面是把鞋上的脏雪踏落，另一个意思是让鞋跟与地面的摩擦响出一种提醒。她到男生宿舍，尽管有天大的理由，可还是别扭的，不如大方提醒一旁围观的群众：我来了！怎么着吧？

苏姐资助钟灿读书的事，在学校里并不是秘密。一个女老师资助农村孩子上学，乍听像慈善，可深究起来却觉出一份暗藏的私心。

等到苏姐的未婚夫找到学校，小麦田才知道，原来让钟灿变得陌生的，是他和苏姐由地面恩情发展到的地下恋情，原来自己的情敌是苏姐。就在圣诞晚会开始前夕，苏姐已经用手指将隔在她和钟灿之间的窗户纸捅破了。这一天，苏姐到钟灿的宿舍，就是来要一个答案的。她不是那种善于把爱藏起来的女人，要爱就爱得果敢热烈，谁也甭想阻拦她。她推开钟灿的宿舍门，连门都懒得敲，一点不给钟灿退避的机会。愣在床上的钟灿只能穿起鞋子，和苏姐出门，走在被雪染脏的操场。他们一圈圈地走，肢体起先是没有触碰的，后来身体对温暖气息的本能索取，使他们越靠越近，最后手拉着手。钟灿不知道苏老师的手是何时占领了他，抑或他不知道自己的手何时掳住了苏老师。

他们牵手的尴尬很快化解了，钟灿把苏姐带到小麦田前几夜苦苦等待他的灌木丛后——曾经这是他和小麦田约会的地方，哪怕是两个人静默地抽根烟，小麦田也把它认作约会——苏姐抬起脸，把高出一个头的钟灿看得那么矮，那么懦弱。她伸手撩撩鬓发，让一张冻红的脸充分展现出它的哀怨动人。她等了他三年，尽管外面谈了无数男友，可她心里始终是搁着他的，搁着那个弹吉他的小少年。三年前，在钟灿唱完歌后当场就说："我们录取你了！"但少年脸上没有喜悦，只把头低得更低，他难过的自卑在这一刻冲破内心防守，从脸上浮现出来。苏姐是被他的自卑彻底打动的。她问钟灿："你有什么困难吗？"钟灿摇摇头，谢过了老师之后，悄声退出考场教室。

三年前，她也是像这样，追着他，跑过冬天的河南考场。

他来省城给父亲抓药，顺便在艺校旁边的吉他店里换条琴弦。于是，路过艺校时，他看到了音乐学院附中的招生考试海报，还看到了憋出一副公鸭嗓唱歌的考生。他天大的胆子，把给父亲抓药的钱拿去报了名，仅仅唱了一首歌。可钟灿是满足的，只要得到老师的认可就行了，他也就没有辜负母亲。钟灿的母亲是演员，唱河南坠子，从小就教钟灿乐理、练耳。十二岁生日时，母亲给他买了把吉他，花钱请了老师一路南下到乡村教唱。他骨血里和音乐分不开，所以当他十四岁展现出惊人的音乐才华后，老师说教不动了，况且家里的经济状况也不能让老师再教下去。从此钟灿的刻苦就变成一种走火入魔，吉他几乎一分钟都不离他。

他把新写的歌唱在艺校的考场上。就是他的这首歌，让苏姐顶着严寒，从考场一路追了出来。

也不知怎的，尽管和苏姐不过是很短时间的交流，可他并没有觉得尴尬。走在去药店的路上，他向旁边的苏姐借了一百块钱，偿还的条件是，钟灿必须把他的难言之隐向苏姐说清楚。苏姐一进药店就什么都明白了，钟灿拿着管她借的一百块钱给父亲抓了药，回家都不敢坐公车，只能顶着严寒步行。这原来是亿万悲苦家庭的又一个悲苦。

苏姐请钟灿打了个的，出租车行驶在荒凉的路上，越往下越像朝着地狱前行。摇摇摆摆儿公里，车子停在一块农田边的砖房外。苏姐的第一印象是：这种红砖材料现在还用来盖房吗？整个世界不都是玻璃钢筋了？钟灿领她入屋，她环顾着他的家，古老的木头床上起着厚厚的蜘蛛网，一个风烛残年的中年人被蛛网黏在上面，他的余生将被这些蛛网死死黏牢。从戏台上退下的母亲不再浓妆艳抹，成了标准的农妇，操劳着一家人的生死。

这的确是个悬在生死线上的家庭。从外部来看，房子早成了危房，在大风里摇摇欲坠。从内部看，家里一天只能吃一顿饭，而且都是腌菜萝卜。自给自足的家，一毛钱收入都没有，有时候母亲会在周末用省下来的腌菜在市场上换些大米和鸡蛋，毫无作用地填满那些正处在发育期饥不择食的儿子的肚子。母亲是爱儿子和丈夫的，所以她不离不弃，对这份贫穷泰然处之。这是钟灿不能离开家的原因。他怕母亲唯一的冀望也离她远去，北方平原上的他得受多少同学的异目，得锻炼出一颗怎样顽强的心脏，才能撑起四年的读书生涯？哪怕是乞讨，母亲也可以凑到钱供儿子读书。但她就是见不得儿子受苦。这个平凡的乡下女子用舞台上的戏剧腔向苏老师解释着。苏姐说："您不用担心，妈妈，您儿子我会照顾好的。"

这是钟灿爱苏姐的一点。她和他没有区别，哪怕她的父亲身家千万，哪怕他的父亲残废无用，此刻她和他之间没有差别。她叫他的母亲为"妈妈"。

母亲没有给苏姐明确回复，苏姐让钟灿再考虑考虑。某天半夜，钟灿在隔间听到了父母对话。他以为母亲会无条件支持他，父亲会极力反对。可恰相反，父亲说他愿意用命去换一次儿子读书的机会。的确，钟灿去北京读书，哪怕校长提前贷款给他学费，可日常的生活费却是需要用父亲买药的钱支付。深爱这个家的母亲坚决不同意，说儿子不能再从父亲身上索取最后一点活下去的希望了。尽管他是残疾，但他走了，这个家也就散了。

钟灿蒙在被子里哭了一夜。第二天他向村里的同伴借了手机，给苏姐拨去电话，直接回绝了美意。苏姐不甘心，等到河南考区最后一天，她抽空又去了钟灿的家。这回，她直接把钱拍在桌子上，说音乐界不能荒废人才。躺在病榻上的父亲感动得涕泪交加，他跌跌撞撞想从床上跪到地上，谢谢这个大恩人。同时他头一回发大火，把钟灿和妻子骂了个狗血淋头。这事就定下了。

　　到北京报道的第一天，苏姐也像今天这样，出现在钟灿的宿舍里。她拿给钟灿一个手机："有个手机方便，不过可别换电话号码呀！"钟灿迷迷瞪瞪接过，没来得及反应，苏姐就抱怨说忙死了，她要走了。她一走就是三年，期间钟灿无数次期待着手机响起的瞬间，看到屏幕里蹦出一个他既害怕又期许的名字：苏美华。

　　整整三年，"苏美华"没有在他的手机里出现。她消失得无影无踪。三年后，钟灿才明白，她根本不需要用手机这种幼稚的交谈方式苦苦拉扯钟灿的记忆线。她空降在圣诞晚会的那一刻，钟灿呆了。三年后，她已经是个成熟又漂亮的少妇，脸上的青春痘因为美容院的保养全消失了。她整个人看起来如火，撩拨着钟灿紧张的心。

　　他和她在灌木丛后站定，他看着她被冻红的伪造的哀怨动人。钟灿情不自禁地用手摸过她脸上的红，然后狠狠吻了下去。

　　小麦田说他想过死，不，不仅仅想过，而是亲身体验过。像母亲，像两位姐姐，"死"在小麦田心里闪过。这是他逃不过的家庭悲剧。那时，北京的雪提前将季节带入深冬，腊月里只有梅花开得好，像一场香甜的梦，可梦马上就要醒了。

深夜的雪飘得那么壮烈，无数冤屈从地里冒出来，又被雪死死盖住，这雪就是世间的一剂镇痛药，可怖而美丽的白。白雪被风死劲吹鼓，吹出一首夜半歌声。小麦田等同屋的人睡熟后，摸黑穿上内衣，走到304门口。此前，他已和钟灿断绝了一个月来往，自从他听见钟灿和苏姐之间的流言蜚语，他就不再打扰钟灿了。就是这半个月，害小麦田染上了终生的失眠症。他每晚都辗转反侧，翻书把一盏架在床头的台灯看得电池耗尽。他是因为书里的一句话才把钟灿暂时搁在记忆里不去惊扰："爱他就成全他的快乐。"

　　可今晚，他心里的不甘压过了这句矫情话里对爱的仁慈。他熬不住了，他只想看他一眼，就一眼，然后继续把钟灿搁在记忆里，好好存放他，不再去惊扰他爱恋的快乐。小麦田鬼使神差地走在半夜寂静的楼道，只有夜半歌声在窗外嘶鸣，像他心中的呐喊。

　　此刻，如果再让他唱钟灿的情歌，他一定会唱得特别动人。他体会了"绝望"，理解了"呐喊"。

　　他的步子那样轻，几乎没有声音，只有雪和风的猛劲把玻璃窗刮得震天响。刚开始供暖，暖气明显不足，天寒地冻里每个人都睡不熟。侦探们觉得小麦田出门了。这半个月，他天天半夜出门。

　　是的，他每晚都在做这个决定，看钟灿一眼，或如果有更多可能，就让钟灿把话说清楚。像无数失恋的人一样，最后都要讨个说法，虽然别人早就把说法讲明了，可他还要说法，仿佛不要到他心里的说法便誓不罢休。

很好，他的宿舍亮一圈昏暗的台灯。小麦田透过木门上的玻璃小窗，看到正在挑灯苦读的钟灿。他呼出一口气，天地虽冷，但他一点不觉得。他反而好热好热，紧张让他直冒虚汗。他想，再晚一点，钟灿就和我真的永别了，所以让永别的这一刻显得稍美些吧，他需要善始善终。

失恋中的人，大多觉得分手不够完美，所以才一次次把自己逼上绝路，请求对方一起完成完美告别的戏码。他心里有太多放不下。为什么要放下？为什么要用自己的痛苦成全他的快乐？因为爱。就是这个"爱"，让多少人一生都不快乐。爱了就会快乐吗？大多数爱情，都是单相思，所以大多数的人都不快乐。

小麦田还没敲响门，眼泪先汪起来。他哭得好不能自已，闷在寂静里的哭，那样不痛快，简直是一回凌迟处死。他这才体会到古代刑罚的高深，一死多痛快啊，让你慢慢地死，看着身体骨肉剥离，那是灵魂在受煎熬，先让你的心死，再是肉体，痛到最后麻木了，心死了，肉体的疼痛早被灵魂的痛压过去。小麦田捂着嘴，努力着不哭出声音。他死也要死得悲壮些吧？

他终于敲响304宿舍的门。

从玻璃小窗透出的微光，小麦田看到正读书的钟灿从兴头上抬起脸，眼神一眼便锁定他。他们的眼睛又开始对答了。小麦田看着他，满脸写着思念。

可就只有十秒，钟灿把灯一关。小麦田什么都看不见了。

他倚着墙壁，终于把心里的痛放声大哭出来。屋外的冰雪袭击，冷的感受此刻才真切起来。

他就这样一直倚着墙，不走，也不再敲门。小麦田百无聊赖地踢着脚下的饮料瓶，踢得满楼道回音。这回音里也装满思念。终于，他房间里的微光又亮了，像突然又劈在小麦田黑暗心里的一道微光。隐约听到他下床的声音，门咯吱一声，静静打开。

钟灿抱着他的棉衣出来了。

他把棉衣扔给他，这个动作体现出钟灿的关心，但他却并没有多看小麦田一眼，只是径直朝厕所走去。这冰冷的关怀提炼着成百上千倍的温暖。他跟钟灿走进厕所，几个月前狼的陷阱，是他救了他。

小麦田捧着钟灿的棉衣，棉絮里粘贴着钟灿手臂的温度，此刻在小麦田的手心里形成一团不可思议的温热。那温热之上慢慢滴下一滴泪，两滴泪，成串的泪，直到温热上滴出一摊冰凉水渍。

钟灿开门见山地说："你到底想怎样？"

小麦田懵懂地看着他，什么话也说不出。

"没事我先走了。"钟灿把刚刚点燃的烟往地上一掼，掼出他心里的不耐烦。

"你别走……"小麦田低着头，尊严完全低到尘埃里。

"你到底要怎样才肯放过我？"原来他们之间，是一次放过。

难道不是吗？被男孩子暗恋，这本身是一种耻辱。所以他求他放过。

"我……我就想看看你……"

钟灿无奈地摇摇头。

"阿灿！……"小麦田的声音抖得离奇，又带着毋庸置疑的铿锵。

钟灿将头一摆，摆出个大"？"。

"阿灿……你能给我一次机会吗？"

小麦田的这句话才离奇！什么叫能不能给他一次机会？钟灿想。明摆着的回答还需要他多此一言吗？

"你能不能告诉我为什么？"小麦田的泪又下来了。

"我喜欢女人！"

"是苏姐吗？"小麦田脸上出现咄咄逼人的态势。

钟灿点点头，想：你明知故问什么呢？

"你只是要报恩！我也可以不读书！把我的学费拿给你读书！"小麦田疯了。

"你有意思吗，杨麦？"钟灿脸上第一次出现嘲笑，像小麦田看到那些侦探们嘲笑的神情一样。

"那我要个结束。"小麦田一抹泪，奔赴刑场的悲壮出来了。

"我们有开始吗？"

"有！有！"

钟灿快被眼前疯了的小麦田烦死了。此刻他想，赶紧结束吧！

"你要什么结束？"

"能让我亲你一下吗？"疯了的小麦田，说出的话也是疯话。

可不知道为什么，钟灿瞧着眼前疯了的小麦田，心里只有无尽的心疼。爱有错吗？只是他不爱，所以感觉不到对与错。僵持了很久很久，他想抬手摸摸小麦田被冻红的脸，可他觉得这动作太熟悉了，几天内对两个人做一样的动作，他内心犯疚。所以他把抬起的手僵在半空，又慢慢垂下来。

小麦田逮住机会，一把握住他的手。他摸到他手心的炙热，这炙热瞬间导入小麦田的心，让他如火的冲动具体起来。

"阿灿，能不能……"

小麦田的进攻起作用了，钟灿想起小麦田枕头上的潮湿。他为他，流过不少泪……

结束就结束吧，既然这是结束。结束也好，彼此再不受罪了。可就在执行这"结束"时，一个起夜上厕所的同学正好看到了这一幕。"结束"

被断在半途。

一个起夜上厕所的同学正好看到了这一幕。"结束"结束得那么仓促，那人完全傻了，把推开的门又慌忙掩上，脸上一种"打扰了"的歉意，同时还有窃笑。钟灿的脸由红变紫，像个无头苍蝇，在狭窄的厕所里踱步。他不知道该把怒火发泄给谁，所以几乎就在小麦田感受到无穷的快乐时，他扇了小麦田一巴掌。

重重的一巴掌，脆生而响亮。

然后，钟灿一把将小麦田怀里的棉衣抽回来，小麦田本能一躲，完全是个躲揍的孩子。

厕所成了小麦田万劫不复的陷阱。风刮得更烈了。小麦田垂着头，一副死相。他不知道应该怎么逃离陷阱，几个月前他有钟灿的拯救，可几个月后，他只有钟灿的背叛。钟灿把巴掌连同"结束"一并落在小麦田脸上，留下他一个人，在陷阱里苦寻出路。出路在哪里？每个陷在失恋中的人都在苦寻出路。出路就是，忘掉，或，忘不掉。可忘掉需要时间。小麦田觉得劈在心里黑暗之中的那道微光如幕布坠落，沉进深渊，一丝丝光亮也不见了。

这一晚后，钟灿像是在给所有知道真相的侦探们解释，和苏姐走得愈发没距离起来，两人的动作也大胆了：看！我还是喜欢女人！那个疯了的小麦田是和我没关系的!

　　苏姐也像个热恋中的少女，会在冷风中等钟灿下完早功，并肩去食堂吃饭。他们丝毫感觉不到就在不远处，有个男孩热切的目光将他们打情骂俏的背影盯得起火。她还会在钟灿的琴房门口等他下课，两个人在冬日的阳光下，顺着操场一圈圈走。他们也不会注意到教学楼三层的落地玻璃前，有个男孩的目光像把利剑，把苏姐杀死无数回。钟灿傍晚也不再去操场唱歌，那被他屁股坐圆的一块草甸已空荡许久。钟灿把唱歌地点直接移到了苏姐宿舍。里面只住了苏姐自己，所以他的进出多方便。宿舍楼那一盏被碎花窗帘掩映的灯光下，现出两个巨大的人影，夸张的动作把他们的快乐也夸张了，把小麦田心里的嫉恨也夸张了。

　　那段时间小麦田像得了心绞痛，痛让他不能呼吸。他答应过自己，不再惊扰他，那就让他夸张的快乐尽情演化成小麦田心里夸张的痛吧。他只能在观望这些夸张的快乐时，尽量用之前和钟灿的快乐回忆减轻些他的痛。他站在宿舍窗下的窄条过道上，抬眼看着，嫉妒着，羡慕着。雪把他的睫毛冻住，把睫毛之下的泪冻住，看什么什么带泪。

　　当苏姐的未婚夫找到学校时，小麦田心里一惊，他感受到的第一点不是窃喜，而是惊悚，他诅咒过苏姐和钟灿吗？他心里曾有过丝丝动念，祈求上天来破坏他们吗？正因为无数诅咒，小麦田此刻在寒风中引领苏姐未婚夫进入苏姐和钟灿之间的堡垒时，才感到巨大的惊悚。

这是个挺拔有教养的男人，一身西装，领结在领口处打得颇正式，梳一头上海三十年代的大背油头，他手上的礼物使他走路的步子往左微侧，过于正式的装束和步伐，把一路雪花踩成婚礼现场。

　　他是在校门口遇见小麦田的。此前他和门卫已经沟通很久，但门卫拒不放行，说陌生人不能进学校。此时小麦田正巧路过，他远远就叫住小麦田："喂！"出于本能反应，小麦田扭头一看，还奇怪这个陌生人怎么冲他兴高采烈地挥手呢。陌生人逃过门卫警惕的眼神，冲小麦田佯装熟悉地走去。刚走到小麦田身边，他就攀起小麦田的肩，对他坏坏地一笑，同时用手指比个"嘘"。小麦田于是只好和他一起往宿舍楼走去。

　　"你知道苏美华在哪儿吗？"男人蹲在小麦田身前，微笑着说。

　　"你是谁？"

　　"我是他未婚夫。"

　　未婚夫！小麦田心里一紧，绞痛又犯了。他再没听清男人接下来的话了，只像揣着一个预谋，点点头，然后带男人往苏姐的宿舍走去。

　　这不是每个学生都能来的区域。老师宿舍在学生宿舍的顶头，中间被大铁门拦腰切断，需要从一楼拐几个角，上到三层楼梯才能抵达。小麦田熟门熟路，每一步，每个台阶都不会错。敌方腹心的位置怎会搞错？

　　越往上走，小麦田心跳得越剧烈。还好，学生宿舍那边没一个人，都去上课了，不然他真会被当成苏姐未婚夫的同谋。铁门是空心的，方便老师照看学生，只要学生一有问题，老师可以立马开锁，但学生手里没有钥匙，所以不能主动进老师宿舍，其实布局更像狱警监管犯人。要不是白天，小麦田是无法进入敌军的腹心位置的。才走到楼梯口，小麦田就听到了吉他琴声和歌声。他想撒腿就跑，不然接下来的一幕，一定会被钟灿认作阴谋。但一种强烈的好奇心驱使他带领男人的脚步越靠越近。歌声越来越清晰了，整个阒寂的楼道把歌声也夸大成卡通。

　　整个过程，小麦田都是鬼使神差，包括他门都没敲，就推开了苏姐宿舍的门。

　　破门而出的是屋子里浓烈的蓝烟。钟灿抽了太多烟，烟缸都搁不下烟屁股了，往外笋节一般地冒。等两秒烟雾散开，小麦田和苏姐的未婚夫看到的，就是喝得微醉的苏姐坐在弹琴的钟灿腿上。两个人脸上的快乐被开门的咯吱一声僵固起来，他们不约而同地转过脸，看着深爱他们的两个人，在门口同时由心绞痛引起微微的面部狰狞。

　　男人突然一松手，一大包礼物落到地上，把往下走的蓝烟荡得波澜潋滟。

　　"你怎么来了？"苏姐迅速整理好散乱的头发，在走向门口之时，狠狠地挖了小麦田一眼。

　　她身后的钟灿呆在原地，满眼求救信号。小麦田这一刻有点得意起来，他不自主地嘴角上翘。

103

只听见男人抖着嗓子说："我……我来给你送婚纱……"

苏老师把躺在地上的洁白蕾丝慌乱塞进衣袋，手在额前游走。"嗯……哦……我不是说搁在家里就行吗？"

"今天衣服到了，我以为你期待了很久，就给你送来了……"男人的嗓音正努力回归正常频率。

"哟，小麦田！老师宿舍是能随便进来的吗？"苏姐把难以为继的婚纱话题霎时转移到小麦田身上。

"对……对不起……"小麦田冲苏老师道歉，眼睛却向钟灿道歉。

钟灿绝望地蹲下身子，浑身都在呐喊：为什么？小麦田你为什么这样？

小麦田很想冲过去抱起他，像言情小说里常写的那样，摇晃他的身躯，告诉他：不关我的事！不关我的事啊！

可四个人就静静地待着。

终于，男人把极不想问却又克制不住的问题说了出口："他是谁？"

"嗯……啊……我学生啊。"

小麦田真的很佩服苏姐的临危不乱，死到临头，还用她的多情试图扳回一局。她冲男人妩媚一笑，同时挽起他的手臂："闹着玩儿呢！"

陷在绝望中的钟灿脸涨得紫黑紫黑，只有小麦田了解他，此刻若没有人克制他，不要多一会儿，拳头肯定落在苏姐未婚夫脸上。

果不其然，钟灿一把把苏姐扯出男人的掌控，像头抢食的狮子，把猎物紧紧咬住。"她是我的！"

小麦田心都死了。

男人明显不懂，歪着头，似乎惊愕过度，不知该如何给出反应。

"你懂了吗？她是我的！"钟灿握住苏姐的手臂，说这话时，手臂蓄力，所以个子不高的苏老师便被钟灿微微拎起。他把苏姐往前一推，手却死死钳住她，不让他的猎物被一个半路杀出的程咬金夺走。

"美华，怎么回事？……"男人的声音抖得比方才更严重。

现在，苏姐收敛起她的多情，像个被错怪的孩子，在家长面前委屈得落泪。小麦田一阵恶心。他极轻地，但用绝对是男人可以听见的声音说："谈恋爱呗。"

"杨麦！"钟灿怒吼一声。

小麦田被钟灿平地一声吼吓得半死，脸惨白。钟灿把苏姐推开，大步流星走到小麦田身前，没来由一阵暴揍，把火气全撒在小麦田身上。"叫你多嘴！叫你欠揍！"

打得昏天黑地，小麦田眼前的钟灿是那么多情的霸道，他丝毫感受不到疼，唯一能感到的是钟灿委屈的眼泪滴在他被揍的脸上，那一颗颗锥心的冰凉。只要他还肯碰他，只要他和他还有关系，那就是好的，于小麦田而言已够满足了。他想，你再多打我几下吧，把你全身的愤怒撒在我身上吧！原来被需要的感觉这么好！他的意识渐渐脱离了，在苏姐和男人拉扯的间隙里，小麦田只闻到钟灿浑身毛孔因愤怒而散发的一种味道，微微夹着汗气，抽过太多烟喝太多酒形成的浑浊气味。这气味绕成一股漩涡，把他卷入其中，从此他的味道也扎在他灵魂里了。钟灿，你躲不过的。

钟灿把全身的委屈发泄殆尽后，坐在地上喘气。此时小麦田已陷入半死状态。他被钟灿的揍催眠一般，进入了遐想的边界之内。他躺在地上，脸被血爪遮住，已分不清五官形状，只有微微睁开的眼睛从红里泛出黑来，那样动人，因为绝境，所以动人。

之后的事大抵是这样，苏姐的未婚夫看见了被揍的小麦田，所以暂时收住疑问，说一切事情等先把小麦田送回宿舍再说。钟灿的目的达到了，他就是想离开这个是非之地。

他把小麦田平整地搁在床上，用毛巾擦去他脸上的血。他睡得那么死。他这才第一次看清这小男孩的俊美，眼睫毛好长啊，被他打弯的鼻梁骨多么挺拔……他以后一定会是个迷倒数千少女的俊仔。可他偏偏就把自己当女孩了。小麦田啊小麦田，你不知道，我从头到尾都只把你当弟弟，我能给你的最高的感情高度，只能到这里了。你送我苹果，我以为你为了表示感谢。你叫我少抽烟，我以为你只是出于朋友的关怀……是你的单相思成了瘾、成了病，疯魔了，才看不清现实。对不起小麦田，也许是我习惯了，习惯了你的付出，所以我只能让你为我再多付出一次。对不起小麦田……

钟灿用手拨开小麦田额前被血凝固的头发，在他多情的眼睫毛上轻轻补上那个"结束"，欠缺的"结束"，结束的"结束"。是啊，他的感情高度，只能到这里了……

小麦田醒来是晚上八点，身上的痛让他睡了个好觉，一个梦也没做。他转脸一看，枕边放着一个大苹果。

此刻小麦田身上的痛才真切起来，他哇哇地哭了，说不清是因为感动，还是因为自己的付出终于有了回响。哭泣把全身的痛唤醒。他想，这一顿揍挨值了！

十年后的小麦田回想起这一幕时，笑自己傻。爱原来真的可以为了对方倾尽所有。爱是一种榨取，被爱是一种甘愿。谁不是榨取完别人，又甘愿被人榨取？

小麦田走进冬风里，他脸上残余的血腥灌进鼻腔，出来透透风会舒服些。他没想到会在操场碰见弹琴的钟灿。

远远地，他坐在雪堆里，屁股底下垫着琴谱。他朝他走过去，好像下午的一顿揍并没有把他们的距离揍远，反倒更近了，身体和身体间有了接触，对话也顺便了。他也像几个月前，往旁挪挪屁股，鼓励他落座。借着月光，钟灿看见凝固在小麦田肿胀脸上的血块，轻轻擦过，问道："为什么不躲？"

小麦田把肿大的嘴巴努力咧出个笑，说："我知道你要找个台阶下！所以我不躲。"

钟灿一阵心酸，爱怜地问："还疼吗？"

小麦田冲钟灿笑着使劲摇头，夸张地笑，夸张地无谓，他不想让钟灿为他心疼，可恰恰是他平静的逆来顺受在钟灿心里泛出了更夸张的疼。他淡淡地摸着小麦田的脸，说："你怎么可以这么好……"

小麦田很想说：为了你我什么都可以。但此时此刻，他已完全沉浸在钟灿温柔的享受里。

"还记得吗？我的歌。"

"当然。"

你别困惑/世上的永恒哪能圆满/该舍舍不得/该忘忘不掉/别再和回忆揪扯/别再傻子一样念旧

我问你痛苦放过了谁/爱情不过是秋天里的小感冒/来得快好得快眨眼

工夫便忘掉/回忆不过是感冒时蹿上蹿下的痒/轻轻一痛平淡过去了

床上的誓言就像狗屁/笑一笑却无法自拔/它是夸张台词/戏散之后还醉心在自己的梦/迂迂回回醉了又醉/醒了再醉

回忆不是旧路/在孤独里念旧并不快乐/可情情爱爱它难以说懂/只有体会才能用心良苦/我问你最后爱情剩了什么/你说一具空荡荡的壳

说人生太远/说理想太长/爱情它没把你当宿命/你只是它对面的靶/不管快乐还是绝望/它都要用枪把你杀射

啊岁月漫长/该来的我不躲/该躲的我不藏/那分久必合的梦话我信了/那合久必分的箴言我没忘

啊岁月漫长/该信的我信了/该忘的我会忘/你还有什么梦话说出了忘记了/埋藏着多少代价

　　于是，寒风中，只听见吉他琴声被风刮散的颤抖，小麦田忍着痛，唱起来，唱得五音不全。钟灿笑他："跑调了啊！"小麦田不管不顾，只是唱着，一遍遍地唱，直到两个人都呈现出微醉状态，电流滋发出一种罗曼蒂克。此刻太美好了，成了小麦田心中的永恒。

第六章

小小麦田

苏姐暗自蓄力，让巴掌在抬起到完成的过程中存满足够的能量。五个指头起先聚在一起，却在发力之际猛然张开，指尖划破脸颊，在深冬的冷风里，一条条红印子落在钟灿脸上，凸起得格外明显。

　　她还是把鬓间的头发拨到脑后，让冬风冻红的脸在钟灿汪起一片水的眼里显出它的楚楚动人。苏姐哭了，让眼睛也加入脸的动人行为。测算好距离，她往前走一步，想来个小鸟扑怀的苦情戏码。可只消一个退让，钟灿便让苏姐的戏码NG了。

　　她再往前走，钟灿再往后退，小鸟扑人是不行了，于是苏姐在被风吹响的灌木丛后，紧紧抓住钟灿的手臂问："怎么了？"

　　钟灿手一甩，偏过头，摆出句回话："你说怎么了？"

　　"阿灿，我和他分手了呀！"

　　钟灿冷笑一声，把烟掏出来，风太大，怎么都点不燃。罢了，他又把烟揣回兜里。罢了罢了，不管你是不是真的分手，我们都罢了……

　　苏姐似乎感觉到钟灿的决绝。"你听我解释！"她哭着音调说。

　　"不用了……"钟灿望着远方。他不想说话，生怕一说话会憋不住泪。就像诀别小麦田，任何一次诀别都得死一回。

　　其实全校同学都明白，钟灿和小麦田的再次靠近只是为了报复苏姐，但苏姐想，只要你钟灿还报复我就好，经历过数次爱恋的她明白，"报复"证明了还爱，证明一种背地里的索取、冀求。哪怕钟灿把苏姐接济他

111

的不菲金钱拿来给小麦田买零食，同样从这笔钱里支出给小麦田买化妆品，买一切男朋友该给女朋友买的东西。哪怕这一切只是为了得到报复的快感，得到苏姐目光里妒忌的关注。下课的时候，哪怕只有五分钟，钟灿也要把小麦田喊出教室，在三楼过道尽头的落地玻璃前说说话，把书借给小麦田，反正他想尽了一切办法，要把躲避的苏姐唤出来。

钟灿也懂，如果她出来了就证明她还爱。只要证明了她爱，一切就都不是问题。

但钟灿没想到，苏姐出来的原因不是因为爱，而是钟灿的报复让她尴尬，让她在这种荒诞的三角关系里难为情死了。第二节下课，苏姐走到小麦田和钟灿身边，一脸温柔的慈爱，她问小麦田是如何在干燥的北京保持好皮肤的，皮肤好成这样，叫她这个女孩子都羞了！苏老师故意把"女孩子"说得特别重，给小麦田一记闷锤。小麦田低下头来，一脸被羞辱的惨相。他往旁瞅瞅钟灿，见钟灿的目光被苏姐完全吸进去了。他多想听苏姐的解释，但从苏姐嘴里，钟灿没有获得他该得的解释。所以他报复心又起，讪讪地回一句："当然，也不看看我给他买了多少贵死人的化妆品！"

"哟，钟灿，你发达了嘛！"苏老师把这话里讨好的一面给钟灿，羞辱的一面给小麦田。

"拜您所赐啊！"而钟灿不接受她的讨好。

话语开始交锋了，小麦田被架在中间，交锋因他而起，此刻却谁都嫌他多余。

"你跟我来。"苏姐抓起钟灿的手，这个不经意的动作在小麦田眼里是那么刻意。他抬起脸，看着钟灿，希望他别走。虽然他年纪还小，但他死过几回又复活过几回的心告诉他，钟灿这一走，一切又会回到原点。

钟灿愣了几秒，把苏姐的手甩脱，抚抚小麦田的头给他安慰，但步子却跟着苏老师去了。

小麦田蹲在地上，没来由的心绞痛让他快要窒息。

钟灿跟随苏姐来到操场背后的灌木丛。天空是灰色的，夹着几朵更灰的云，灌木上的树叶都掉光了，干干的枝丫如魔鬼尖爪，远处的视线里也尽是灰尘，一点零星的太阳在雾霭里沉睡，白雪冻在地面上，毫无生命力的世间。这一切构成钟灿和苏姐眼里的地狱，因为太凄凉，所以此刻的柔情多重要。苏姐轻轻揉搓着刚刚巴掌落下的钟灿的脸颊，问他："疼吗？"

钟灿说："心疼。"

"阿灿！"苏姐哭得太伤心了，连不久前被她背叛的钟灿也无法拒绝她苦情的戏码，一把接住她，让她的小鸟扑人完成得那样曲折艰辛，以至于他的获得更加难能可贵。

"我不爱他！是我爸爸逼我结婚的！"

113

"你为什么不和我说？……你只要和我说……"钟灿的嗓音被泪憋屈，所以出来的声量很小，苏姐感觉胜券在握。

"我怎么和你说？说我不能自由地爱你？"这几句话把钟灿的堡垒彻底攻陷了。钟灿似乎愣住了，半天才回过神说："我能理解……你这样的家庭——"

苏姐打断钟灿的话，说："——那你还爱我吗？"

"爱！我每天想你想得快死了……"

苏姐想：他好单纯。这单纯是她遇见过的所有男人都没有的。

苏姐妩媚的眼里装着胜利的泪水，她动一动嘴唇，让它在寒冷的冬天被钟灿的唇解冻、化雪。于是，躲在不远处的小麦田，看到的就是苏姐和钟灿的热吻，他们吻得那样暴烈，把外套吻得掉落在地上，像一对濒死的恋人在地狱里吻别，因为太相爱，又面临太多阻碍，所以爱得更深，更热切，更要抓紧一切时间奉献，然后彼此牺牲。小麦田和他们俩一起哭了，嫉恨的种子落在他冰冷的心田上，只要春天一来，时间恰好，嫉恨就会破土发芽。

小麦田心里突然涌现出上次和苏姐男朋友撞见的那一幕的前史后续。那时钟灿应该在上数学课，最无聊的课他却不无聊，手在课桌底下狂按手机键，每一次手指压在松软按键上完成的弹起落下，都把一条条挑逗短信发给苏姐，让手指通过按键完成一次次天雷勾地火的触碰。直到苏姐说：

114

我要把一切给你！手机按键才消停。钟灿又无聊了，无数混乱的思绪在他脑子里相互打架，拧成一股没有线头的麻烦。等了很久，苏姐见钟灿没有动静，便又发过去一条：我在宿舍等你。

最难的选择来了：去或者不去？

十九岁的少年怎么不知道"把一切给你"是什么意思。他唯一不确定的是，这"一切"里是否包含未来。等到学期结束，他就要参加大学艺考，等他离开这所中学，他还能否维系苏姐的"一切"？但也许是"一切"太过诱人，他决定暂先抓住当下，所以他逃了下一节英语课，踩着薄雪，向苏姐宿舍进军，去掠夺她的一切，从无限的未来里掠夺现在。冰雪与脚步磨出的"吱吱"声成了擂鼓，上课的铃声变为号角。他就要得到她的一切了，同时把自己的一切奉献出去。

但这场伟大的奉献被小麦田打断了。钟灿不恨小麦田，因为其实他在奉献的过程里一直在怀疑奉献的持久性。苏姐太风情了，而她的风情是自由的，是属于北京这个大城市的每一个夜场，每一晚邂逅的男人的，当然还属于她的未婚夫，属于庞大的家族企业里类似于政治勾斗的武器。她可以任何时候都把风情奉献给任何一个男人，而不仅仅是他钟灿。可他钟灿的奉献就大了，他需要考虑到未来，需要牵她的手跨越重重阻碍、阶级，他必须努力到达她的高度，他的奉献才不至于变为可笑的牺牲。而他是禁闭的，他的奉献更像一次为越狱而做的色情牺牲。他第一次触摸到女性的乳房，小小的坚挺的，只有在醉意萌生的短暂时刻，他才能躲过清醒的追逼，才能放任自流一会儿。她给了他太多惊喜，无数惊喜叠加起来，就形成一场虚幻的梦，仿佛被梦催眠，那梦就成真了。

他们那么不顾死活地销魂着，互相抚摸对方的躯体。两个年轻的躯体在雪化的深冬里绽放，彼此撕扯纠葛。他们太忘我了，以至于忽略了躲在不远处的小麦田。这个可怜的小麦田啊，他已疯魔了，痴醉了，却只能眼睁睁看别人痴醉。几年后，长大的小麦田看见了当初拍照的自己皱起眉头，满脸奔赴刑场的悲壮。

雪在腊月底开始化了，今年的冬天特别冷，但过得太快。像钟灿的脸，一晃神就过了，记不太住了。

他能听见化雪的吱吱声，在深冬初春的夜晚，由于太多宁静，这世间一切不容易被捕捉的声音此刻全部钻进他的耳朵里。原来没有钟灿的世界是这样的，安静得燕过无声，安静得连一颗泪掉到地上都能听见。好像成了一场仪式，仿佛废弃的歌剧院里住着一个顽固的看门人，每天守住一堆旧物旧事，沉浸在旧情旧景中，逃出去就是个死。结果他真的要寻死了。他想挣脱这陷阱，挣脱钟灿的脸在他心中深深烙下的那层凸起，那镣铐一般的深情。

现在你该知道小麦田在哪儿了：厕所。几个月前的故事就从这里开始，那么几个月之后的故事就该从这里结束。静悄悄的，呼吸都听见了。别这么静吧，请求上帝给他些声音，让他的世界能消除一点点孤独也好。脑子里像刀一划一划，闪过下午钟灿和苏姐在操场后面的彼此奉献、彼此牺牲。太痛了，心也痛头也痛。这些画面就像一只恶魔在朝他招手：来吧，来吧，站到我这边来。将他们拍下来，将他们丑陋的行为拍下来！他拿出了手机，把焦距推到最近。很好，一声声快门将在日后见证他们可笑的牺牲和奉献。很好，镜头将他们的"一切"固定死了。你来看看这是怎样的一切！两条蛆虫一样的身体滚在污雪里，你们也就配滚在污雪里。他们的爱多么苟且，就让镜头把这些苟且记录下来，让他们的苟且在小麦田心里万劫不复。

他不是没给过钟灿机会。他给他发了一天短信。二十分钟前，他叫他来厕所。总该要个结束的，小麦田想，我爱你把自己爱成狗了，呼之则来驱之则去，你钟灿不能再这样对我了！可钟灿没有出现，面对着小麦田一百多条短信，他一条也没回，几十通未接来电将永远遗弃在钟灿的手机回收站里。小麦田绝望了，他想：你继续装聋作哑吧，等明天同学们找到我的尸体，翻开我的手机，看你还能不能装聋作哑！

小麦田打开厕所的窗户。窗外是凌晨三点的世界。三楼，也许还不至于死，也许是终生残废，让钟灿愧疚一生更好，那样他就会每天待在残废的小麦田的病床边，握着他的手，重复嘴里温存的话。小麦田被只有在滥情电视剧和他的幻想世界里才出现的一幕感动了。于是，他小小的身体爬上窗户，坐在窗沿边，凌晨三点的世界多么美，黑暗让他心底的黑暗见光。冬风似刀，此刻却不再尖利，更像把钝刀，一点点割着小麦田的身体，却更疼，疼进骨头疼进灵魂。他哭得好惨，又一滴泪没有，心死的人是没有眼泪的。

他闭上眼睛，就在他马上要纵身一跃的时候，他突然发现，厕所门口围着好多人，先是一两个，然后多起来，多到纷乱嘈杂的声音让小麦田从伤心里清醒过来。

"跳啊！怎么不跳？"一个睡眼惺忪又被热闹激醒的同学瞎起哄，继而越来越多的人开始起哄，脸上的睡意被从未有过的新鲜刺激着，填满了嘲笑。

小麦田冷静而决绝地流着泪，把他们的脸一张张看遍，看进心里，钉死。

他寻死的心思全无，为了争口气也得活着。对！况且只要活着就还能见到他的钟灿哥。只要能见到他，那么他的天空还不至于倒塌。

想到这儿，小麦田从窗台一跃下到地面。他走过嘲笑的目光，走过嘲笑声里时不时夹杂的辱骂。走到门口，他"呸"地吐出一口痰，用沙哑的嗓子说："跳什么跳？我得先等你们全死了才能跳呀。"

于是众人看到的，就是小麦田一步一趔趄的背影。由于他只穿了内衣，而他们身上都裹着棉服，所以显得小麦田更单薄，身体成了影子，影子成了身体的行尸走肉。

第二天，小麦田在学校厕所里要自杀的事在全校传开了。他走到哪儿，同学便自动让开一条路，好像经他身子刮过的风都脏。在食堂吃饭，一排长长的桌子，够坐一个排的兵，可是小麦田坐哪一排，哪一排就永远只他一个人，别人宁愿挤死，也不愿和他"同流合污"。能听到背后的人说："就是他！真是个小变态！"小麦田推开宿舍门，看见的是宿友们相互玩亲亲，问他："小麦田，你的钟灿哥哥在哪儿呀？"小麦田一声不吭，躺到床上，把床帘猛地一拉，隔绝着外面的世界。小麦田就这样被孤立起来，或者说，他把全校师生全孤立了。

从此，本来就话少的小麦田再也不说话了。偶尔听到他说一句，是在半夜，同学们睡得迷迷糊糊的时候。他对自己说话，把愤怒、委屈、爱都对自己说，把要对钟灿说的话也对自己说。他的低语在宿舍浓稠的黑暗里像高音喇叭一样，折磨着宿友的耳朵。宿友问他："小麦田，又想你的钟灿哥了吧？"小麦田的低语便戛然而止，等那人打着呼噜睡去，小麦田又立马续上低语。他被一个问题困扰了，那就是他和钟灿的开始、结束都那样仓促，根本没有开始就开始了，没有个结束就结束了。小麦田悄悄把床帘拉开一个角，看窗外的飞絮飘雪。凌晨的雪柔柔的，不知几时就把大地覆盖了，银白白，像要抹去旧痕。一切都在小麦田心里抹去了吗？你心里抹去了他吗？小麦田问自己。

　　他望着洁白的雪，唯一能想到的，就是钟灿霸道而多情的那张脸。

　　钟灿和苏姐都耳闻过小麦田荒诞的自杀事件，但似乎这事并没有影响他们之间的地下恋情，虽然他们的关系其实全校皆知。钟灿爱苏姐，爱得那么男人，又爱得如一条狗，被主人抛弃之后，只要喂一颗糖便立马乖乖跟在身后。每天早上，苏姐的办公桌上都搁着一份早餐，像曾经小麦田如此待他。有人见过苏姐和钟灿在操场的灌木丛里热吻，还有人见过他们利用短短的下课时间在教学楼走廊尽头的落地玻璃前拉拉手，小声调情。他们公然坐在一起吃午饭。每周末，苏姐都带钟灿去三里屯的酒吧过夜生活。他们安然地谈着恋爱，忽略了不远处一个咬牙切齿的小男孩。

　　小麦田来到北方的第一个半年马上要过去了，钟灿迎来了他的毕业汇报。汇报那天，小麦田偷偷溜进多媒体教室，听钟灿第一次亲口唱出那首歌，可对象早已转变，小麦田心都碎了，尽管他知道歌声的对象是舞台下第一排正中的苏姐，可他还是把歌声听进心里，在幻想里让歌声中的爱传递给自己。歌词多富诗意，曲调多富爱意，钟灿唱得那样动情，苏姐满脸得意地听着，转过头，瞥一眼最末一排靠边的小麦田。就这一眼，小麦田认定自己输了，输得彻彻底底，让他的青春岁月一败涂地。小麦田让眼神躲开了苏姐，他又想，自己怎么可以和她比？她有全然的一套成人体系，

120

一套大人的生活方式，他注定赢不了她的柔情万丈。此刻小麦田好想长大，他憎恶十二岁的年龄，憎恶性别，以及那一张人人都讨厌的脸。

歌曲完了，他整个的十二岁也完了。在人群鼓掌的间隙里，小麦田悄然走出教室。

再见钟灿，虽然他那么那么不想说再见。但再见是不可避免的。人生何时不告别？

就在小麦田认定他和钟灿之间没戏之后，他没想到，声乐课期末汇报那一天，钟灿出现了。当然，身边依旧跟着苏姐。也许是苏姐故意拉着钟灿来看的，以一个胜利者面对失败者的骄傲，来看看他要如何滑稽出丑。那一天，小麦田穿了再普通不过的衣服，但当他看见钟灿进门，他立刻奔回宿舍换衣服。距离考试只有二十分钟，他花了半个小时选衣服，在镜子前一套套试穿。黑绿蓝三套童装，小麦田举棋不定。绿色穿起来太花哨，他本来就被全校不当男孩了。只有黑色还勉强看起来有些大人的样子。走到门口，他觉得还是蓝色最好，蓝色是钟灿最喜欢的颜色。穿上蓝色，也许钟灿的眼睛会在短短一瞬间里有他。

但钟灿永远也不会知道，小麦田曾为他精心打扮过。他学着发廊小弟那样，用梳子卷起头发，再用吹风机把卷固定。很快，小麦田的一头直发便成了四分五裂的鸡窝，看起来惨不忍睹。但小麦田是满意的，至少卷发能让他觉得自己也叛逆了，也像大人一样能疯狂了。他还抹了点儿钟灿送的粉底，为了遮住起早了的青春痘。临走前依旧不满意，又狠狠添上几层粉，末了在脸颊两侧画着圈涂上怪诞的红胭脂。

他走进教室，全班的考试为了等他一个人，延迟了十分钟。

指导老师在教室门口着急地等他，今天校长、主任、董事长都亲临新生班，他的迟到是会影响教师评先进的。指导老师在他背后一拍，小麦田感受到的疼证明了老师的毫不留情。"快进去！你干什么去了？"

小麦田支支吾吾，垂下头，为他的迟到致歉。他不好意思说回去换衣服了，也不好意思在心里承认换衣服其实是为了钟灿，为了他以为死了的、其实却仍鲜活的爱情。

小麦田在以后的日子里，总想起这次期末汇报考试。那套还未穿过的天蓝色新衣颜色刺眼，在全班合唱中显得那样特立独行。还有他唱歌时嗓子里突然涌起的剧痛也记忆犹新。他印象里，嗓子突然冒起的一股疼，是因为看见了钟灿和苏姐的手在凳子底下的不安分，手与手拉在一起的瞬间，小麦田一声也发不出来，像一根钓鱼线勒住脖颈。他还在记忆里回想到，那一天每个人见他都偷偷笑，尽管他认为是自己唱得太好了，为了用歌手报复钟灿和苏姐，他的声音高转低回，肢体千言万语，一声一句的歌曲在那一刻全是深情的。他在演唱中看见了钟灿和苏姐以手开始的调情逐渐变成浑身的调情，整个教室的空气都被他们的调情占领了。小麦田的心脏突然一紧，原来所有深情的演唱都是为了一个人，一个他心中爱慕的另一半。

　　唱着唱着，小麦田觉得自己化在了歌声里。钢琴伴奏的声响模糊了，其他人的声音也模糊了。他闭上眼睛，享受着自己的深情，享受着那一刻他对钟灿传递的爱意。看，我的演唱只为你一个人。你快听听我的歌声啊！这歌声自由了，飞升了，成了小麦田无法说出口的告白，掺着那一幕幕美好的往昔记忆。

　　这时，他的嗓子突然一紧，一个高音鱼死网破，不像是从人嗓子里发出来的。可他还在闭眼唱着，享受着歌声里他和钟灿共有的世界。小麦田清唱了半天，才意识到全班同学都噤了声，歌曲完了，他还在唱着，歌声刺破了钢琴伴奏的落脚符。

　　他害羞地低下头，见同学们各处四散，有的靠墙，有的抱着膀子，底下的指导老师气得脸红脖子粗，大声骂道："你怎么回事！自己在台上独唱半天！"

　　小麦田挤出个抱歉的笑，想混进场子边上的人群，但人群微妙地调整了距离，不给他混迹。

　　"一首歌都在胡唱！你有病啊！"指导老师拍桌而起，还不解恨的，走到舞台中央，狠狠推着他下台。

　　这时，小麦田听到苏姐低低的一句："画得跟鬼似的！走一步掉一地粉！"

全场哄堂大笑，他为钟灿的精心打扮，竟成了在众人面前耍宝的小丑。

指导老师马上续一句："以为画个鬼脸，就能拔高自己啊？"

全场又笑了。

小麦田听到钟灿也笑了。笑里透露着鄙视，和身边的人无二样。

此刻，小麦田的脸被放大了，灵魂出窍一样，他看见自己颜色突出的衣服，浓厚粉底的脸，怪诞的两团胭脂。小麦田想，这个变态的小男孩，原来他今天一切的作为，都是为了一段鄙视自己的爱情。一个男孩竟能变态无耻到这个地步，原本干干净净的脸，被粉抹脏了。这是多么脏的一个人，满脑子装着脏的爱情。

小麦田走到人群最后，另一个班的汇演合唱开始了。小麦田坐得离人群好远。他靠着音响箱子，巨大的轰鸣传进他耳朵里。世界在一片轰鸣里变得安静至极。

现在，他还想不了自己为什么就能让丑出得这么彻底，他现在只想着钟灿的那几句笑。那笑氤氲在耳朵里，盖过了此刻音响的共鸣，在共鸣里放大千百倍。不管苏姐怎么嘲笑他，指导老师怎么骂他，他都觉得无所谓，但钟灿的笑不应该，他参与了众人对他的鄙视。今天他所做的一切都是为了他啊。他不该鄙视一个为了他才被全校师生鄙视的小男孩。

小麦田心里无端生起一股恨。

他悄悄走出教室，雪真大，有点不像人间了。

他走进宿舍楼，又走到304门口。站了很久，拿着书本准备去考试的同学一个个擦过他，留下一句句低声的骂："犯贱！"

可，爱不就是犯贱？他不管不顾了。他一下推门而入，屋子里一个正睡懒觉的人被他弄醒，看见是他，笑了，说："钟灿不在。"

小麦田瞪他一眼，说："谢谢，我知道。"

然后小麦田迟疑地踩着阶梯爬上钟灿的床。被子打成一个球，乱乱的床铺往上喷发的全是他的气味。这气味略涩，微微发咸，又带着被暖气烘带出的安全感。他把脸埋在他睡过的床单上，轻轻吻一下他发黄的枕头，逐渐醉了。

在他俯首贪恋钟灿的气味时，他脑中闪现出一个报复念头。屋外的世界正白得残酷起来。

距离全校考试结束还有一周，七天足够他的把报复计划实现了。首先，他偷偷翻墙出了校门，步行很远才找到一家打字复印店。他把手机里苏姐和钟灿的暧昧照片全洗出来，一张张翻开看，多么般配的一对儿，一定是被人祝福的。如果他们之间没有隔着小麦田，他们的爱情也许会一直继续，也许苏姐是给过钟灿"未来"的承诺的，如果不是小麦田，这承诺也许就会实现。

他们在铺满白雪的操场灌木丛后接吻，白雪的气味缭绕着，让他们的爱简直带有一种醉生梦死。谁都不知道，小麦田跟踪了他们整整一个月，把他们的销魂全部摄进手机，定格成照片。他们那么不顾死活地销魂着，互相抚摸对方的躯体。两个年轻的躯体在雪化的深冬里绽放，彼此撕扯纠葛。他们太忘我了，以至于忽略了躲在不远处的小麦田。几年后，长大的小麦田看见了当初拍照的自己皱起眉头，满脸奔赴刑场的悲壮。

实施报复计划的前一晚，小麦田没睡，失眠症已经困扰他好几个月。他听见寂静里全是钟灿和苏姐的销魂。第二天就是苏姐的生日，这是让她出丑的最好时机。苏姐的人缘在学校里出奇的好，同学们同样用这一周的时间为苏姐准备礼物，如果不给她致命一击，那么她肯定还有复生的机会。小麦田也准备了礼物，一个精美的盒子里，装满小麦田一个星期的手工劳作，是些漂亮的小星星，小麦田熬着红眼一晚一晚编的。还有一张张销魂的照片，小麦田熬着泪眼一张张放进去的。

第二天，校长特批苏姐在多媒体教室举办生日聚会。和苏姐关系好的同学全去了，可小麦田不请自来。正忙着装扮舞台的钟灿一看见小麦田，便对他暗地里微微一笑，这笑有点偷情的意味。小麦田也冲他一笑，这笑是爱怜的笑。钟灿慌忙躲开，怕他又要纠缠，便低头忙活。小麦田捧着礼物盒，安静地坐在台下。钟灿组织了声乐系的同学，给苏姐准备了一个个节目，钟灿卖力地弹奏着钢琴，也许他体察到了小麦田的不对劲，所以钢琴声的纯情度不高，分散着注意力的歌声也唱得五味杂陈。

这么多人祝福他的情敌，看他们爱得死去活来、你侬我侬。小麦田全部的仇恨藏在心底。一个个节目演到九点，到了吃蛋糕的时候，同学们纷纷把礼物端上舞台。小麦田也走上去。

"小麦田，来！最大的一块给你！"苏姐满面春风。

小麦田想：你别那么得意，你的胜利就快到头了！小麦田捧着礼物盒子，没有多余的手接蛋糕，可苏姐还是一脸诚恳地把蛋糕端在他面前，他只能微微一笑，用胳肢窝夹着礼物，伸手接蛋糕。他有点摸不着头脑了，今晚是来和苏姐和解的吗？

可苏姐把端着蛋糕的手突然抽了回来。她当着全校同学的面说："要吃蛋糕可以，但是要给我礼物哦。"

"没……没准备……"小麦田满脸羞燥。如果是来和解的，那他手里的定时炸弹又算怎么回事？

"你手上的盒子是什么呀？"苏姐冲台下做了个鬼脸。

"……"小麦田想：你真厉害，你用大度毫无痕迹地盖过了尴尬，暗箭难防啊。

"那你把钟灿的照片还给我吧！就当是生日礼物了。"

"什么照片？"小麦田不解地摇摇头。

"以前放在他钱包里的那张啊，说在你手里呢！"

"没，没有……"

苏姐的满脸春风冷固了，被满脸阴冷代替。她细薄的嘴唇微微一弯，弯出个嘲笑，嘲笑又被小麦田的沉默激怒，变成突然的放声大笑，这笑极恐怖，成了尖叫。"你个撒谎精！你偷了他的照片，别以为我不知道！"

小麦田想到了搁在钱包夹层里的钟灿，这是他唯一能思念他的方式了。

"不交出照片，就不给你蛋糕哦！"苏姐把笑敛起，一抹阴狠在嘴角边勾起。

小麦田完全被她的阵势压倒了，只是猛不迭往后退着，台底下所有人都看着他，脸上也全是苏姐嘴角上的那抹阴狠。

小麦田被逼哭了，他的眼泪顺着脸颊淌进嘴里，人生真苦！

他把头一转，看到舞台边缘的钟灿把头深深埋下来。此刻，他已不再是那个把他救出狼圈的猎人，他也不再是他眼里的小羊羔。

小麦田说："照片没了，扔了！"

苏姐说："骗子！"

小麦田说："真的，已经扔了。"

苏姐咄咄逼人："那你把钱包拿出来看看。"

小麦田说："我没手……"他的手里端着"礼物"盒子。

苏姐对钟灿使了个眼色，意思是让钟灿自己把照片拿回来。可钟灿避开了。

　　钟灿避开的动作让小麦田恶心，他到这一刻才真正看清他。原来他不过是个懦夫，连碰他的勇气都没有。

　　众目睽睽下，苏姐用她涂着鲜红色指甲油的手向小麦田的裤兜发起进攻，那块原本要给小麦田的蛋糕砸在小麦田脚边，变成一摊稀泥。小麦田一动不动，任凭苏姐把他的钱包抖开，任凭那张照片被她高高举起，在众人的目光下一览无余。

　　"不是说扔掉了吗？"苏姐的阴狠里加入了一丝得意：别想来挑衅我，你只会让自己失败得更彻底！

　　小麦田低着头，眼泪滴答滴答往下掉。同学们都想，你何必要来？何必要自取其辱？

　　苏姐把视线转给了台下的人，她开始了她的长篇演讲，说学校里怎么会有这种变态小孩！应该早开除！……同学们只是听着，一点动静也不敢发出来。

　　"不是……"小麦田想辩解几句，但显得很没力量。同学们眼看他捧着生日礼物的手越来越软，软到虚无。他整个人都涣散着，被苏姐逼进了理屈词穷的死胡同。

　　众人开始窸窸窣窣地交流，全望着钟灿，抹在他脸上的奶油把他的五官全盖在下面，僵化着，成了张死寂的空白面具。

小麦田眼睁睁看着他，那一脸的憔悴原来还能令自己如此不忍。

但小麦田的脚不听使唤，他朝钟灿走去，想走过他们之间隔着的苏姐。众人和苏姐都盯着小麦田，鸦雀无声。他们看见小麦田每走一步就掉一滴泪，他哭得那么伤心，没有知觉的哭泣是痛苦伤进了骨髓。

走到苏姐面前，他停下了，脸色惨败得很，彻底败了。但他抬起头，目光变成一把刀，狠狠割过苏姐的身体。他把她身体的每一部分全看遍了，那些被钟灿狠狠摸过的每一部分。然后举起手，把一整个礼物盒从苏姐头上盖下去。五彩的星星哗啦啦在苏姐的身体上流过，除了这些星星，还有就是一张张纷飞的照片。

钟灿和苏姐之间的销魂四处纷飞。

众人喧哗中，谁也没听到小麦田说："你不是要照片么？给你！"

小麦田顺着抢照片的纷乱人流走出去。走进一片深冬的夜色。他叹了口气，然后蹲在地上大哭起来。

苏姐和钟灿成了学校的丑闻，最露骨的照片被送进校长办公室：苏姐和钟灿都裸体，在学校背后荒弃的小屋里耳鬓厮磨。第二天，学校贴出一张告示，钟灿被开除了。

只有三天，钟灿就能顺利毕业。只有三天，他就可以继续在苏姐的资助下读大学。可因为小麦田，他的三天成了最后的学业之路。学校拒绝为他开证明，他失去了参加艺考的资格，意味着三年前他是怎么走出乡下的，三年后就该怎么回乡下。三天，断送了他的三年，也许还断送了他未来的三十年。

钟灿要走的那天下着大雨，天阴到极致。小麦田趴在宿舍的窗台上，望着淅淅沥沥的雨水。那一段时间他天天都哭，只是不出声，也很少让宿友看见他的泪。大家都知道，趴在窗台上看雨的他，其实是在等钟灿离去的身影。

他就那样默默等着。雨似乎没有要停的意思。小麦田从那天之后就开始喜欢雨天。阴沉的天气把每个人都闷着，却让他感到温暖，让他心里一切的黑暗不被阳光露出原形。这个悲苦的小麦田，大家看着他的背影，他轻轻地抖动，他无声无息地伤痛。那一刀剜得够深，是他把钟灿逼走的，他断送了钟灿的未来。原来他所谓的最爱，其实最残酷。苏姐给过钟灿未来的承诺，可他结束了这承诺，也结束了钟灿的未来。

为了爱，值吗？小麦田让雨的声音淹没他的哭泣。雨下大了，钟灿穷得一把伞都买不起，他在这一刻明白，原来钟灿对他的情感里还有疼惜，这一点就足够了。小麦田想到自己最初想要的获得，难道不是只想要钟灿看他一眼就好？

爱情里得到越多，失去也越多，不如最初就别得到。冀望越少，失落也越少，不如最初就别冀望。

这过分安静的宿舍门外，响起一串脚步声，随之门被打开，然后是一句轻轻的："小麦田在吗？"

小麦田猛转过头，这声音他太熟悉了。但他做贼心虚把头猛转回去，不去看他，不要钟灿最后的告别还给他无尽的冀望。

钟灿温柔地说："你出来，送送我。"

小麦田不动，只是身体的抖动更为猛烈。然后他轻声说："不了……门边的伞……是我的……"

钟灿没有接受小麦田的好意，直到小麦田从窗户里看见走进雨中的钟灿，他飞奔下楼，不管最后他将多失落，此刻的冀望仍旧占了上风。

冲下楼的小麦田和钟灿一起被雨淋成个落汤鸡。他再也克制不住了，用颤抖的声音喊："钟灿哥！"

钟灿止下来，转过头，近几步，小麦田把伞张开递给他。他接过小麦田的伞，又把雨中的小麦田搭进伞中。这也是钟灿能记忆这三年读书时光的唯一方式了。或，唯一能记忆小麦田的方式……

小麦田却往后退一步，退回雨里。就让他在雨里更惨烈地遭受审判吧。

"我只想问你，为什么要这样？……"钟灿的语气冰冷，比这化雪的深冬还冷。

"我……我爱你啊……"小麦田觉得自己再不说出这句话，以后就没机会再说了。他的脸在雨里窘得扭曲。他脸上全是水，泪水和雨水，更多泪水。

"我……我去找你！"让冀望来得更猛烈些吧，让失落也来得更彻底些!

钟灿冷笑几声，扔下伞，给了小麦田那张令他无数次心碎的脸狠狠一拳。小麦田倒进污水里，彻彻底底的失落终究来了。这就是结束了，这就是他曾要的说法、告别。他最终的审判。

"你他妈的和我说爱？"这是钟灿留给他的最终话。

躺在污水里的小麦田被天空落下的雨水打得闭上眼睛。他没有勇气起身看钟灿离开的背影。也许这最后一眼的留恋，也是他心里不能承受的。

从此，小麦田的脸上再没泪水了。

于是一晃便三年。

直到十年后的今天，小麦田在搬家的汽车上回想起十二岁的自己。钟灿离开的三年里，他还是那么死去活来地爱着他，爱到走火入魔，像一颗结穗的麦子那样，总得有个谁把他身上的麦穗全部剥掉。他可以默默为他牺牲、死去、化进泥土。小麦田还想起有一次暑假，他从家偷偷跑出来，自己坐火车到钟灿的家乡。他曾给小麦田描述过他的家乡，每条街上都能闻见牡丹花香。他家就在一片牡丹花丛边。小麦田沿着城市一点点走，路过每一片牡丹花丛，都要路人帮他留影。以为这样就能参与钟灿这三年的空白生活，而他心中的依靠，却早已遁入天涯无影踪。

十年后的小麦田看见站在每一片牡丹花丛旁留影的十二岁小麦田，脸上是那种幸福到极致的羞怯：身体微微伏下来，闻一朵朵花的香气。他顺手摘一朵，把花汁压干，搁进书里做标本。那再没有生命力的爱，便存下了。哪怕是这爱如同标本没有生命，小麦田也觉得幸福。

幸福成梦魇。

第七章

小小麦田

北京一眨眼成了天使之城。春天一到，种在马路边的柳树往外冒着重叠的白色柳絮，柳絮被风吹散，铺在地上又纠在一起，像牵着手蹦蹦跳跳的白色精灵。十五岁的小麦田走出校门，踩在这由柳絮铺就的大路上，想着：我终于要出狱了。

还有一年，他就要从学校毕业。如今，学校的管理变得混乱至极，只要贿赂了保卫，就能光明正大地走出去。三年时间，不仅仅能改变学校的制度，还能改变小麦田的模样，改变钟灿在小麦田心里原本沉甸甸的分量，让钟灿烙印在小麦田心上的那层凸起渐渐平复，直到最终，钟灿的脸已在小麦田悠远的印象里淡薄而零落。

现在，小麦田走出校门，他反身看看，醒目的红砖已经变旧，门口那尊大手雕塑也金漆脱落，脑海里被封存的回忆荡出灰尘，只有不变的压抑在云朵上的一层雾霭显出古典。他已想不起十二岁的自己第一次望见全新校园时是什么心情了，现在，他只觉得一切都返古。他从旧日的自己走向解脱。

走向一段新的故事。

几周前，小麦田接到父亲的短信，说想他了，想得似乎这个儿子的存在都需要证明。是一个莫名其妙的深夜，当时小麦田还在放寒假。从钟灿走后，小麦田每一个长假都想着法儿找借口不回家，所以他已经和父亲有一年半时间没见。不过父亲的那句"我想你了"，还是值得小麦田回味半天。父亲有什么可想的，三年时间里父亲没来北京看过他一次，他心里也早想证明这个父亲的真假存在。他待在姐姐家里，独自为姐姐和蚂蚁看守一个常年空荡荡的家。准确地说，这个家之所以空荡荡，是因为他总和姐姐的作息碰不上。清晨起床，姐姐往往刚从夜店回家——姐姐的存在于他只是清晨和傍晚的两记关门声：啪！姐姐回家了；啪！姐姐出门了。可姐姐从不把十五岁的小麦田带出门，带去那个小麦田期望了好久的成人世界。

收到父亲短信的三天后，小麦田才知道父亲想他的原因。他没有回复父亲，整整三天，父亲的这句"我想你了"始终萦绕在小麦田的头脑里。无论如何这通电话是躲不过了。他给父亲拨去电话，听到的是父亲略有哽咽的声音。他问一句："爸，你怎么了？"

父亲平复一下嗓音，说："我和你阿姨正说点事情。"

小麦田都无消继续追问，便知道父亲和继母的事是哪回事。当父亲头一回把铁心要离婚的继母哄回家后，小麦田才知道他在北京念书的时候，父亲一点没闲着。他四十五的人生朽木开花，和一个洗头房的按摩小妹爱得如痴如醉，像更早些时候，他和继母也爱得痴醉一样。每天傍晚，父亲早下班一钟头，趁着潜伏在夕阳里的月色，悄悄潜进小镇污脏的刚开门的红灯区。这条街上聚集着无数装潢相异、可内部勾当却一模一样的洗头房。站在街面上的女郎们，打扮也是五花八门，心思却一模一样。可父亲与别的嫖客不一样，他的猎物从不更换，只有唯一一个。这是他包袱沉重的灵魂享受短短放松的一刻。他走进洗头房，让一只手在他敏感的器官上来回蹂躏，直到发出腐烂的呻吟。灵魂的包袱便随着那句呻吟顷刻间卸掉了。男人必须要有这一刻的放松，才能在走出洗头房后，面对糟糕的家庭时才有继续坚持下去的理由和动力。

小麦田从不过问家里的事，自然不知道父亲和继母的离婚官司打了足足三年。父亲的事是大姐告诉他的，故事在大姐嘴里不免走向陈腔滥调。二十出头的按摩小妹当然不会因为爱情才选择和父亲在一起，在她知道这个走进来的男人是钢铁厂的二把手之后，她便使出浑身解数用肉欲交换了一个全新的人生身份。她摇身一变成了父亲养在深院的女宠，在深院里躲了一年，她心不甘了，以女主人的身份在某天晚上走进男人家中，把一直蒙在鼓里的男人的妻子气得半死休克。故事再次走向陈腔滥调，父亲不同意离婚，也不愿舍弃如花似玉的按摩小妹。他把名下的一套房产过户给继母，延缓了继母要离婚的决心。他又把存款、信用卡统统给了小妹，用钱保住了每个黄昏的短暂消遣。当然，继母拿到房子后还是要离婚的，小妹也在某个早晨离开了深院，卷走父亲十多万的存款。一无所有的父亲只好回头找妻子求和，他默默地等时间过久，好让妻子淡忘一切他的不忠。就像小麦田也暗自希望时间能过快一些，好让他想念钟灿的心能冷静一点，钟灿的脸能在回忆里模糊一点。

所以从不在小麦田面前展现温蔼的父亲，头一回、破天荒地给他发了句那样的话。小麦田挂断电话，独自想了一会儿。他想想，觉得庆幸没回家。又想想，为父亲心酸。那样一个破碎的家让父亲只身顶着，说什么都残酷极了。

正是夕阳西下，北京三环的破败地下室外忽然响起一阵高跟鞋的脚步声。整个地下室六间房，只住着姐姐一个女人，那些或备考的穷酸秀才或蜗居在北京的北漂族们根本不会有多余的精力带女人回家，况且把女人带进这么个跑满老鼠、爬满蟑螂的地下室也太不像话了。只能是姐姐回来了，小麦田想。可她这时候回来是极不正常的。小麦田匆匆收拾了摊在桌子上的空薯片袋子和空啤酒罐，把文化课本摊开伪装着认真学习的样子。姐姐把门锁打开，看见小麦田趴在桌子上翻书，似乎愣了一下。随即她把钥匙甩给跟在身后的蚂蚁说："弟，你来。"

小麦田与姐姐隔了十步远距离，这是逼仄的地下室所能隔出的最大距离了。小麦田借由这十步的距离，仔细揣摩着此刻姐姐脸上的表情。不是过度的快乐，也绝不是愤怒。以前，姐姐一生气就拿他撒火，让愤怒填进掐在小麦田皮肤上的指甲、打在小麦田脸颊上的耳光，有时更甚，姐姐用她充满力量的手抓着小麦田的头发，用他的额头顶撞斑驳污秽的墙壁。

不过姐姐也有安静的时候，过分安静，她双腿蜷在怀间，坐在地下室唯一的小窗口前，看着屋外行人的匆匆脚步，阳光刚好打下来，将姐姐的脸扑上一层温暖的浅黄。姐姐脸上纠集的愤怒便散开了，任由这虚无的温暖覆盖着。一见到姐姐这样，小麦田就知道她吸了毒。毒品让她想象中的幸福填满此刻冰冷而残酷的现实世界。一次，又一次，姐姐吸完毒后，小麦田仍不死心似的，要去求证，要一步步走进卫生间，去确认扔在垃圾桶里的白色针管刚刚注入过姐姐的血管，将一针针虚构的幸福打进姐姐的灵魂。他每求证一次，就哭一次，蹲在卫生间里捂着嘴不敢哭出声音，很奇怪也没有泪。有的是他故意压低的兽吼，他吼得那么不能自已，把藏在心里的委屈和愤怒都喊出来。可出了卫生间他就又是个没事儿人，低头写他的作业，做他的家务。从什么时候开始，他已是那么沉默的一个人，习惯把谜底都搁在心里。他的内心是冬野一片寸草无生的土壤，谁也甭想从这里栽出春天。

但他需要这个容身之所，所以只要姐姐的神情稍有不对，他就自觉躲进房间，或围着小区溜达个把小时。现在，十步远之外的姐姐走近他，突然蹲下来，从包里掏出两个红本子，将一脸的喜悦绽放，说："姐姐结婚啦！"

小麦田心里一沉，姐姐和父亲打了三年，结果还是姐姐赢。这个家庭最奇怪的地方就在这儿，父亲曾是个多么倔强的青年，又慢慢变成个倔老头，他能倔过手底下的工人，却倔不过自己的亲生儿女。二女儿用死也要赢过他的倔，儿子用三年不回家报复他的倔。当大女儿第一次带蚂蚁回家乡时，他就表明了他的倔。和蚂蚁头一顿晚饭吃得别扭至极，简便的蛋炒饭彻底成了残局。吃完饭，倔强的大女儿和他开打，把一切难听话都说出来，互相揭短，彼此辱骂，忽略了缩在沙发上一脸惊怕的孩子气的蚂蚁和冷眼旁观的小麦田。就是这时，小麦田才从姐姐嘴里听到了关于父亲的肮脏情事，也是这时，小麦田才知道姐姐把父亲的心都伤透了。大姐在北京的几年，父亲每个月的工资都剩不下，几乎全数寄给她，让她在偌大的北京城一边租着地下室，一边在夜店充老大。当天晚上，父亲把户口本藏了起来，等到他第二天去上班，姐姐把家里翻了个底朝天。找到户口本，一声不吭离开了家。如今，一张户口页换来了这两个小红本，终于为做了三年无名夫妻的姐姐和蚂蚁正名了。

"我们得庆祝一下！"杨梅在小麦田身边眉飞色舞。面对这两个小本，姐姐霎时间成了耍赖的小姑娘："蚂蚁！走，我们去外头吃顿好的嘛！"

一脸不情愿的蚂蚁把姐姐刚从商场里扫荡的衣服、鞋子、化妆品轻轻搁在角落。整个过程静谧极了，把蚂蚁的不爽全衬上台面，把姐姐的尴尬也全衬上台面。好在新婚之际姐姐和蚂蚁都忍了，避免了一场一触即发的战争。姐姐把小麦田拉起来，风风火火地走出出租屋。屋外的夕阳撒过小区广场里正练太极拳的老太，撒过一阵阵刮飞的柳絮。姐姐痴痴地望了一会儿，脸上刹那间出现一种幸福到尽头的迷惘。小麦田感到姐姐牵着他的手离开了他，随后她抱住了蚂蚁的手臂说："蚂蚁，往后我只能靠你了，我们一定要从地下室搬到楼上。"

　　地铁经过六个站台，小麦田看到了站名，东四十条。这是个让小麦田如雷贯耳却初来乍到的地方。他的脚一踏上这片由灯火辉煌的玻璃大厦围拢的小小岛屿，他就觉得自己成长了，他突然发现三年前的自己早已死了，身体里一个个微型细胞的更新换代，改变了他的外表，继而改变思维。幼年时炯炯有神的大眼睛开始变小，眯起的一瞬眼睛开始透出世故。人中和脸颊两侧也长胡子了，毛茸茸的毛发变硬加深，从他的皮肤表层往外猛冒。他的身高长到一米七，嗓音正处在最初的变声期，沙哑而浑重，像摩擦在老式留声机上的黑碟唱片。

　　如果说三年前的小麦田是孵化在蚕茧中的幼小生命，而钟灿带给他的痛苦只是孵化过程中的必经之路。那么，三年后的此时此刻，微微从蚕茧里往外冒出个头的小麦田，高楼大厦的灯火照耀着他，他已经开始用化蝶般的成长的眼睛看世界了。他抬眼望向四周，这世界有那么让人迷眷的气氛，每个人走在这华贵的灯火里，都成为短短一瞬间的贵族。所以小麦田不再奇怪，大姐为什么每天都来这里，也不奇怪即便她天天都来，而每一次的到达却都使她变回小小女童，那般雀跃兴奋。杨梅拉着弟弟的手，不厌其烦地告诉他这里有多好，那些平日里的不愉快全被爆炸的音乐挤兑了，遗忘了；那些心里驱散不掉的黑暗会被电子光线短促照亮。走进这里，一个难过的夜变得不再难过。走出这里，一个难过的夜便又过去了，迎接你的是初晨的曙光，还有这座城市难得的安宁。

杨梅首先开始了夜生活的"第一场"，她带领小麦田穿进一条胡同，越往胡同深处走，路灯越暗，到最后就只剩一盏惨白的路灯劈头照下来，把行人劈成薄薄的一片人影子。胡同两边是年久失修的旧四合院，古时候住着达官贵人的四合院，如今却挤着十几户北京最下层的百姓。走到胡同尽头，两侧的四合院已见不到光了，黑黢黢一片里猛不迭冒出灯火，是家名叫"白族人家"的云南餐馆。姐姐说："就是这儿啦！"

云南餐馆布置古朴，窗户用发黄的竹子编起来，挂几幅白族女人的蜡染画，天花板也用大竹子捆扎做吊顶，灯光微弱，意图在这片高楼大厦里营造出虚妄的原始。姐姐和餐馆的服务员都混熟了，他们一口一个"杨姐"叫着，把杨梅叫得心满意足。小麦田悲哀地想，姐姐用父亲那点可怜的工资原来就是干这些事了。当大姐当然是要花钱的。她毫不吝啬地点了十个菜一瓶酒，到末了还嫌不够，把菜单推给小麦田，说："弟，你也点几个。"小麦田一看价格，心里一颤，他偷瞄一眼蚂蚁，只见他把满脸的不耐烦隐藏得极好。他是个爱姐姐的男人，光凭这一点小麦田就懂了。纵然他身上有那么多缺点，但他还是爱姐姐的。他忍耐姐姐一切的无理取闹，把姐姐一切无理取闹的责任归咎于己。小麦田把菜单轻轻一放，说："姐姐，够了……"

"这里的菜量少呢，怕不够你吃，男孩子饭量大。"姐姐冲男服务员飞去个媚眼。

男服务员问："杨姐，一会儿还有人吗？"

"没人了啊！"

"您已经点了九个菜一个汤了，怕浪费了噢。"

"你怕什么？今天是你杨姐结婚的日子！只怕菜不够……我和蚂蚁的结婚酒席就订在你们家了，今天来试菜，过几天我们就把亲戚朋友请到北京来——"

"行啦——"蚂蚁打断她说话。

"怎么啦？"杨梅一脸委屈，"我有说错吗？"

"没错没错，赶紧点菜吧……弟弟饿了……"蚂蚁知道如果让杨梅下不了台会是什么后果，所以他把话题扯到小麦田身上，给自己和杨梅一个台阶下。

男服务员微微一笑，并不搭茬儿。在餐厅里做事，要记住的第一条便是：不搭顾客的茬儿。

"好！那就先上这些！一会儿不够再说。"杨梅把菜单"啪"一合，样子帅气极了。

饭桌上，杨梅饭吃得少，酒喝得多。几年后，也开始酗酒的小麦田会知道女人的酒量天生比男人好。不一会儿，酒精就让杨梅的语气变得亢奋和兴奋。小麦田看着眼前这个不时拿起酒杯，大喊"干了"的女人，她的头发被酒精和毒品腐蚀得干燥完败，薄毛衣上的静电又让头发飞起来，如同鬼魅。自然还有头发下一张被化妆品浓墨重彩的脸，掩盖了平日里所有真实的表情，好像京剧脸谱在眉飞色舞。姐姐端起酒杯，给小麦田也斟上，她几乎喊出来说："弟！喝了它！"

蚂蚁小声嘀咕："他才十五岁！"

"怕什么？他姐姐都结婚了。你也长大了，是吧，弟？"杨梅把一个媚极的飞吻吹给小麦田。小麦田浑身一哆嗦。

这与白天的姐姐太不一样了，简直判若两人。她的风骚此刻不分对象，坐在她面前的小男孩已不是弟弟，而是一个男人。在夜生活里，她对所有男人都风骚地吹飞吻。

小麦田只好憋着鼻子把白酒喝下去。原来白酒的味道是这样。他曾经被钟灿逼得喝过一口二锅头，不过味道早忘记了。关于钟灿的某些记忆正在丧失。

姐姐又把酒倒满杯子。

小麦田还在回想白酒的味道，姐姐开始了她的口若悬河。她把两个贴身带的结婚本掏出来，反反复复地看、欣赏，嘴里不住念叨着什么，她独自沉醉的样子让小麦田感动。但姐姐迷醉的眼里分明还有一种怅然若失，好像期许了很久的愿望终于实现了，往后就没什么可期许的了。实现愿望让她陷入诧然间的失落。乐极生悲。不过姐姐很快调整了，这样一个喜庆日子，这顿能算上结婚酒席的饭局，可不能让失落搞砸。她是多看中这顿晚餐啊，把点菜都点成举办结婚酒席前的试餐。她往后还有好多要实现的呢，要把父亲请到北京，要去东北拜见从未谋面的公公婆婆。今天晚上，她要去夜店把自己结婚的消息告诉酒友们。她高举手臂挥舞着结婚红本，蚂蚁在一边看着她，说不清脸上的表情是喜悦还是尴尬。但小麦田知道，他是绝不会后悔和姐姐结婚的。也许蚂蚁对姐姐的感情是真正的爱。是的，小麦田察觉出正是由于姐姐过度的兴奋，蚂蚁脸上的表情成了担忧。正因为他害怕姐姐过度的兴奋到最后会让她沦落成彻底的失落，他担忧。可他担忧什么呢？只要姐姐肯和他一起过日子，这样难道还不够吗？小麦田想。

饭局被姐姐彻底变成"solo"，整个晚餐桌上只有她一个人在表演，小麦田和蚂蚁坐在两侧，安安静静的，时不时往嘴里夹上几筷子。渐渐地，小麦田把姐姐的solo忽略过去，他的眼神往两侧扫视。餐厅的电视机上放着久远的香港老电影，画面惨不忍睹。小麦田见蚂蚁也被电影吸引过去了，枪击声起伏暴烈。情爱本是件暴烈的事。

餐厅里多的是和杨梅装束类似的女人，不过她们都是独身，吃饭显得漫不经心，反正离夜场开始还有段时间。她们的动作也类似，手指甲抹得鲜艳如血，却不难看出在她们华丽廉价的装束下有着怎样邋遢的一种生活。然后小麦田就看见了他，除了蚂蚁和他之外的唯一男性。他在很角落的位置，身边的凳子上搁着一个牛皮做的大包。其实小麦田首先看见的是那个包，然后才看见他。他只有一个背影，穿一件夏天才穿的短袖衫。从厨房里飘出来的油烟味让整个屋子起了层油腻，所以从小麦田的视角看过去，男人的背影也是油腻腻的。他把手肘撑在桌子上，让微驼的背脊划出一条弧度来。头发要黄不黄，像两种颜色调错了，被发型师破罐子破摔的搁在一起。小麦田一惊：怎么会有这么像钟灿的背影？

　　小麦田心里说：转过来！转过来！可背影男人丝毫不动。他还是那样用左边手肘撑着桌面，另一只手不紧不慢地夹菜。他的习惯动作分明是钟灿的。

　　背影男人感觉有人在盯他的梢。他把脸猛一转，回头看看身后。小麦田下意识地转过头，错过了辨认钟灿的绝好机会。他环顾四周，把视线锁定在了小麦田身上，他大概觉得被饥渴的夜店女郎盯梢可比一个还未成年的少年盯梢要好得多。可他们之间的游戏开始了。只要背影男人转回身，小麦田就盯他。只要他一转身，小麦田就转回头。这种近在咫尺却无法辨

147

认是最揪心也是最刺激的。他转身的动作太多情了，富有内容。再多来几次，小麦田几乎就可以认定他是钟灿。是他等了三年时间，用了三年时间忘也忘不掉的钟灿。他一转身，钟灿就附体了，曾经钟灿的转身在小麦田眼里多么偶觉，把每一次转身都变成暗藏含义的挑逗表演。小麦田被这个背影男人迷住了，因为他身上有钟灿。

不对！他身上那些优美的多情是属于那个被他伤害至深的男人的。小麦田后背的汗毛"刷"一下全立了起来。

大姐杨梅又眉飞色舞了一会儿，突然把筷子重重地拍在桌上说："你们他妈的和谁吃饭呢！"

蚂蚁慌忙从电视机里迷人的剧情中挣脱。

那些枪击声在小麦田心里炸开了。他还在毛骨悚然。他把头埋得很低，一边听姐姐发脾气，一边继续盯背影男人的梢。

"你们不开心？蚂蚁你和我结婚不开心吗？杨麦你姐姐我是死了么？"杨梅从椅子上拔起，把藏在快乐表面之下满心的不安，全发泄出来。姐姐的兴奋有多少，她此刻的不安就有多少。

那时小麦田还不知道，原来交付一生，是件会让人不安的事。

"你坐下……"蚂蚁快被满餐厅的侧目臊死了，他拉拉杨梅的衣袖，请她别再丢人现眼。杨梅把蚂蚁的手一甩，哗啦一下把桌子掀翻，四周安安静静吃饭的独身女郎全如惊弓之鸟，乍然起身，四散。姐姐用

148

手背一抹眼睛，黑色的眼线被泪水化开，在眼眶边沿画出难看的线路。男服务员从厨房里跑出来，惊恐地看着眼前一直抽泣的女人。她的孤独显而易见。

满地狼藉，菜叶混含着油腻气味往上浮着，让人作呕。杨梅瞪着大眼睛，仿佛料不到眼前的残局是她一手造成的，仿佛她方才只是被某种恶灵魔住了。她把头一昂，哭也哭得骄傲。蚂蚁见她的情绪稍稍缓和，便踩过一地狼藉把她拉到身边。杨梅低下头，像个认错的女儿。像她小时候被人误会自杀时，面对父亲的那种极度害臊。她轻轻地说："蚂蚁……"

蚂蚁把她抱在怀里。这一刻小麦田断定，姐姐的无理取闹、无故发作，已经不是一两回了。

"你怎么了？"蚂蚁问。

小麦田猛然间鼻子一酸。其实他一直是站在父亲那边的，只是他反对姐姐婚姻的理由有些好笑。一年前姐姐也问过弟弟反对的理由。听完后，姐姐扑哧一笑，乐了。小麦田说："姐姐，他太胖啦！你很漂亮，他配不上你。"可此刻小麦田觉得蚂蚁的胖是那样让人心里安定。

杨梅说："蚂蚁，你会让你的父母来北京参加我们的婚礼吧？你会吧？"

蚂蚁点点头。

杨梅脱出他肥胖的怀抱，把他浑身的肥胖摇得晃动。"你说！你会！"

　　"会……"蚂蚁摸摸杨梅的头，让她成为小小姑娘，让自己成为她从小缺乏父爱的父亲角色。

　　蚂蚁把喘息的杨梅搁在椅子上，再动手扶起桌子，把地上的残羹和碎玻璃扫进簸箕。男服务员上前帮他，被他轻轻挡开。小麦田眼中的蚂蚁，每动作一下，就露出一点溺爱妻子的无奈。他很无奈，他把姐姐无理取闹的责任全数归咎给自己。长大的小麦田，走到姐姐身旁，把手轻轻搭在了姐姐的肩膀上，轻轻地给出属于弟弟的安慰。

　　走出餐馆的一路，杨梅一直在默默流泪。蚂蚁搂着她，问她为什么伤心。杨梅使劲摇着头，说："不，我只是高兴。太高兴了……"

　　姐姐口中的"第二场"开始了。

　　工人体育馆旁边的酒吧街灯火灿烂，电子音乐隔着闷重的隔音墙，发出低沉的吼声。小麦田在离开餐馆前看到了他一直盯梢的男人的脸。回想起刚刚的一幕，他突然觉得自己像个小姑娘，去偷瞄一个让他看得上眼的男性背影。他笑自己一下，然后随姐姐走进了酒吧。

　　五彩交织的灯光让他晕眩，巨大的舞池里站满了人影，看不清他们的脸，只有紧挨着的身影让舞池成为人海。人海的跳动如大海潮汐的翻腾，声量巨大的电子音乐让地板都跳动起来，继而把跳动传进心脏。这股跳动是成年世界的召唤，鼓动着小麦田，让他也走入人海。但是小麦田没动。他安安静静地坐在沙发上，看男酒保把一瓶加冰苏打水混进威士忌。他喝了一口，寒冷顺着口腔一路滑进胃里，让他浑身猛抖个激灵。姐姐从走进酒吧起就变回了那个在夜场里引领风骚的女人，她举着酒杯，在一桌桌熟悉的酒客间穿梭，各个碰上几杯，摇一会儿色子。从酒友的桌席间回来，她坐在弟弟身边，问他："酒好喝吧？"

小麦田拘谨地点点头，姐姐便把手臂整个搭在他肩上，把他往怀里一搂："来，姐姐干了！"

酒吧里的灯光一闪一闪，随着酒精流入姐姐胃里时一闪一闪起伏的喉结。

他发现姐姐好美，如果姐姐能找个好人家，如果姐姐不从十八岁起就开始堕落，她会是个容易幸福的女人。

但是一切都不可能回到过去。小麦田用三年时间认准的现实是，人生不能回到过去。时不时从心里冒出的钟灿让他知道，人生是一条河，所有人都只能摸着石头过河。

一曲音乐连着另一曲音乐，暴烈连通着暴烈，不给人喘息的空间。坐在小麦田对面的蚂蚁一根烟接着另一根烟，烟味和酒吧里喷洒的二氧化碳干冰混在一起，气味竟变得清香。杨梅冲蚂蚁挑挑眼睛，又挪蹭到他身边。她把头靠着蚂蚁，涂满红色油彩的手却去够放在蚂蚁身边的包。她见小麦田盯着自己，便也冲弟弟笑笑。等拿出一瓶药，她一个抽身又回到弟弟身边，举着手中的药瓶摇一摇，大声问他："想不想来点刺激的，弟？"

小麦田知道那是什么，脸色变得很难看。

"不上瘾的！"杨梅大喊，她本想把这句话说成解释，但酒吧巨大的音乐把解释变成狡辩。

"真不上瘾，只是让人变得很兴奋。"杨梅已经很兴奋了。

"我知道摇头丸。"小麦田冷冷地说。

"你以前没吃过吧？"杨梅警觉了。

"当然没有！"

"没有就好！"杨梅一笑，说不清她的笑是满意弟弟没有变坏，还是嘲笑他不够坏。也许她心里是希望弟弟好的，只是任何人的好都让她妒忌，尤其是弟弟。她把伸给弟弟药瓶的手缩了回来。

她使劲扭开瓶子，多年的吸毒让她变成早期帕金森患者，加上此刻即将吸毒的兴奋，她的手不停颤抖。

小麦田突然觉得姐姐的颤抖让他整个心也跟着颤起来。他一个战栗，吃了豹子胆地把药瓶从姐姐手里抢过来。

姐姐惊愕地抬起脸："你干什么？"

小麦田把药瓶揣进兜里。杨梅又厉声问一句："你干什么？"

小麦田用手死劲抓着药瓶，一脸的倔强，像个正义的小八路。

杨梅朝他扑了过去。谁打断她兴奋，谁让她不能安全过一个难过的夜，谁就是她的敌人，像她把父亲视为敌人，把抓过她的警察视为敌人，把酒吧里贼眉鼠眼盯那些吸毒人的梢的酒保视为敌人。现在，她把弟弟也视为敌人。她用尖长的指甲刮荡在弟弟脸上、身上。争夺间，小麦田看见对面的蚂蚁沉沉地叹了一口气，把脸转向了舞池方向。

"给我！"杨梅语气阴冷。小麦田抓着药瓶的手背上起了无数道指甲印子，可不觉疼。比起此刻他的心疼而言，这点疼不算什么。

杨梅甩了个巴掌给小麦田，很重的一巴掌，把小麦田的头甩得往左一侧。从他短暂的视线里，看到的是酒吧里一个个若无其事的脸。每个人都在伪造的热情里冷眼相对。

他不能再让姐姐堕落下去。每一次，他从姐姐吸完毒的厕所里走出来，他都想，下一次绝不能让姐姐再堕落下去。可每一次，他都没有勇气制止姐姐的堕落。他多希望能有一次走进厕所，看不见姐姐吸毒的针管，看不见噬人的残存在针管里的白色粉末。可他每次都失望，每次都只能蹲在厕所里哭。他恨死了毒品，可他无可奈何，所以他只能把心中的愤怒低吼出来。但他不愿再忍。他希望姐姐好一点，不要让原本就糟糕的生活更糟糕。他拽着瓶子，任姐姐在他身上抽打，任姐姐咬他，把他成熟的身体蹂躏一遭，只要姐姐觉得好受，这点痛，他是可以忍的。说什么也得忍。

但他不知道，毒瘾发作的人，力气大得可怕。浑身的器官都敏感成一根细线，到了这时他才知道，姐姐的毒瘾已经到了不吸会死的地步。她抢走了药瓶，迅速倒出一颗，用混了苏打水的威士忌吞服下去。整个过程不足十秒。根本来不及让小麦田反应。把药丸吞下后，姐姐满足地伸长脖子，发出一句紧绷的呻吟。原来吸毒让人这么爽。她瘫在沙发上，闭上眼睛。几秒之后，她睁开眼，首先怒视了一眼小麦田，然后站起身。小麦田抬头看着她，姐姐突然变得特别高，过于的高大使小麦田越来越低。然后杨梅一把拽起小麦田的头发，将他的身体拽得临于半空。很痛，真的很痛，小麦田的眼泪划过太阳穴，流进耳朵里。隔着暴烈的音乐，他听见姐姐愤怒地说："你！马上给我滚！"

小麦田见姐姐风度翩翩地走进舞池。一曲暴烈的音乐正巧开始。霎时间，舞池里飘飞着一片黑色头发，五彩光线穿过发丝缝隙，像压着一块阴雨的天空。姐姐在舞池里甩得兴高采烈，她张大着嘴，把满心的兴奋和不愉快全呐喊出来。她已经疯了。

小麦田起身，走出了酒吧。他要哭了，但他不想让酒吧里冰冷的面孔见到他的眼泪。

凌晨三点的工人体育馆格外冷清。巨大的圆形建筑立在中央，四周却让酒吧围拢出一片喧哗，更使得体育馆分外冷清。小麦田走进初春尚冷的夜晚，在街沿边坐下。已有一些醉醺醺的女人在打车回家了，脸上是极度的疲倦和妆容花败的颓丧。小麦田望望天空，坐一会儿，又起身走了。

　　还是回到那片喧嚣地吧，内心的孤独会少一些。他走到另一个酒吧门口，又在街沿边坐了会儿。举着酒杯的男人在酒吧门前聚拢扎堆。小麦田觉得自己的后背被盯得发麻。几分钟后，有个人拍拍他的肩膀，递给他一杯酒。

　　小麦田接过他的酒。是个矮矮的小胖子。小麦田没看清他的脸，但能感觉到他的年纪应该和自己一样，很小，却世故极了。他问小麦田："你坐在这里干什么？"

　　小麦田喝了一口酒，耸一下肩膀，权当回答了小胖子的问话。

　　"你……是不是……？"小胖子试探性地问。

　　"什么？"小麦田根本没听懂他在说什么。

　　"哎呀，不管了，进来玩儿吧。"小胖子拉起小麦田的手。经过今天，小麦田对像蚂蚁一样的胖子充满好感。以前他顶讨厌胖子，因为他实在太瘦了。一米七的身高只有九十斤。

　　他被小胖子拽进身后的酒吧。里面是另一个世界。全是男人，偶尔出现几个女人，也男性化得成了男人。里面没有很大的舞池，只有一个圆形舞台上立着一根钢管，上面有个赤裸上身的男人在跳舞。

"他是演员吗？"小麦田问小胖子。

"不啊，他就是来玩的。"小胖子说。他们在舞台下看赤裸男人跳舞。小胖子时不时冲舞台上吹哨喝彩，又扭过头问小麦田："他帅吧？"

小麦田心里一惊。是什么让他这么惊恐，他一点不知道。

小胖子和小麦田被人群拱到了最前面，也许成群的成年人里，只有他们两个还是明显的未成年人。小胖子在人群中显得兴奋，他乐于被众人当作众星捧月的对象，但小麦田尴尬极了。

小胖子努力压过巨大的音乐对小麦田说："放开点！来，喝了这杯酒。"

这不是混了苏打水的威士忌，是一种类似酸果汁的酒，褐色的，满满一大杯。小麦田把酒杯凑近嘴巴，才发现自己已经被小胖子的吆喝变成了众人的焦点。小胖子用手托着小麦田的杯底，逼得小麦田只能一口气喝完所有酒。小麦田已经在喝酒的间歇醉了，他头昏，只觉得在一片喝彩声中并不孤独。

然后小麦田就不知道自己怎么被推上了钢管台，也像刚才的赤裸舞男一样跳起了舞。后来清醒的小麦田在回想中知道，醉酒的小麦田一定滑稽死了，他第一次成为焦点，第一次让自己变成众人中间的岛屿。他起先手足无措，只能随便动动，然后就开始借着酒劲疯狂。他也把头发甩成一片黑色的阴雨天，像姐姐那样，他想起了姐姐，对，在醉酒的时候，他挂念姐姐。

正当人声最鼎沸，小麦田觉得四肢活泛了，胫骨开了，任督二脉被酒精打通的感觉竟是这般好。他的疯狂逼近走火入魔。他手中竖立的钢管成了他身体唯一的重心和依靠。然后他被人脱掉了上衣。

小麦田记得那是四月十九日。

小麦田还记得那天他穿了蚂蚁的一件白衬衣，蚂蚁的牛仔裤。因为姐姐说去酒吧里要穿得正式些。所以可想而知衣服的硕大。醉酒的小麦田在钢管台上提着裤子，衣服被人扒下的一瞬，他有短促的酒醒，然后他就像一个小丑，被扔在了供人取笑的舞台。他惊恐至极。他望着台下一张张嘲笑的脸孔，感觉昏天暗地。

小麦田和阿水的故事的开场，是偶像剧式，就是在那一片五彩的灯光下，他把他救下了台。

几分钟之前，他站在远远的人群之外看着舞台上疯狂的小麦田。他一眼就认出了他。那个在云南餐馆盯他稍的小男孩。

他把他救下了台，像三年前的钟灿。他和所有男人的爱恋都开始于拯救和被救。在他给他披上衬衣之际，透着薄薄的一层布料，他见到他眼镜后面的双眼。那是双冷酷到冰点的眼睛，此刻对小麦田却流露出一丝怜爱的责备。

如同电影之中的慢动作。衣裳在空中划出曲线。由那曲线的下滑，衣裳落在了小麦田冷冰冰的身体上，带一股眼镜男人的温暖。

他把他拽出了人群。

于是小麦田的第二段故事开始了。但微微酒醒的小麦田还是觉出了不对劲，他把手从男人的手中挣脱。在他端着空酒杯要走的时候，男人说："能把你的电话给我吗？"

小麦田摇摇头，推开了酒吧的门。

他倚着墙壁想了许久钟灿，泪水让他眼中灰青色的夜变得潮湿。待了许久，小胖子找到了他。他问了小胖子这是什么地方。小胖子惊讶地说："你不知道啊？"小麦田说知道什么？小胖子把情况给小麦田了。小麦田心里泛起一股厌恶，厌恶眼镜男人的拯救，也厌恶自己居然把钟灿的拯救和眼镜男人带有一夜情目的的拯救画了等号。他居然觉出浪漫？他厌恶极了。

"他刚刚跟我问你的电话。"小胖子说。

小麦田把对自己的嘲笑给了小胖子，无奈地摇摇头，并不作答。

"你是个单纯的人……"小胖子说，好像在为自己昔日的单纯惋惜。

小麦田还是笑着。他该走了，已经凌晨四点，姐姐的疯狂也该临近尾声了。

他走过酒吧时，遇见了他。他倚着墙壁，身边有几个问他要电话的人。他冷冷地骂回去，把那些要电话的人骂退。

小麦田突然对这个男人充满兴趣。

他们的眼神触上了。他不仅像钟灿，他们之间的故事也像钟灿。于是他迎着小麦田的目光走近。他低下头，像个孩子要糖，说："把你的电话给我吧。"

"我不干那种事。"小麦田说。

"没有没有，你误会我的意思了。我不是想要……"小麦田从眼镜男人的神态里看出窘迫，这窘迫使他刚才的冷酷显得好笑。

"不行。"小麦田还是拒绝了他。其实小麦田的拒绝，也有一条让他窘迫至极的理由，就是他的电话已经欠费停机了一个月。

小麦田冲他笑笑，说他该走了。

眼镜男人愣在原地，似乎一直被当成追逐对象的他破天荒地被人拒绝，这让他吃了好大一惊。

小麦田站在街沿边等车流过尽。也许此刻，小麦田穿着宽大衬衫、牛仔裤的瘦小背影让眼镜男人有了怜惜。因为他看起来那么老土，老土里装满单纯，与他所遇见过的其余男孩都不同。所以他追上去，一把拽过他，让小麦田好好面对着自己，面对着自己特别郑重其事的态度。他说："最后一次，你不给我，就算了。"

　　小麦田尴尬地笑笑，说："不是我不想给，是我手机没费了。给你也没用。"小麦田没有把话说全，父亲给他的所有零用钱，姐姐会要求他全数上缴，然后他再从姐姐手里接过打了一折的零用，他连电话费都交不起，他没有朋友，其实也无须电话。

　　"那我给你充！"眼镜男人把小麦田拽到附近的小摊上，买了一张五十元的电话卡。借着路灯，他低下头，很仔细很仔细地刮着电话卡上的油墨，让一串串数字隐现。小麦田入迷了。昏黄的路灯斜着照在男人脸侧，将他俊美的脸颊弧度打出来，黑黑的胡茬被细心刮过了，他的鬓角略有些卷，黑色的镜框上没有镜片，睫毛上落着一丝初春的柳絮，眼神里满是热切的仔细。他垂下头刮油墨的样子让小麦田觉得，他能把一切冰冷都挡在门外。屋里的世界便是满满一片暖黄的温煦。小麦田最喜欢黄色，因为他是个内心冰冷的人，而黄色是唯一温暖的颜色。小麦田转过头，他已不能承受一个陌生人带给他的突如其来的温暖。

　　"你叫什么？"小麦田问。

　　"阿水。你呢？"

　　"小麦田。就叫我小麦田吧……"

　　阿水和小麦田的身影在酒吧街闪烁的灯火下一隐一现，不久就走进灰白的初春黎明中。他在走出关于钟灿和回忆的三角关系，也在心里谋算着走进一段新的几何图形。街道一会儿就给走得寂静无声。在昏白的天色里，在暖黄的路灯下，他们不约而同地站住。阿水拉起小麦田的手，微微挪一下脚步，使小麦田面对他此刻的郑重。

"你在北京有亲人吗？"

小麦田很想说有，但话一出口就变成："没有。我自己在北京读书。"

"那我照顾你吧。"阿水把眼镜框摘下来。小麦田看见了他的眼睛。不算大的眼睛，那里面有些伤痛，尽管现在小麦田还不知道那些伤痛是什么。

初春的黎明来得早些了，像此刻小麦田的心，曾经他的心里被一片浓厚的阴雨天盖满了，是钟灿离开时的那种天气，带着泥土的雨，让小麦田完败得那样彻底。

但现在，小麦田心中的黎明来了。

在小麦田后来的印象里，那是他和阿水的第一次散步。不知道为什么，小麦田更愿意把场景记忆成金晃晃的小麦田。他需要更热烈的色彩，至少也得像三年前的那个暖秋，和钟灿在学校操场灌木丛后的第一次约会那样暧昧。在小麦田日后的回忆里，的确有一片黄灿灿的麦田，小麦让阳光晃得金光刺眼，让人看不清的现实在一片虚幻里闪烁。还有一大片麦子的香，这香逐渐让记忆变得美好。

之后，阿水带着小麦田去了他的朋友家。真像他给小麦田的承诺那样，他让小麦田睡在沙发上。借着天光，小麦田熟睡了，依稀中，只听见阿水和朋友谈天的弱小声音，像小时候和二姐躺在床上能聊一整夜，直到日晒天光才拖着沉重的眼皮睡去。

这一切都让小麦田觉出好来，好到冰冷的现实世界成为幻世。

第八章

小小麦田

初春的夜晚，金融区的摩天大厦闪着通亮的鬼火，风刮起来，让钢筋玻璃摇摇欲坠，噩梦般逼近。所有寄居在这座城市的人快步匆匆，鬼祟着，躲闪着，走得贼一样快，仿佛结束了一天的表演，是时候散散场，回家卸掉伪装的面具喘一口气了。车流不息，堵车的焦急让喇叭响成一派蛙声般的田野。几万只青蛙一起叫嚣，托出城市的寂夜，让所有不安浮出水面。

　　小麦田从地铁口出来，抱着一只巨大的毛绒玩具。乞丐们趁着夜色出动了，在地铁进站口门前排成两条整齐的队伍，身上瘀滞的腐败气灌进人的鼻腔和大脑。一见有人过来，他们便蜂拥而上，把一个个脚步匆匆的行人拦截。行人们左闪右躲，得一个空便溜得飞快。小麦田把毛绒玩具夹在右边腋下，让左手尽情在口袋里掏钱，艰难的动作让周遭的乞丐的眼睛喷出火来。等他终于成功地把自己解救出乞丐的围攻，他看见地铁站旁边的商场门口站着他要见的人。他今天没有戴眼镜，不过他的夏天分明来早了，一身短袖短裤，还有那个巨大的斜肩包。光看他的装束就让人觉得冷。小麦田迎上去，把身上的外套脱了，露出里面的白短袖，他让自己的季节和他的重叠。从此，他们就要开始过一样的季节。

　　他手上拿着一根烟，见小麦田过去了，便把烟扔在脚底踩灭。"你来啦？"他说。"嗯。"小麦田低下头，为手中巨大怪异的毛绒玩具害羞。"真可爱。"他说。小麦田原本以为他会别扭。但听阿水这么说，他感激似的抬起头，递给阿水一个微笑。"进去吧，我们先在门口的星巴克坐一会儿。"

小麦田吃了个太甜的蛋糕，惹了满嘴荤腥。他想喝水，但不好意思说出来，阿水也不问。这个蛋糕就是他的晚餐了，小麦田就带着满嘴荤腥，和阿水走进商场。因为是周末傍晚，所以人不多，大得过分的商场里响着闷闷的音乐伴奏。"走，带你买衣服，你该换掉这身老土的装扮了。"

小麦田跟在阿水身后，一家店一家店地逛，阿水时不时把能看上眼的衣服在小麦田身上比画，只要觉得适合的，便叫服务生包起来。小麦田的旧衣服被扔在了商店的垃圾桶里。镜子前，他看着焕然一新的自己，觉得那么好，把这一个星期所有的不安都化解掉了。

小麦田想起五天前，他和阿水认识的第一天，小麦田带着满脑子晕沉从酒精里醒来。早上九点，阿水的朋友在床边玩电脑，可是没看见阿水。他朋友说："你醒了？他出去买早餐了。第一次呢！"

小麦田问什么第一次。

"两个第一次。第一次带人回我家，就意味着他第一次带人回家不干吗的——你知道我说的什么吗？"他朋友嘿嘿窃笑。

小麦田摇摇头，说第二个第一次是什么。

"第一次帮人买早餐啊。以前朋友们都是给他皇帝一样供着的。"

小麦田从沙发上起身，为了把心里小小的虚荣藏起，走进卫生间用冷水洗了把脸。

"走到一半下这么大雨！鬼天气。"阿水一身湿从外面回来了，带了三明治和可乐。小麦田这才注意到屋外的天空阴沉沉的，下着滂沱大雨，鬼雾闷在天空上，像幻世里的末日。屋里点了灯，三个人在寂静里咀嚼着难以下咽的三明治。吃完饭后，小麦田说他该回学校了。

"我送你。"阿水把吃了一半的三明治搁下来。

"不用了，你把饭吃完吧。"小麦田的三明治只吃了小一口，虽然他特别不愿意对不起阿水的"第一次"，但身体里残存的酒精让他每吃一口都如同嚼蜡。

阿水把剩余的大半个三明治一股脑塞进嘴里，从门口取下雨伞。小麦田只想快点走，任何陌生的环境都让他不自在。

坐电梯缓缓下楼的时候，阿水静静地站在他身边，没有任何先兆，他的大手把小麦田的手牵起，也牵得如此静悄悄。

大雨敲击地面的声音像打鼓。他和他踩在雨水里，大伞发出噼噼啪啪的响声，所以小麦田并没有完全听清阿水的话。只有一些零散的语言在小麦田坐上地铁后才开始在脑海里形成句子。"昨晚你答应我的是真的吧？""你会给我打电话吗？"……小麦田一句话都不说，阿水便也不再说了。大雨里，整个空荡荡的小区只走着他们两个人。多么好，时间过得太慢了，走了很久才走到地铁站。在进站口的屋檐下，他和他默默对视了小会儿，像没事找事做一样，小麦田蹲下来，把阿水打湿的裤腿一点点往上卷。他腿上的皮肤很滑，很白。脚却很大，不过与他一米八三的个头倒显得匀称。给阿水扎完裤腿，小麦田一笑，意思是他该走了。"下个周末来我家吧。"阿水说。小麦田微笑着点点头，反身走进了地铁站。沿着电梯缓缓而下，小麦田转过头，见阿水还站在电梯最上端，默默注视着自己。这一刻让小麦田觉得温暖，虽然雨水已令他浑身冰冷。

小麦田在回学校的路上给姐姐打了电话。疯狂了一夜的姐姐还没睡醒，答话呜呜咽咽的，说只要小麦田安全就好了。她早就不记得昨晚和小麦田发生的不愉快，也不在意小麦田一夜不归到底去了哪儿。小麦田惆怅地挂断电话，把头靠在座位上眯了会儿。等他醒来，窗外是快速闪过的隧道，以及地铁刹车时发出的刺耳嘶鸣。到站了。他握着手机，看了上面的未接短信和电话。没有阿水的信息。

三天过去，阿水变成了躺在手机通讯录里的一个人名。不太真实。那一晚以及那个送别的早晨都不真实。小麦田握着手机，得了三天相思病。他在心里给过自己无数打给阿水的理由，但都是临到末了，又匆忙按下挂断键。这是一种什么感受？他和阿水之间是种怎样的关系？他需要花时间好好想想。

小麦田走上黄昏的操场。不知从哪一年起，操场上便没了春天，围着红色塑胶跑道的草地把冬天封存了，不再"春风吹又生"，只有一片片污黄的枯草艳羡着围墙外肆意盎然的春色。小麦田把枯草在脚底磨得一跳一跳，零星的几点绿这回也被小麦田踩死了。他突然走到曾经钟灿唱歌的地方，那个被屁股坐出的椭圆形还在，变成了一棵小树苗的凹形土坡。小树苗曾经长得苗壮，由于一眼平川的操场上突然耸起了它，所以被校长伐过一回。树苗再长起来就变丑了，歪歪扭扭像一个狰狞的抽象雕塑。小麦田永远也不会知道，这是一棵不会开花结果的苹果树。是钟灿种下的，用的是小麦田送给他的苹果种子。

他盘腿坐下，夕阳的天空弥漫着一片红纱巾。小麦田把有关阿水的细节逐个回忆起来。就是这个时候，小麦田才感到不祥：云南餐馆里，阿水的背影是钟灿的，他整个人都像是从小麦田已死的记忆里重新复活出的另一个钟灿。这样一个钟灿的替身，如果往后爱上他，到底是爱一个叫阿水的人，还是爱钟灿？小麦田无望地摇摇头，站起来拍拍身上的土，他在心里做出一个决定：就把阿水搁在那个不太真实的夜里吧，他已经没有力气再思考感情。

这一天半夜，睡得迷迷糊糊的小麦田听到手机在耳边嗡嗡炸开了锅。他按下接听键，听筒里先是传出长长的哭泣，然后是阿水醉醺醺的呢喃。小麦田一下醒了，为了不吵宿友，他摸黑穿上鞋子走到走廊上。他想不到阿水打给他的第一通电话不是兴高采烈，也不是害羞严谨，而是一长串啜泣，继而疯子一样低语呢喃、大吼大叫。他静静地听他喊完，直到电话那头彻底平静。过分的平静，让小麦田所处的走廊显得阴风阵阵。小麦田根本听不清阿水说什么，也不想知道到底因为什么，才让阿水的心里有这样深的一道刻痕。这刻痕在半夜酒醉后发痛，痛得撕心裂肺，让阿水孤独的生活暴露无遗，只能给一个见过一次的小麦田打电话，去倾听，去舒缓。而他也是愿意听他倾诉的，在如今的社会，找一个沉默的聆听者，多么难。

也许是阿水闹够了，挨着枕头睡去了，电话那头没了一点声音，沉寂的夜里只有阿水淡淡的呼吸从远方荡进小麦田耳里。像小鹿一样乖巧的呼吸声，闻不到一点颓丧。他蹲下来，靠着墙抽了根烟。一只手继续把手机夹在耳朵下。阿水淡淡的呼吸持续到一根烟烧到屁股，小麦田才笑着把电话按掉。

他睡不着了，望着天花板上折进来的月光，他想起许多往事。他这才意识到，十五岁的自己已不像三年前那样，会天天捧着姐姐送给他的发光星辰看了。这一晚，他特别想念星星。他把星星从锁柜的深处一点点往外拿。让十五岁的小麦田顺着这些星星走回过去吧，他捂在被子里，这些早已黯淡失色的星星，变成一堆躺在盒子里的尸骨。十五岁的小麦田在心里把傍晚做的决定偷偷改了——无论如何，生活还得继续，人终究不能活在回忆里。

第二天一早，小麦田给阿水拨去电话。出乎意料的，小麦田没有觉得尴尬。他只是一直听阿水在电话那头话语连珠，他还是咋夜沉默的聆听者。也许就是这通电话确定了小麦田和阿水之间往后交往的模式。阿水是个始终占上风的人，就像在咖啡店，他并不问小麦田喜欢什么口味的蛋糕，也不问小麦田是否喜欢这件衣服。他安排和操纵着小麦田的饮食、衣着，继而操纵着小麦田的精神世界，阿水告诉他什么是"高级的艺术"，规定他所听的音乐，所看的电影。

从商场里出来，他们转了很多趟地铁。阿水推开家门时已接近零点。小麦田生平最讨厌的一件事就是逛街，但他陪阿水逛了整整一晚。

他的家在北京东边的郊区，九十平方米的房子，灯光瓦数不高，暗哑昏黄的光线把屋子压得死气沉沉。一看就是个单身汉的房间。阿水也并不为小麦田的到来特意打扫，脏衣服扔得到处都是。阿水把生活过得如此随意，随意得成了破罐子破摔，但他接过小麦田的毛绒玩具，把它极正式极齐整地放在卧室的窗台一角。让小麦田奇怪的是，阿水一个挺爷们儿的男人，窗台上居然摆满了毛绒玩具。后来小麦田才知道，这是阿水历任情人们留下的"遗物"。他把小麦田最喜欢的毛绒玩具也摆上去，把小麦田和他即将开始的一段历史摆上去。

夜深了，很宁静，房间里的死气沉沉此刻正发生着细微变化。死气开始营造出淡淡的罗曼蒂克。小麦田把累极的身体轻轻搁坐在床边。阿水像美梦一样朝小麦田临近，他蹲在小麦田面前，一股微带汗味的紧张向他兜头扑来。阿水说："累了吧？我们叫饭回来吃。"

"太麻烦了！"小麦田拉住阿水的手说，"我给你做。"

阿水家的厨具一应俱全。这是小麦田第一次给别人做饭。他照着菜谱忙了半天，最终做出两块并不成型的蛋糕，看上去惨不忍睹，但阿水还是给面子地全吃掉了。

小麦田尴尬地笑笑，十分不好意思。阿水抬起手，摸摸小麦田的头，也笑一笑。于是他们两个也就只能在尴尬的沉默里相视而笑。借由这沉默的空档，小麦田仔仔细细把阿水看遍，狭长的眼睛，鼻梁高耸。他站在自己面前，像接受洗礼的圣徒，染黄的头发使他变为一瞬的神话。他还看见阿水轻轻眨巴眼时，眼睛微微的抖动让五官先前的冷酷全没了，这一刻就让沉默将温柔致死。他放开小麦田的手，继而将手握住他的肩，把一份认真和郑重告知给他。小麦田见他像个小孩子头次去触一件东西，触之前的紧张，触着时那一瞬的刺激和满足，统统被他深黑而水灵的眼睛表示了。小麦田见他就那样苍白的、僵直地挺着，手安放在自己瘦弱的肩上，像个得到期许了很久宝贝的孩子，担心自己做错了什么，生怕自己一做错，这个宝贝就会碎。

这天半晚，阿水睡去后，小麦田观察阿水的睡姿。背脊长长的曲线，双手抱在怀里，腿蜷曲着，如婴儿在子宫里的姿势。这是和小麦田一样习惯的睡姿。忘了是从哪本书上看见的，说有这种睡姿的人都缺乏安全感。

月光落在阿水身上，小麦田把下巴颏搭在阿水的一侧肩膀上，闻他头发上的气味。他头一回这么近距离地观察一个人，从他此刻的视角看向阿水，只能见到一个侧脸。他心满意足地聆听着阿水淡淡的呼吸。和那通电话里的呼吸一模一样。然后，小麦田轻轻起身，把摊散在房间四处的脏衣服收在一起，又用扫把将屋里的垃圾清扫干净，把一些微微侧位的摆设摆正。做完这些事，屋外黎明将起，天空的颜色变成深邃的海水蓝，小麦田靠着窗台上的毛绒玩具往下看，小区里已有清晨锻炼的人影了。阿水在一片海水蓝里睡得沉熟至极。

阿水醒来后，见小麦田窝在毛绒玩具里睡着了。他摇醒他，窗外的日头升上中天，见到家里焕然一新，阿水视察工作似的点点头，表示满意。他让小麦田洗个澡，准备去超市购物。他说冰箱都空了几个月了，是时候填满它。

这就是过平淡生活的开始吗？小麦田让热水淋在身上时想到。从浴室出来，阿水已经把搭好的一套衣服搁在床上。"穿上它，我们走吧。"

小麦田十五岁的人生从来没有如此平淡过，平淡得成了平凡，成了俗世的烟火人家。他推着购物车，看阿水走在一排排货架前挑选食品。阿水时不时冲身后的他傻笑，说："你得学着给我做饭！"小麦田说："我本来就会做啊。"阿水一摆脑袋，不置可否。走出超市，小麦田把分量很沉的食品袋拿在自己手里，阿水也不帮忙，似乎这就是他应守的职责。小麦田也没有怨言。

和阿水的第一个周末是这样过的：他们一边吃午饭一边看一部日本禁片。十五岁的小麦田还不知道什么是阿水口中"高级的电影"。阿水家里储存着他从小到大收集的几千部电影，如果说他家里还有一点整齐的地方，那就是放电影碟片的书柜。影碟按不同国家，明确分类在书柜的上下几层。在欣赏电影的时候，阿水是不说一句话的，也拒绝别人的打扰。不过这一天，看了无数遍这部电影的阿水给小麦田仔细讲解了什么是"高级"。其实小麦田也并非不懂"高级"，小时候，他常去外公家里，外公是家乡颇有名望的书法家，时常也写些小诗做些水墨画。外公曾给小麦田说过，他留给小麦田的遗产便是一间堆满古书的小房间。此刻阿水谈论电影的语气像极了正谈论文学的外公。二姐死后，小麦田无数孤寂的日子便是缩在外公的书房里看书。至少这一点能让此刻他和阿水的精神世界走得稍近。

到了下午，阿水神神秘秘地打开电脑，把小麦田叫到身边。他问小麦田："你不知道我？"

小麦田一头雾水，摇头说不知道。

阿水把他的博客点开了。先是翻过相册里一张张好看的照片，等到他浏览到某一张照片，小麦田惊讶得嘴都张不开了。两年前，有一次，同寝室的同学写给小麦田一个网站，说在这里看见了钟灿的照片。小麦田起先吓得一动不动，然后握着字条疯了一样逃出校门，跑进网吧。这是个在年轻人之中风靡一时的网站，上面搜集着网络上各路俊男美女。这时"非主流"已经盛行，大街上全是五颜六色的花脑袋。小麦田点开非主流网站，一页页搜索，却没有见到钟灿。只有一张低下头，看不清人脸的照片和钟灿那么神似。他盯着电脑屏幕很久，直到感觉自己的眼眶湿了，泪水淌过两颊滴落在键盘上。网吧里喧嚣的人声不会注意到这个被陌生人惹起哀思的小少年。他把照片下载下来，存进手机的相册簿。现在，小麦田不可置信地转过头，把手机拿出来，那张照片躺在手机单独的相册夹里。他给阿水看。没想到有一天，这张令他回忆起故人的照片，这个让他想起故人的人，就在离他不足十公分的距离之内。阿水笑笑说："好多人都拿我照片当手机屏保呢！"

小麦田说不清此刻内心的感受。耳边阿水的话已不真切了。阿水说："我是个名人。"

名人？小麦田对名人的印象还停留在电视上的明星。对网络一窍不通的他，不知道网上也有名人。直到三个月后，小麦田才知道互联网的世界多么妙。网络把人的真实面目藏在背后，让一个现实生活中凶残的人举起温柔的牌子，让一个生活中平静的人霎时间成为网络上人人诛杀的虐待动物的变态。网络给人提供着第二个甚至成百上千个身份。迷恋其中的人

174

把网络过成生活，把生活变成虚幻的乌托邦，到最后就认不清现实的界限了。看上去那么遥远的世界，上了瘾，却比毒品还可怕。

阿水说他需要写一点东西。此时夕阳将至，阳光顺着窗台洒下来。小麦田不去书房打扰阿水，只是一个人蜷缩在铺满毛绒玩具的窗台上阅读一本随身带来的书。不知什么时候睡着了，醒来已天黑。他走到书房门口，见阿水还坐在电脑前，桌上的台灯微亮。小麦田倚着门框看阿水书写的样子，他穿一套睡衣，打字时习惯把双臂夹紧，键盘笔法毫无章法，整个人奋笔疾书时缩成了一根杆儿。小麦田笑笑，把冰箱打开，为阿水做了一顿简单的晚餐。

直到小麦田也在网络上成为"名人"，姐姐杨梅才知道阿水的存在。小麦田从姐姐家搬走的那一天是五月里一个周末的黎明。他伴着姐姐和蚂蚁的鼾声悄悄收拾了箱子，没有一句解释和告别，搬走了。半个月后，姐姐给他打了电话，说她看见了小麦田发表在博客上的文章，还看见了小麦田和阿水流传在网上的照片。姐姐让他回家一趟。

他再次走进姐姐和蚂蚁蜗居的地下室。密不透风的玻璃窗让小麦田觉得窒息。一个月时间，发生在他身上的一切竟如此快速的变化无穷。他忍耐着地下室发霉的气味，忍耐着被姐姐用鞋盒挡住的老鼠洞。他还记得半夜里老鼠抓挠鞋盒所发出的刺耳声响。姐姐坐在他面前，把存在手机里小麦田和阿水幸福初绽的照片推给小麦田，推给小麦田一张难堪的判决书。他低下头，接受着姐姐的羞辱，但姐姐厉声的辱骂他一句也没听进去，耳朵里只有老鼠抓挠鞋盒的声音在不断作响，刺刺拉拉，循环往复，把刺音响成一串好听的音律。后来他记得，当姐姐愤怒地关上厕所门，要去解决身体里早到的毒瘾后，屋子瞬间变得太静，太静了。他起身去把姐姐的鞋盒挪开，几分钟后，一只老鼠仓促地逃出了窝。他仓促地逃出了姐姐的地下室。

他回到阿水家，阿水不在，小麦田坐在窗台上想了很久。他把新建的博客点开，看那些让他在寂夜里写就的文章。在文章里，他的家庭多幸福，姐姐和他的男友就要结婚了，住上了三百平的大别墅。他们还会生一个孩子，养几条狗。文章里，他的二姐还没死，母亲也没死，父亲是个勤勤恳恳为了工作奉献一切的好男人。一家人太幸福了，完全是当初二姐和如今大姐脑海里所勾绘的幸福蓝图。他沉醉在这样的字里行间，流下眼泪。

小麦田知道，会有很多人一起分享他虚构的幸福。这就是网络的魅力。在一大片艳羡声中，小麦田把文章里的谎话当真了。网络让一个人的谎言骗过自己，让无数人的赞叹把一份谎言变为真相。小麦田静静地待着，放了一张阿水推荐的音乐专辑。如水宁静的音乐，让他有无尽的话想说。他打开笔记本电脑，在空白的文档上写上一行又一行幸福的谎话。原来，谎也是毒品。

小麦田人生中的第一台笔记本电脑是阿水买给他的。阿水还给小麦田买了很多人生的第一个，第一双高档球鞋，第一台高档相机……他所能带给小麦田的"第一"全是物质的。

一年后的夏天，小麦田考上了大学。暑假时他回了家。父亲起个大早去火车站接他。如今的小镇已让小麦田看不上眼，单轨火车站对面的山坡上种着一排被污染的绿意。只有空气里浮动着蝉鸣，还有些童年的痕迹。

火车慢慢靠上月台，小麦田站在门口，在火车徐徐滑动之间，他看见了东张西望的父亲。他简直不敢与他相认，四年前送他去北京时父亲还是一头黑发，如今全谢了，光滑的脑袋顶告诉了小麦田这四年里父亲的忧愁。他还看见父亲疲惫的脸上全是昨夜疯长的胡茬。他下车了，带着十六岁男孩的身体。父亲举起手，颤抖着，好像不能确认眼前的这个小大人是自己的孩子，他已经长大成这样！但他见小麦田笑了，让他所有的含辛茹苦都值了。小麦田走近父亲，他的手还举着，生怕一放手儿子就不愿与他相认似的。一双多粗糙的手啊，与四年前牵着小麦田的手走进北京城时一样，只是茧子更多了。父亲的手轻轻擦过小麦田的皮肤，接过他手中沉重的箱子。没有说一句话。还是不要说话吧。不然这一场仿佛父子相见的情景会丧失掉它应有的快乐与隐隐浮动在快乐中的哀愁。

小麦田回家的第一件事，是去继母家里当父亲的说客。他敲开门，恳请这个守护父亲十多年的女人，能重新回家去。继母仿佛料不到小小的小麦田会来，她给小麦田倒了杯牛奶，说她这个女人一辈子不会有出息的，只能跟在男人后面默默过日子。只是她把"过日子"过成了爱情，她以为生活是爱情。但她用了一年时间才想通，爱情原来是会被时间稀释的。小麦田笑了，问她还记得爱情是什么感觉吗？于是继母把初次和父亲相遇的故事告诉给小麦田。那是在钢铁厂绿化带的荷花池旁，秋天，荷花都落败了，剩一池枯黄残叶。她就那样遇见他，这个在钢铁厂出了名的单身汉，为了妻子守了三年丧。她觉得他身上有让人安心的气息。继母对小麦田说，爱情，就是能让你觉得安全。爱情是一种安全感。

是吗？小麦田心里想。爱是一种安全感吗？他想起阿水和自己的第一次争吵。此前他和阿水一直很和睦，这份和睦是小麦田用忍耐换来的。和阿水的时间越久，小麦田越能接近阿水心中的伤痕。这道伤痕把阿水变成一个时时发作的疯狂的怪物。他的疯狂是喜欢毁灭，享受毁灭时目空一切的快感。小麦田忍耐他的坏脾气，让一段感情得以维系。可是他不能在阿水身上得到安全。他一直在做另一个自己，另一个全新的身份让他恐惧，让他渐渐不能相信，他也是个心里阴暗的人，一点不比阿水内心的阴暗少。他带着全新的身份，在阿水面前装得那么阳光，那么天使。他给了阿水阳光，代价是，伪装让他一点点损耗着心里的真实。谎言是会让人变态的。他的阳光让他越来越阴暗。他的笑，他为他做晚餐，一切在阿水眼里都显得温暖，像最初和阿水遇见的那个夜，他垂下头给小麦田刮开手机充值卡的认真的温暖。可是，让一个内心阴暗的人用阳光安慰另一个内心阴暗的人，多么可笑。小麦田燃烧着心里残存的真实，把这份温暖毫无保留地淬成生活，献给阿水。

那是小麦田和阿水第一次争吵。他们搬了新家，从郊区搬到市中心。阿水向高利贷借了一百万，为了创造自己的第一份事业。小麦田当然不知道这一百万把阿水压得快死了，事业一直亏损，阿水的欠债越来越多，但阿水对购物的热情却越发上瘾。他甚至用欠款把房子搬到了市中心的高档小区。

小麦田离开郊区房子时，狠狠留恋过那个洒满阳光的窗台。现在的房子里也有窗台，不过由于楼层太低，天空中的好阳光就晒不到屋里了。那时小麦田缩在沙发上看书，没来由的一阵惶恐，第六感告诉他，阿水不正常。此刻阿水正在洗澡，小麦田小心翼翼地放下书，打开他的电脑，翻开聊天记录。小麦田突然觉得整桩事情那么可笑。记录上一页又一页的暧昧情话让小麦田的心瞬间一坠，空得不知一物，只有残存在手臂上的麻震让小麦田觉得自己还在呼吸。他一步一趔趄，走到浴室门口，推开门，请阿水快一点洗完。他有很多话要对他说。

原来网络上还有一个虚幻的第三者，在瓜分属于小麦田的生活。他参与了小麦田和阿水一起看的电影，一起听的音乐；参与了阿水对于小麦田的宠爱，参与了一顿顿小麦田为阿水精心准备的晚餐。"这个电影很好看，下次我们一起去看。""你的手机坏了，我给你换新的。""他做饭很好吃，明天你过来吃吧。"小麦田把浑身的麻震搁在手心，当阿水走出浴室，他狠狠地扇了过去。

"他是谁？"小麦田冲到电脑前，把聊天记录赤裸裸摆在阿水面前。

"情人咯。"阿水满不在乎。

是的，他不在乎小麦田。一年了，初次相遇的夜里，那个认真而温暖的阿水再也不在了。

小麦田觉得自己应该哭，但他只有愤怒。他把电脑桌上的烟灰缸朝阿水狠狠砸去。阿水侧身一躲，烟缸砸在了墙壁上，摔得粉碎。他们的战争开始了。尽管网络上的他们显得如此幸福，但现实世界里，一声烟灰缸的碎响让战争拉开序幕。

小麦田和阿水把家里所有能抬起的东西都冲对方砸去，此刻他们把内心的阴暗全部展露给对方看，让你看看我是什么人吧！让你看看我的真面目！直到满地都是碎玻璃，电脑把木地板砸出一个坑，他们才冷静下来。瘫在沙发上的小麦田，眼泪不可遏制地流了出来。他想起他所有的忍耐，想起阿水第一次动粗的夜晚，那一天他们刚看完一部电影，走在回家路上，十六岁的小麦田首次发表了他对电影的意见，把这部电影骂了一通，然后阿水没说一句话，就把手中吃剩的比萨盒子朝小麦田砸去，然后不断用拳头在小麦田身上击打。阿水第一次打了小麦田，他错愕地愣在原地。街面上匆匆走过不想惹事的人。谁都不会知道，这个大男人打一个小男孩的原因，竟是为着一部电影。

这一夜小麦田还是忍下了。但战争起始于一个网络上虚构的第三者。

小麦田第一次和阿水说"分手"。他冷静下来，阿水也冷静了。他淡淡地说出"分手"二字，同样把一脸惊愕的阿水晾在原地。阿水在小麦田身上是能得到安全的，他从来不会想到小麦田会提分手。他是个什么都不懂的孩子，一直是他翅膀下乖乖的财产，他绝不允许他离开。阿水把收拾行李准备离开的小麦田拖住了。他从后面抱住小麦田。小麦田感到阿水的泪顺着自己后脖颈的头发擦过，淌过一丝冰凉。小麦田心中离去的冲动就这么没了。他转过身，任阿水的手掌为他擦干脸上的泪。

原来，原谅是这样的容易。

现在，坐在继母对面的小麦田仔细回味着女人口中的"安全感"。这是离他很远的一个词了。小麦田心中的爱正一点点减少。他是个太难信任的人，也是个太难信任别人的人。但他需要阿水，需要在偌大的北京城里有个依靠，哪怕依靠的代价是无止境的忍耐。可忍耐多廉价啊。

小麦田把继母带回父亲家。那一天的晚饭很丰盛，让吃了一年多蛋炒饭的父亲容光焕发。吃完饭后，一家三口坐在沙发上看电视。从来不抽烟的父亲从兜里掏出一根烟。当烟烧到屁股，父亲突然浑身一个哆嗦，往后沉沉地躺了下去。

好像一场梦。小麦田的父亲中风了。

谁也不知道父亲这一年多里忍耐了多少。女儿的肆意妄为，儿子在网络上和男人亲密的合影，妻子和情人的离去。谁也不知道这一年多里，他曾在深夜里痛得辗转反侧，无法入睡。这些痛剥夺了一个中年男人的头发，剥夺了他最后的青春，让他老态龙钟。今天，这个一家人围坐在电视机前，祥和而幸福的夜太难得了，成了压在一年多痛苦深夜之上的枷锁，成了灵魂中不能承受的重，幸福得过了头。最后把父亲打倒得不是痛苦，而是幸福。

小麦田搓着手在抢救室外等了一夜。医院里全是药水和病人身上的腐败气味。所有气味都让小麦田想到死亡。

他给姐姐打了电话。隔着夜店里兴奋的电子乐，姐姐的沉默太可笑了。

她说："我坐明天最早的飞机回来。"

小麦田从来没有把这一个破烂难堪的家庭告诉阿水。他无法说出口。他在阿水面前太善于微笑。一直微笑，也许是还没遇见那个可以靠在他肩上哭泣的人吧。

小麦田坐在病床边，看着昏迷中的父亲，他身上插满了管子。但此刻他好像又回到了青春，是个三十岁出头的单身汉。也许此刻小麦田身旁的继母，看到的也是这样一个让她心动的单身汉。她伏在男人身上，呜呜地哭喊着："对不起……对不起……"连床单上刺鼻的消毒水味也没能制止她由衷的歉意。

小麦田走出病房，靠在走廊尽头的窗边抽烟。这是钢铁厂陈旧的医院，他的视野里是一座儿时放学回家时常常走过的坟山。小时候，小麦田对那些墓碑总是恐惧。但现在，竖立的墓碑让小麦田所能感到的唯一，只是深深的悲凉。

他觉得自己的家族是被死亡下了诅咒的。无论姐姐和他怎么逃离，最终还是要回来参与死亡。他心里只想着，爸爸啊，你要挺过来。他一根接一根地抽烟，坟山上闪起点点鬼光，又霎时熄灭。他想起母亲和姐姐的死，像这一颗仿若流星的鬼火，在它滑落的过程里点亮出生命中最美而最后的一瞬，然后永远归于寂灭。

第九章

小小麦田

后半生的前景在苏醒的父亲面前展开了。这个一夜间把仅剩的头发也花白的男人借着午后的阳光睁开眼睛。他身边坐着大女儿，儿子，还有离家半年的妻子。他忽然觉得阳光实在太好，让这些与自己生命产生关联的人出奇地温暖起来。这苏醒的一刻于他而言，简直可以说得上是"幸福"了。他们急匆匆打断手里正削的苹果，正说着的话语，朝他这个苏醒的老人奔来。他由衷地庆幸自己没死，如果死了，这些用难过堆砌的幸福，他便看不见了。

　　大姐杨梅是昨天下午到的。她头一回坐飞机，飞机落地黄花机场后，她又马不停蹄地坐上了回家乡的客车。她推开门望见脸上插满管子的父亲，忽然发现，她的逃离是那样可笑。她以为自己对这个家的一份心早已死了，但她推开门的一瞬，才发现这个让自己受尽伤害的父亲，原来并不是可以轻易割舍的。也是这个推门的一瞬，她才发现这个家不能没有父亲。这个孤零零的老人用孤独黏合着整个家的破碎。她流泪了。

　　她守了父亲一夜，和他说了好多好多话。她的手在黑暗里把父亲的手攥得死紧，生怕一撒开就永远也没机会再握。她也在黑夜里把脸贴着父亲的脸。这是她有生以来第一个爱的男人，她在他怀里学会了撒娇，在他的手心里慢慢长高，变成姑娘。她回忆起青春时期那桩改变她一生的情事，她记得自己当时拿着高考成绩单回家，上面一排规整的"0"没

185

有让父亲发火，只是这个之前从不当她面吸烟的男人破天荒地在客厅里连续抽了一包烟，他就隔着重重烟雾，一直拿着零分成绩单看，看着看着，出神了，好像重重烟雾能把零分成绩单变成一个梦。到末了，他叹一口气，走回卧室，把女儿的成绩单塞进抽屉。抽屉里有女儿高三所有考试的成绩单，整整齐齐地摞在一起，哪一张上的成绩不是响当当的，足以让他跟别人吹嘘半天？把成绩单放好后，他出来抱住女儿，浅浅的一个拥抱，然后拍拍她的背。他沙哑着问女儿："想好以后怎么办了吗？"女儿心里的滋味无法用形容词表述，心酸？后悔？不甘？她说："你别管了。"父亲点点头，还是拍拍女儿的背，说："爸爸之前没相信你，让你受苦了。但爸爸以后相信你……"现在，杨梅想起当时，如果爸爸打她一顿，骂她一回，今天的她也许就不会这样苟且地生活着。如果爸爸当时把她锁在家里逼她学习，她就没机会连夜收拾箱子，逃离这让她无法忍受的浓成溺爱的亲情了。此时此刻，她握着爸爸的手，把这十年里没机会对爸爸说的话全部说出了口。她的眼泪把爸爸的手心淌成悔恨的海洋。

　　小麦田在病房外默默看着这一切。夜色很好，让整个夏天的喧噪顿时宁静下来。他不会知道，当父亲浏览电脑上他与阿水一张张亲密照片时是什么感受。也许就像父亲面对姐姐的零分成绩单时，是把一整包烟抽空的焦虑和不安。但父亲同样没把他推到电脑前，质问他，指责他。父亲把这件事默默吞下来，谁问起来都是尴尬一笑，说没准儿是小孩子闹着玩呢。小麦田倚在医院的墙壁上，这个破碎的家庭正在完整，他感觉到了。这个破碎家庭的苦难太重了，是时候到头了。

父亲在医院里住了半个月。这次中风留下的后遗症是他没办法再说话，嘴里只能"呜呜呜"地吐些呢喃。可这次中风带来的是父亲久违的微笑。他笑着走回家，当了半年单身汉的家变干净了，继母忙前忙后准备午饭。父亲执意要去厨房帮忙，继母把他的手推开，说："你女儿有些事憋在心里久了……你和她说说去吧。"

杨梅又变成了童年时那个想买裙子却一直不敢说出口的小女孩，她坐在沙发上搓着手，坐立不安。父亲走到她身边坐下，在便笺册上写"怎么了"。

"爸！你要不要吃点药？"

父亲张大嘴无声地哈哈大笑，笑得倚在沙发靠背上。

"爸爸，你别笑，我怕你受刺激。"

父亲摇摇头，让她放心讲。他都过了一回鬼门关，不信还有什么能刺激他。

"爸爸，我和蚂蚁结婚了。"

父亲在纸上写：就这件事啊？

杨梅点点头。

父亲写：我早知道了。

"肯定是杨麦那小子告诉你的吧。"

父亲点点头。

"爸爸，你能去北京参加我的婚礼吗？"

父亲写：蚂蚁在哪儿呢？

"他……他在宾馆呢。"

父亲点点头。

"怎么了？"杨梅问。

父亲写：如果这次他不回来，我就不去北京。如果这次他来了，我就去。

杨梅不解地看着父亲。

父亲：一个人担心你，就证明他爱你。

杨梅开心地挽起父亲的手，故意生气地说："我怕你见到他再背过气去。我可不想让你再生病了。"

父亲还是无声地哈哈大笑，拍了一下女儿的脑袋。杨梅一躲，又是那个父爱里的小小姑娘。

午饭开动的时候，蚂蚁进家了。这个肥嘟嘟的沉默的男人坐在杨梅身边。不和谐的身材、样貌、家庭背景，却构成了一副再和谐不过的场景。也许这就是爱，小麦田想。她看着姐姐和蚂蚁如释重负的表情，想起了阿水。他和阿水已经七天没联系了，连一个字的音讯都没有。不过他也早习惯了和阿水之间这种淡漠的关系。他和阿水都不是那种可以黏人的人，从某一次逛街时大打出手后，他们就无形中规定了彼此，不再一起逛街，不再一起看电影，周末小麦田从学校回家住两天，一起吃顿平静的晚餐。但是此刻，他很想很想给阿水打一个电话。他回到卧室，把充电的手机拔下来，发现上面有十多个未接来电，全是同一个陌生号码。

　　他回拨过去。响了几声后，电话那头的人匆忙按掉。小麦田又回拨过去，电话通了，是个男人的声音，但不是阿水。

　　"你哪位？"小麦田说。

　　电话那头咳了两声，说："你好。阿水在我这儿呢。"

　　小麦田的心往下一沉，说："然后呢？"

　　"我是阿水的朋友。"

　　"嗯……"小麦田支支吾吾答应一句，然后在脑子里飞快过了种种可能发生的情景。之前，他曾在阿水的朋友口中听到过有关他前任的故事。他和他是网恋，他在四川，他在北京。那时候阿水像疯了一样，整天泡在电脑前和他视频、说话，如果不在电脑前，也是无时无刻打电话发短信。阿水没工作也没收入，就把父亲在北京的房产全变卖了，每周飞一次四川去看他，哪怕只有短短几小时的相处时间。相见后，阿水和他分分钟黏在一起，知道光阴太短，所以就把一周没见的想念全部积压在相见的一刻爆发。阿水给他买所有他想要的。他也带阿水吃遍了城市的餐馆。四川这座大城里，每个角落都有他们的回忆。

他们幸福了一年，接下来一年的相见是在大吵大闹中度过。最初的激情过去后，余下的是没有生活在一起的磨合，导致战争全面爆发。阿水把卖房子的钱败光之后，已不够承担他们幸福的花销。他和阿水闹，把所有的怨气发泄在阿水身上。没办法，阿水只能向别人借。花光了，再借。再花光了，两个人的爱情也就到了尽头。阿水只有借高利贷把之前的欠债还清，所以小麦田第一次遇见的阿水是个背负了一百万巨债的人。他不知道阿水其实一直没和前任揪扯清楚，也不知道每天晚上等他睡去之后，阿水是如何在电脑前奋笔疾书，把一页页情话发给前任。他们在背地里复合了。甜甜蜜蜜了几天，又是一句话没对，两个人开始在网上争吵。之后，当阿水和小麦田的照片遍布网络，他曾短短一段时间消失在阿水的生活里。但他的消失激起了阿水更深的想念。这种想念后来阿水向小麦田解释过，是一种由不甘和仇恨集结的揪扯。

闹得最凶时，阿水曾冲进他的学校，把一张张裸露照片拍在校长办公桌上，逼得他只能退学。那时他高三，成绩一塌糊涂，高考也被阿水耽误了。但阿水做完这件事很快便后悔了，他跪在地上求他原谅。他哭得极悲惨，说自己不能没有他，他已经把所有的爱、所有付出都给了他，他不能把自己一脚蹬开。然后就是两个人短短的和平时间。不出多久，他们又开始争吵、打架，把警察和家人都打到宾馆。他们就一直在仇恨的纠葛里瞒了小麦田整整一年。这种过度的爱和被爱是小麦田从来感受不到的。直到今天，小麦田接到了阿水前任的电话，他才知道，原来放不下等于放不过。这也是一种爱，只是变态了，扭曲了。小麦田心里很庆幸，如果他再早一点知道，也许他会气愤地打电话质问阿水，会抓住机会也死劲大闹一回。但此刻的他心里很平静，他自己都奇怪自己为何没有气愤。是这通电话让小麦田明白了长久以来累积的感受。原来，他早已对阿水淡漠。他已是他不在乎的一个人。他在乎的，是北京有一个像样的"卧室"，能让他感觉不到自己的无家可归。

"喂？"

小麦田出神了，电话那头还有他的声音。

"我在，怎么了？"小麦田说。

"没事，我就和你说一声，阿水在我这里，你别担心。"

没等小麦田理顺事情的来龙去脉，电话便挂断了。几分钟后，冷静下来的小麦田把整件事的始末都想到了，现实情况不会比他的想象差多少：小麦田回家后，阿水耐不住寂寞又飞到四川。趁着阿水睡着，那人拿起阿水的电话打给小麦田。小麦田想，他和他都是自虐、受虐成瘾的。只可惜小麦田没能如他的愿，没有像个刁妇骂街，也没有生气。小麦田淡漠的态度一定让电话那头的他失望至极。

晚饭过后，阿水来电话了。手机刚响两声，小麦田便把电话接起来。阿水在那头愣了一下，似乎以为小麦田会生气地按掉电话，或者干脆不接。小麦田无所谓的态度一定也让阿水失望。他说："一个朋友过生日一定要我来，顺便见了他……"

小麦田"哦"了一声，他转过头，看到全家人围在电视机前看偶像剧发出的哈哈大笑。

"你没生气吧？"

"没有。"

"我明天就回去了，你多久回北京？我去接你。"

"大概十天以后。"

"家里都好吧？"

"都好。"

"对了，我买了台车。"

"你赶紧把债先还了，又大手大脚。"

"这不为了方便接你嘛。"

"没事了吧？没事我挂了。"

"你就没有什么想说的吗？"

"你考虑清楚，和他继续，还是和我继续。我尊重你的选择，咱们好聚好散。"

"你不是说你没生气嘛。"

"我真的没生气。放心吧，我只是让你考虑清楚。"

"我不会离开你的。"

"行了，我把电话挂了。"

小麦田把电话挂得特别干脆，这是头一回，以往都是阿水先挂，因为他没有和任何人说再见的习惯。小麦田想起了一年前和阿水刚刚在一起，他还受不了阿水挂电话的果断，一年后，他就把阿水的习惯学以致用了。小麦田独自一人时，也会细细查看自己身上发生的变化，阿水在他心里是个高大的人，他曾心甘情愿躲在他的背后，模仿他，追赶他。他对艺术的见解让小麦田如此着迷。为了能够和他更近，小麦田把厚厚一本《艺术概论》看完了。纵然小麦田对枯燥的电影和音乐毫无兴趣，但只要是阿水提过一嘴的，他也一定把它看完、听完。这一年，是小麦田打开视界的一年，他吸收阿水全部的习惯，把自己变成另一个阿水。变得和他一样冷漠、阴郁、脾气暴躁。他兀自翻过一年前的照片，那时他的脸上还有少年时残余的纯真，如今再面对镜头，他不会笑了，一张冷冷的脸摆在照片里，连他自己都觉出距离。小麦田走近家人的热闹中，却无法再参与这份热闹了。然后他走回卧室，把手机关机，在电脑前打下一行字。这是让小麦田变成作家的第一个晚上。

小麦田成为作家后，一直想把自己和阿水的故事写出来。但真实的故事远没有网民心中的精彩。每次他都写到一半，然后全数删除作废。真实的生活，其实单调得像一潭死水。几年后的小麦田，能记忆起的阿水，是自己无故发脾气时透过镜子看到的"阿水"。他和阿水的一段故事，开始于他的百般忍耐，结束在他彻彻底底的爆发。

　　一周后，小麦田和姐姐一同返回北京。飞机起飞前，他接到阿水的电话。那段小小的插曲像没发生过，在他们平淡的交谈里被彻底隐去。飞机落地，小麦田让姐姐和蚂蚁先走。在等待阿水来接的时间里，小麦田看到很多架飞机的升起、降落。人生多像飞机在空中留下的曲线，飞机起飞了，一段故事开始了。飞机降落了，一段故事便走到结局。他坐在行李箱上，夜幕缓缓降临，余晖在天际远方残喘。他根本不用再问阿水最终的选择，他也不会问。他太知道阿水离不开他。他们各自虽不爱，但阿水和他在一起是舒服的，阿水需要一个冷漠到冰冷的人，只有冰冷的人才会对一切不在乎，因为不在乎，才会忍耐。人会本能地选择和最舒服的人在一起生活。这是小麦田十七岁的心里所想。

　　阿水的车停在小麦田面前，阿水窘迫地朝小麦田一笑。回家的路上，阿水不停地说话，小麦田只是望着窗外，一句话不说。窗外，栽在路边的大树匆匆划过，在夜里留下暗影。车里洋溢着一股新漆的味道，小麦田意识到，这车不会是阿水买来专门接送他的，也许他曾给前任承诺过，以后会为对方买一辆车，负责每一周对方从四川到北京的接送。几个月后，事实与小麦田的想象如出一辙。阿水安心地在小麦田和前任之间来回，他不用介意小麦田，因为他眼中的小麦田的大度，已经如一颗定心丸，让他服下。

小麦田曾让好朋友去见过阿水的前任。朋友说，那个人和你的性格很像，而你们又是阿水的复刻。只是你们最大的区别是，他习惯于把所有不满发泄出来，而你习惯沉默。小麦田这样做，不是为了报复，也不是好奇。他只是想知道，是一个怎样的人能让阿水如此深爱。强大的爱永远都伴随着强大的恨。如果说小麦田有一丝妒忌，那也是因为他短短十几年的人生里，从来没学会如何强大地爱一个人，也没学会如何强大地恨一个人。爱与恨，在他的认知世界里，还是一片空白。

只是，他觉得和阿水的生活也快走到头了。他傻傻地去算过紫薇斗数。师傅告诉他，他与阿水注定是不能在一起的，就像两块暂时相吸的磁铁，如果其中一块发生质变，便会立刻相斥。小麦田已觉得自己在改变了，他也同样感受到和阿水的一段故事将要走向结局。可小麦田仍旧傻傻地问了一句："我怎么才可以和他永远在一起？"师傅摇摇头，说："永远？不存在永远。"

小麦田记忆中和阿水最后的一次战争发生在深秋的某个夜晚。那时小麦田刚从河北郊外的大学赶了三小时的车回到北京。他实在太累了，回到家想睡一会儿。给阿水做完晚饭后，他回到卧室。但阿水跟小麦田说，音响店老板打电话来了，有部他特别想看的电影进到货了，所以现在必须去王府井。他让小麦田一定要跟着他。迷迷糊糊刚要入睡的小麦田没理他，转个身继续昏睡。阿水冲进卧室，没来由地揪起小麦田的头发，把他从昏睡中揪醒。小麦田挣脱，他便甩手给了小麦田两巴掌。"醒了吗？还要睡吗？"小麦田的眼里装满泪水，他没有力气再和阿水厮打了，穿上衣服和阿水一起出门。车子拥堵在长安街上，车内的沉闷让疲惫的小麦田欲呕。电台里正播放着某位明星的新歌，刺刺拉拉的声音，让小麦田的意识脱离了现实。他想起算命师傅的话，这一切的一切，什么时候能走到尽头？他盼望结束，又不舍结束。无论如何，三年了。

到了音像店已经晚上九点。拿到碟片后，阿水并没有急着走。他搬把小马扎，坐在一个个装满碟片的箱子前认真翻找。小麦田便无聊地在门口抽烟、徘徊。十点了，阿水丝毫没有要走的意思。小麦田便走到阿水身边，问他需要什么，他可以一起找。阿水说："不用了，我是想看看有没有什么感兴趣的电影。"

"可是你已经来来回回翻了三遍了。"

"要走你先走。"

"我没有带钱啊。"

"你不会走回去啊？"

"你什么意思？"

"没什么意思，滚。"

小麦田眼圈一热，又转回身回到音像店门口。半个小时过去，门前的大街上已经人流疏落，华灯成了流在地上的一片狼藉。小麦田问音像店老板关门时间。老板说这是24小时不关门的。小麦田走到阿水身边，想像两年前一样，偶尔来一回撒娇。他摇摇阿水的肩膀，说他实在太累了，回家吧。

阿水把手上一打碟片猛地朝地上一摔，大声吼道："我不是叫你滚了吗！"

小麦田愣在原地。阿水骂完去结账了。小麦田又傻傻跟在他身后。

小麦田把阿水的兴致从头扫到尾，坐进车子后，阿水并没有急着开车。他像那一天带着愧疚去接小麦田那般，在车上不停说话。只是今天，说话的内容成了辱骂。小麦田也像那一天，把头扭过窗外，不回驳，不吭声，只是看窗外的夜色一点点变深。阿水整整骂了他四十分钟。

后来小麦田才知道，骂了四十分钟的阿水其实并不是在骂小麦田，更准确地说，他是在骂远在千里之外的前任。小麦田回家之前，阿水刚和前任隔着电话大吵了一通。此刻，他是把小麦田当作了心里期许的前任，一个骂不还嘴的前任，他多希望小麦田的样子能变成前任，前任的性格能如小麦田。不知不觉中，小麦田成了阿水无处发泄愤怒的一条渠道，反正他不回嘴，反正在北京如果想留住这间"卧室"，他就必须得忍受阿水的发泄。骂到最后，小麦田笑了，他觉得阿水好可怜，像个孩子，只能通过不停地抱怨，平复心里欲望没有得到满足的愤怒。小麦田把眼睛闭上，就让他好好发泄发泄吧，反正忍耐又不花钱。

大姐杨梅为了迎接父亲到来，搬出了阴郁的地下室，花了高出十倍的价钱在高层租了一间两居室。姐姐搬家的那天是周五，小麦田把下午的课旷了，跑回北京帮姐姐搬家。父亲经历了死亡，家里一切都像换了新，姐姐不再在夜晚浓妆艳抹去夜店了，安安分分当起蚂蚁的家庭主妇。蚂蚁也换了工作，在一家汽车店里当销售员。唯一让小麦田不解的是，当了两年无业游民的姐姐和蚂蚁，从哪儿弄来了一笔巨款，让他们的生活终于回到正轨。

大姐杨梅逆着傍晚的暖阳，冲小麦田莞尔一笑。非常非常健康的快乐。为了父亲，她努力让自己从不正常的生活里正常起来。

小麦田在姐姐家吃完晚饭，就走上了回阿水家的路上。走到楼下，他抬起头，看一眼夜幕下阿水的房间。窗里朝外闪着暗黄色的光，只在窗外就能一眼得知，这盏灯火不会属于一个正常的婚姻家庭。光线暗得发灰，烟火人家里，客厅的光永远是炽烈的白色。此刻正好有人从门里出来，小麦田便朝里走去。但走到家门口，小麦田停住了，他突然意识到，这里不是他的家，只是他用忍耐精心换取的卧室。也许再过些时候，连"卧室"也不是了。他把掏出钥匙的手又放回口袋，走下楼，走进城市的夜幕。

这一日天气温暖，北京闷热的夏天还没到，凉风夹着热风，一股股吹过小麦田发白的黑色T恤。这是个适合告别的夜晚，北京城的喧嚣一下子没了。

他需要这样的寂寥，小麦田坐在最后一班无人的地铁上想。热闹是会让人失去理智的，但思考总是在孤独时发生作用。离别也是，他要好好地同这一段生活做最彻底的告别，他告别的第一站是工人体育馆：他和阿水初识的地方。三年过去了，酒吧换了装潢，剩余的一切——气味、光线、人群，都没有换。这一切把小麦田拉回到三年前的春夜。那个柳絮在地上作祟，翻着滚打转的春夜。他记起三年前阿水管他要电话时，那股赌气的可爱劲儿。还记起了钟灿，那个埋进记忆深处很久很久的故人。此刻，喧嚣一股脑袭来，小麦田夹着胳膊从街头走到街尾。他用了三年时间，才确信和阿水在一起的生活不是自己想要的，也许还是他一心期待结束的。同样，他用了三年时间才明白，一段爱情的冷漠不能同平淡画等号。平淡是柴米油盐酱醋茶，而冷漠就是彻底的不爱。

此刻，艳丽的灯光在小麦田的视野里越走越远，他穿进一条没有路灯的胡同，阴霾的黑暗中，小麦田想到"永远"这个词。永远，是一句多情的谎话。可从来没有人对小麦田说过"永远"的谎。小麦田还想起他傻乎乎地问算命师："我怎么才可以和他永远在一起？"

　　要到很久以后，小麦田真正明白爱的那一天，他才在心里回答了自己提出的设问：永远有多远？止于不忠和背叛。

第十章

小小麦田

小麦田和阿水的故事，落幕在深秋的夜晚。他不能确定和阿水在一起的三年是否会对自己的未来产生影响。现在他只知道，二十二岁的自己还深深记得他。像抚摸一块触手可及的疤，那凸起的、早已长好的肉块，在平时不会注意，但每每不经意间摸过它，这份记忆便会在如此的经意之间被再度重提。他是他真正走进的第一段爱恋，小麦田对爱情的认知从他之后有了形态。他并不知道所有的爱情形态都是不一样的，也不知道所有爱情的结局都注定一样。阿水把一份爱情的神秘和阴暗铺开在小麦田爱情的盲荒里，让他去接受这独一份的爱恋形态。他在阿水的引导下一年年长大，越大越沉默，或说冷漠。二十二岁的小麦田回想起来，曾经的阿水那么高大又那么冰冷，一点点把他对于爱情的渴望抹杀，简直是沙漠仙人掌的针刺上一颗透明的水滴，珍贵的，却带着无法满足渴求的残忍。

　　和阿水彻底分手的三个月前，平均每个星期他们都会闹一次小别扭。别扭都很小，但每回都提到分手。后来小麦田想，如果阿水和他能大闹一回，也许这份爱还能保持得更久一些。一份连争吵都提不起兴趣的爱情真是到了冰点。但每次闹完小别扭之后几个小时，阿水总会打来电话，像往常一样说些闲话，于是两个人都不约而同地把分手悄悄掩盖过去。如同不规则的方块垒砌着一座高塔，岌岌可危，只是还没伤到根本。

　　二十二岁的小麦田后来回想起自己十九岁的这一年，就是这个深秋。他后知后觉地感受到，原来人生的大痛竟是这样。痛在当下是毫无知觉的，要等到痛彻底过去之后，痛的知觉才会提上心头。不仅仅是阿水，还有姐姐，还有父亲。这个家庭的短暂幸福如暴风雨前平静的黎明，原来汹涌藏在背地里。

　　大姐杨梅给父亲订了机票。变成哑巴的父亲头一回坐飞机，像个孩子一样紧张，嘴里不断吐着"咕噜"。飞机上的父亲不知道，去往北京等待他的将是一场比变哑更可怕的噩梦。飞机落地了，小麦田和姐姐看到父亲提着一个很小的行李袋走出闸口。父亲后来写给姐姐说，他不愿在北京耽误太长时间，女大不中留的，所以他只带这些行李。

　　姐姐的婚礼定在十一月初，小麦田陪姐姐去订婚纱。婚纱店在东二环附近，道旁种着梧桐树，一栋仿造凡尔赛宫的五星级酒店拔地而起。路过酒店时，小麦田想起阿水曾领他走入酒店，那时伪造的凡尔赛宫还只是废墟，他们走进废墟旁的酒店招商处。阿水问接待员："酒店什么时候能弄好？"接待员小姐微笑着说："九月初可以全部竣工。"阿水说："我问一下，如果在你们这里办生日宴会大概要花多少钱？"接待员把总经理叫来。总经理算好价格之后，纸上的一串数字让待在阿水身边的小麦田瞠目结舌。他赶紧拉拉阿水的衣服，叫他快点走，别犯傻，为一个生日花十万是疯子才做的事。阿水点点头，和小麦田走出黄昏的凡尔赛宫。这一刻，十八岁的小麦田是幸福的，他以为爱情就是想把最好的给对方，哪怕倾其所有。但二十二岁的小麦田却对爱情有了新的了解，爱情并不是要给对方最好的，而是要给对方最舒服的，一份不花钱的关怀和体贴，才是爱情里真正需要的付出。

一年后，小麦田走过早已变成凡尔赛宫的昔日废墟，还没有考虑那么多。他想到的是，原来他和阿水之间也有一点点值得回味的温情。婚纱店就在凡尔赛宫对面，灯火辉煌，将洁白婚纱映照得如梦似幻。杨梅在婚纱前挑挑选选，最终选了婚纱店里最贵的一套。小麦田扯住姐姐的手，说："姐姐，这件婚纱要七万呢！"

杨梅朝小麦田笑笑，说："怎么了？"

"没事姐，试试就行了，啊？……"其实小麦田更想让姐姐试都别试。

但杨梅还是拽着拖地的蕾丝裙摆走进更衣间。十几分钟后，焕然一新的杨梅从更衣间里出来了。小麦田从没看见过姐姐这样光彩照人的一刻，简直成了童话，成了故事里落魄的公主。难怪所有女人都梦想穿婚纱。

就让姐姐当几分钟公主吧！小麦田厚着脸皮坐在沙发上。店员不断地在提着裙摆旋转的姐姐耳边介绍，说这套婚纱是国外设计师的作品，纯手工缝制……店员把婚纱的优点说得更多，小麦田就越坐不住。他起身跟姐姐小声说："姐姐，换下来吧……"

可杨梅不肯脱掉婚纱，她还在镜子前不断地旋转，婚纱于是变成气泡，将她最彻底、最美化、最脆弱地包装起来。变成好人的要结婚了的姐姐，脸上出现了一丝恬静。幸福是会让每个放纵堕落的人及时悬崖勒马的。杨梅说："弟弟，我漂亮吗？"

小麦田点点头，如果光线再亮一点，恭恭敬敬带着微笑站立一旁的婚纱店员肯定会看到小麦田红透的耳后根。

"我问你，我漂亮吗？"杨梅还在提着婚纱转圈，过足了公主瘾。

"漂亮……"小麦田低垂着脑袋。

"我把这套婚纱买了怎么样？"杨梅说得那样不经意，常年在夜店伪装富家女的她，此刻在婚纱店员的眼里毫无破绽。

"姐……"小麦田往杨梅身边再进一步，只可惜蓬起的裙摆还是让悄悄话变得不那么悄悄："你疯啦？"

婚纱店员有刹那的失望。她兴许见过太多免费试穿婚纱的女孩了。包括她自己在内，哪个女孩没做过公主梦，哪怕只在婚纱店里做一回，哪怕走出婚纱店她又是那个贫苦的灰姑娘。

杨梅还在镜子前转圈，婚纱店员按捺不住了，轻声问："小姐，需要买这套婚纱吗？"

小麦田想，反正都丢丑了，就把丑丢到底吧。他说："我姐姐就是试一下。"

杨梅还是不经意地左看看右看看，把小麦田和婚纱店员完全晾在一边，她太沉浸了，这一天，她等了足足三十年。

"那……麻烦您把婚纱脱下来吧……"婚纱店员对杨梅说。

杨梅瞥她一眼，没搭理，却问小麦田："弟，真好看吗？"

小麦田想，还有完没完了？我可没空陪你演富家小姐的戏了。

杨梅急了，问："好看吗？"

小麦田咕噜一句；"嗯，好看……"

杨梅扭过头对婚纱店员说："那就包起来吧，我要了。"

小麦田登时愣在原地。恢复神智之前的几秒，他在脑子里过了无数的话："真的吗？""姐姐疯了？……"他急忙拉住杨梅，问她："你哪有这么多钱？"

"你以为你姐姐很穷吗？"杨梅冲小麦田眨眼。

婚纱店员喜出望外地带姐姐去刷卡，婚纱被齐齐整整地叠进礼盒。走出婚纱店后，小麦田和姐姐默默走在大街上。他几次都想问姐姐，她怎么会一夜间真变富家女了？在他离开地下室搬进阿水家的这几年间到底发生了什么？可为什么她这样富有，还要等父亲来北京后才把屋子搬出地下室？但这所有疑问都被姐姐的微笑堵回去了。他了解出现在姐姐脸上的微笑，或说篾笑。这个笑让小麦田闭了嘴。

蚂蚁租了台车，带父亲逛遍了北京城。几年前送小麦田来北京上学时，父亲的活动范围就没有超出学校附近一公里，连长城故宫都没舍得去。原本寡言憨厚的蚂蚁遇见哑巴父亲竟滔滔不绝起来，谁也不知道他心里居然憋了这么多话，一路上把北京的历史介绍个遍。

太阳正好，车里放着淡淡的音乐。一家人都显得特别兴奋，尤其是姐姐。她搂着父亲的手臂，把头靠在他肩膀上睡觉。小麦田坐在副驾驶，还在思考让姐姐从地道的"北漂一族"跻身富家女行列的原因。有一种不祥的预感在小麦田心里铺生。所有财富背后都有犯罪——他笃信巴尔扎克的这句名言。但车里的气氛实在太好，幸福让一切不祥都显得遥远。车子开到了新光天地，杨梅把父亲和继母拉进国际名牌店，把货柜上的衣服一件件比在父亲身上。豪华的商场里，父亲身上穿了好几年的旧衣服显得太破太破了，简直让他那张老脸没处搁。附近购物的富家男女都朝他们看过来，他们身后都跟着导购，唯剩小麦田一家自便。父亲臊得脸通红，但又不忍驳了女儿的心意，只好任她把衣服一件件搭在他身前比画。选到最后，姐姐看中了一套黑色西装。杨梅把衣服推进父亲怀里，指给他试衣间，让他去试。

此时早在一旁心有不安的导购小姐上前来，用温柔但绝对毋庸置疑的语气提醒杨梅："小姐，我们店的衣服没有购买意向是不能试穿的。"

杨梅微笑着也提醒她："我现在就能跟你去付钱。"

导购小姐优雅地退到她身后。

父亲在试衣间里仔细数了价码牌上的"0"，当他数到第三个"0"的时候，他就已经决定不试这件衣服了。一套再普通不过的西装竟是他半年的工资。四万，半年的辛苦工作，只值这么一套西装。

父亲一脸不快地走出试衣间，把衣服甩在导购手里，他冲导购呱啦呱啦地喷唾沫星子，导购一脸茫然。小麦田翻译道："他说他没穿。"

杨梅轻轻挽起父亲的胳膊，撒娇地说："爸爸，没试你怎么知道合不合身？"

父亲还在呱啦呱啦，他反手拽起杨梅的手，想把她往店外拉。

杨梅挣脱了，说："爸，你试试！参加我的婚礼得穿得像样些。"

父亲在杨梅面前用手指比出个"4"。这位父亲把长满老茧的"4"狠狠推进想尽孝道的女儿的脸，让这个"4"的残酷程度瞬间逼近最大值。

杨梅说："爸！你记住，咱一辈子只买这一套西装，是为了参加你女儿的婚礼！"

父亲把"4"放下了，垂头丧气地摇着头，还在为"4"不值。

"还要试吗？"临时安插的导购小姐觉得这事儿开始有赚头了。

"要试要试。"杨梅说。

父亲这回被杨梅押进试衣间，在杨梅的监督之下一点点换下脏兮兮的衬衣，过分肥大的外套。杨梅第一次帮父亲穿衣服，将衬衣仔细披进裤子，再把扣子一点点扣上。镜子前的父亲变成了老帅哥。杨梅笑嘻嘻地牵着父亲的手，从试衣间里款款走出。父亲跟在她后面，过惯了节衣缩食的生活，突然间天翻地覆的改变让他浑身不自在。

"帅呢！"导购小姐打破一个个目瞪口呆的看客。

父亲还是垂着头叹气，那个"4"还在他心里鬼鬼作祟。

"好，我们买了！"杨梅冲导购小姐喊到。声音大得生怕店里其他人听不见。

杨梅一喊，他们的身边瞬间多出了四五个导购员，在为杨梅推荐女装。杨梅摆摆头冲着继母，说："有我妈妈能穿的吗？"

这回不用杨梅当人体衣架了，导购员一手提着一件衣服，给一家人当人体衣架。杨梅兴高采烈地为全家人改头换面，根本不在意坐在高级皮沙发上叹气的父亲。

继母倒是爽快很多，因为她从来不敢违逆杨梅的意愿。像小麦田一样，她对杨梅是存着一份愧疚心的。当初她是那么反对父亲再婚，在家里发了疯一样砸东西，把继母骂得痛哭流涕。但十几年过去，杨梅脱口而出的一声"妈妈"让继母心里受到的感动比十几年前受到的唾骂要真实千万倍。杨梅问她："妈，这件怎么样？那件怎么样？"继母只是眼里蓄满泪花回答："唉，都好，都好……"杨梅便挑了件最贵的套裙，让跟着父亲受了十几年苦的继母终于尝到一点爱情的甜头。

这再也不是七年前带着衣服来学校看望小麦田的杨梅了，也不是七年前小麦田不肯和她一起撒谎骗父亲，她赌气把衣服拿走的杨梅了。这是个温柔的姐姐，她正在用自己的力量让这个破碎的家一点点完整，她正在用自己的改变让这个阴暗的家族变得健康。小麦田想，有钱真好，钱让一切都改变。

他们提着大包小包住进了姐姐新租的房子。晚餐桌上，姐姐向父亲禀告了未来三年的计划。她要努力赚钱，争取三年内能够买下属于自己的房子。她还说要送小麦田出国留学。还说等她彻底在北京扎下根后，要把父亲和继母接来北京住。一家人都沉浸在杨梅对于未来的幸福描绘中。

杨梅的微笑，或说篾笑，把父亲的满腔疑问也堵在了肚子里。一个正在变好的家，如何还能让人忍心提起原本的糟烂？

小麦田已经很久没关注网络上对于他和阿水的流言了，网络世界风起云涌，他们已不再是新闻。与此同时，小麦田的第一本书刚刚完稿，他带着书稿各家出版社都跑遍了，最后给他出书的人是几年前在阿水生日会上认识的阿水的朋友。他叫罗林，罗林曾让阿水误会过他和小麦田之间有些什么肮脏情事，所以小麦田和他的交流一直是淡淡的。小麦田曾把自己想要出书的愿望写在文章里，罗林当时在出版公司上班，看见小麦田的愿望后，他在底下留言，说愿意帮助他，成为小麦田的经理人。

小麦田转眼成了作家。阿水对于他的写作一直是鄙夷的，所以他们很少谈论文学，几年的冷漠也把最初谈论艺术的激情消磨了。他曾想把自己的书拿给阿水看，但阿水只是接过薄薄的书，将它弃在角落。

在彻底分别的几个月里，小麦田还曾在心里动过"永远"的念头。他努力去讨好阿水，让他能够看到自己心中的这份"永远"。到这时小麦田还不清楚自己的误会，诗意翩翩的误会——永远。他努力弥补三年之中的情感空白，重新去了解阿水的习惯，耐着性子陪他逛街，为他想尽办法延缓债主们对他的催逼。到了很久以后，小麦田才看清自己的误会。阿水根本没想到"永远"，也许他也感觉到分别的预兆了，所以不再浪费时间。小麦田已经忘了吻的滋味。唯一的吻的滋味停留在和阿水初识的那夜，路灯下嘴唇的温柔。有天晚上，他翻身抱住阿水。但阿水一个不经意的扭身，便把小麦田的拥抱撒开了。小麦田小声说："你就不能抱抱我吗？"阿水冷笑一句，说拥抱只能发生在亲密的人身上。小麦田问："你又遇到什么烦心事？需要拿我撒狠解气？"阿水叹一口气："你身上背着巨债还能开心吗？"小麦田意识到，"永远"的误会越来越可笑。他一晚上都没睡，窗前是楼下人家在院落里栽种的桂花树，刻在玻璃上的枝影，摇摇晃晃，闪着月色的鬼魅。他流下了泪，但身旁的阿水早已轻鼾入睡。

小麦田看清"永远"的误会这一夜后，他们之间的关系终于又回到了正常状态，两个人各干各的，虽然一整天待在一起，但说出的话不会超过十句。阿水曾把这种状态归结成"平平淡淡才是真"，但小麦田越来越清楚，这种"平淡是真"的背后其实是一份不爱之后却又不堪寂寞的忍受。

阿水越来越过分，他甚至要求小麦田在他和他的前任网上争吵时帮他说话。小麦田倒也觉得无所谓，所以在自己的公开空间里，为阿水和前任无休止的争吵说上一句，算是报了他前任打电话挑衅的仇。小麦田也懒得在深更半夜阿水睡着后，翻看他与前任的暧昧信息了。他只想，结局快点来吧，来得够痛快。他不是个善于藕断丝连的人。

二十二岁的小麦田回想起自己的十九岁，才知道那是人生当中最不快乐的一年。但他当时丝毫不觉得。要等到很久以后，他翻看十九岁之前的照片和十九岁之后的照片，才能找到不快乐的端倪。十九岁之后，照片里，他的脸上已经失去了笑容。很多网络世界他的"粉丝"们都在告诉他这一事实。二十二岁的小麦田在十九岁时就在冥冥中把人生看透了，只是执拗于一份"放不下"，所以活得辛苦，活得笑容尽失。

就像在姐姐家里，一家人围在桌前说话嬉闹。这份快乐他是参与不进去的。他缩在房间里玩电脑，在纸上写下一行行阴郁的文字。他丝毫提不起快乐的兴头。姐姐走进房间，坐在他身边，用母亲式的肢体摸摸小麦田的头发，也用母亲式的语气问小麦田："弟，最近和阿水还好吗？"

这是他和姐姐第一次心平气和地谈起阿水。小麦田转过脸，冲姐姐无奈地笑一下，意思是不好也不坏。

姐姐说："姐姐想过了，人活着一辈子，找什么人不重要，性别也不重要。关键是，这个人是不是爱你的，你是不是爱他的。"

夕阳的光洒进来。屋外是继母小声指责父亲的声音——"蒜要这么切！哎呀，杨老头，你笨死啦！"——看，这才是"柴米油盐酱醋茶"。

小麦田还是一笑，点点头说："我能够很确认，我不爱他。"

姐姐说："先别急着确认，爱不爱，只有在你们分别之后才知道。"

"为什么？"

"我和蚂蚁之前分过一次手，两年我们都没联系。后来在一个朋友的生日聚会上又碰见了，他喝得大醉抱着我哭。我们才能很确认，我们彼此是爱过的。我也能够很确认，在分手的两年里，我想死他了。他也想死我了。所以现在，我们都很珍惜得来不易的爱情。"

"姐姐，你的样子像哲学家。"小麦田伸手把落在姐姐脸颊上的一缕头发撩到耳后。

"弟，要记住，找到了爱你的人，你心里会有感觉。"

"什么感觉？"

"归宿感。你会感觉到，这个人原来就是我的归宿。"

小麦田疑问了。他把姐姐口中的"归宿"又和他心中"永远"的误会连在了一起。"你和蚂蚁能永远在一起吗？"

"哈哈，傻弟弟，永远别对一个人说永远，永远太远啦！"

姐姐到厨房去跟继母学做菜了，她是下决心要当蚂蚁的太太了。如果姐姐下定决心去做一件事，她一定能把它做得很好，就像十几年前她为了报复初恋，拿到了全校第一。就像几年前为了和蚂蚁结婚，她不惜把和父亲的和谐关系赌进去。就像现在，她为了守住这个家，守住蚂蚁，守住丈夫的胃，而勤奋学做菜。就像不久之后，她为了让这个破碎的家庭能够完整，不惜赔尽自己的后半生。

　　小麦田接到罗林的电话是在姐姐婚礼前七天。电话里罗林很兴奋，说小麦田的第二本书已经找到了接手的出版社。他是今晚七点的飞机到北京。小麦田匆匆洗了个澡出门了，在拥堵的机场路上耽误了两个小时后，他看见了久未露面的罗林。他以为罗林把第二本书的事情给忘了，当他们在咖啡厅里坐下后，罗林把一份合同加一张银行卡推给小麦田。卡里是出版社预付给小麦田的二十万元稿费。罗林笑嘻嘻地说："今晚的咖啡你请我啊！"

　　小麦田心里一下有底了，埋伏在他心里很久的关于姐姐的不祥预感突然浮出了水面，又被这实实在在的二十万给压下去了。不管姐姐是借了什么高利贷，做了什么不堪的事，这二十万应该是够帮姐姐善后的。转念一想，或许姐姐真中了彩票，二十万将是他的第一笔收入。

　　当初罗林给小麦田做第一本书时，完全是免费出书。小麦田不收一分钱，罗林也不收一分钱，所有的收入都给出版社。罗林当初告诉他，毕竟万事开头难，不赚钱就不赚钱。小麦田也无所谓，反正他当时刚上大学，

214

未来的机会太多了。这回机会到了，二十万摆在他面前，他和罗林笑翻在咖啡厅里。笑完了，夜晚的咖啡厅十分寂静。罗林说："你要分我多少啊？"

小麦田说："随便你开口。"

罗林说："那就一半吧。"

小麦田说："你这狮子大开口！"

罗林笑嘻嘻地把话题岔过去。但小麦田还是同意了罗林的要求，第二天就转十万到罗林的账上。

小麦田希望罗林参加姐姐的婚礼，就在一周之后。婚礼承包给婚庆公司了，在郊区的一块草地上。罗林婉拒了小麦田的请求，说他家里还有事。肯定是他家里的那位不放行。小麦田打趣罗林，罗林笑着摇了摇头。

罗林送小麦田回家之前，他们绕着高速辅路走了很久，聊得无非是些写作问题。罗林是做媒体出身的，为小麦田第二本书的宣传绞尽脑汁。现在是把满脑汁倒给小麦田，两个人一起分析，一起规划。夜渐渐深了，罗林送小麦田回家。深秋的北京冷起来了，妖风一阵阵刮过。小麦田看出了罗林今晚特意打扮过，也许是要会见北京其他的情人吧，一身棕色的西装显得正式而呆板。小麦田没把话挑明，只是刷了卡走进单元楼。他心里对写作的热情越来越高，因为他的理想终于实现了，握着实实在在的自己的书，比什么都满足。所以他匆忙打开家门，阿水还没有回来，屋子里一片漆黑。他开了灯，给阿水打了电话。电话提示正在通话中。几分钟后，小麦田再打。电话还在通话中。小麦田这才想起，今天阿水说他去朋友家了，也许今晚都回不来。管他呢！小麦田想，他不回来正好。这样，他就有一晚上的自由时间好好地创作手上的新故事。

时钟指向11点。后来小麦田回忆起和阿水分手的这一天，才猛然间意识到，他把时间记得那么清楚，"11"是不祥的数字，以至于让今后的小麦田每次看到11这个数字都浑身悚然。11点，阿水的电话打过来了。

"喂。"小麦田把电话用肩膀夹在耳朵上，他正用橡皮擦掉写错的一个字。

"嗯……"阿水那边静默了一会儿。

"怎么了？"小麦田心里漫起一层悚然。人在预兆前是会有感觉的。

"你还记得罗林吗？"阿水问。

小麦田很想说，一个小时前他刚刚见过罗林。但转念一想，阿水曾经误会过他和罗林，虽然他并不清楚阿水为什么误会，怎么就误会到他和他了。

"记得啊。"小麦田说。

"我刚刚接了个匿名电话。"

"然后呢？"

"然后你给我滚出去！我回家不想见到你！可真没想到啊，杨麦。这半年时间你一直和罗林在外地偷情！你还带他去了你老家？"

"你误会了。我没告诉你，我的书是他帮忙出的。他是我的经理人。"小麦田的语气出奇地冷静，和电话那头暴跳如雷的阿水强烈反差。

"你和他是不是全国各地跑？"

"你不是都知道？我全国各地跑是在做书的宣传啊！"

"你给我滚！你给我滚！"阿水咆哮完，瞬间切断电话。

小麦田继续写作，想，阿水又发什么疯呢？装聋作哑吧，反正阿水之前发完疯也是这样装聋作哑把疯狂掩过去的。

十分钟后，阿水再次打来电话。

"你还没走吗？你赶紧给我滚！"

"你有病啊？我不是和你说过了？"

"我不想听任何解释，我们到此为止，你赶紧收拾东西，在我回家之前滚出去。"

小麦田意识到问题的严重性，这回阿水的发疯是认真的。他想起前不久自己得罪了罗林的一个朋友，那人偷了他的钱，小麦田暴跳如雷，把他送进了警察局，此刻他应该正在取保候审。也许打污蔑电话的人就是他。

小麦田气得浑身发抖，他把箱子拖出来，简单拿了几件衣服，把写完的部分手稿拿上，连夜赶到姐姐家。

小麦田坐上出租车去往姐姐家的路上，一点也不知道，不远之外的阿水正谋算着一件天大的事。他把匿名人提供给他的"证据"好好地整理了一遍，写了一篇很长很长的文章。他要把文章发表出来，让世人见见这个善于伪装的小麦田的真实模样。小麦田到姐姐家后，流畅的写作思路被打断了，洗个澡就睡下了。早上十点，他的手机上蹦出无数未接来电和短信提醒，都是和他关系不深的朋友发来的问话。"看看网上！你和阿水怎么了？"

小麦田打开电脑，把阿水的文章从头浏览至尾。虽然内心震撼，但他还是像个正常人一样，洗个澡，吃完早餐，继续开工写作。他没有做那样的傻事，傻傻地给阿水打电话解释、质问，他觉得那样太傻了，傻得离谱！中午的时候，他接到了阿水的电话，阿水让他尽快回家，把落在他家里的几百本书搬走，这个时间他要去朋友家，不想撞见小麦田。

小麦田在阿水家附近的邮局买了些纸箱，把书一箱箱装好，再一箱箱推到邮局。也不知道这一天，老天爷为什么要如此残忍地和他作对。深秋的中午本不该热的，但今天日头狠毒，把小麦田晒得全身脱皮，也许这也是老天爷的预兆，他即将换去旧皮，成为新的人，找到一段属于自己的新的开始。在小区门口卖水果的大叔可怜小麦田，他那么单薄的一个人，来来回回推着那么重的书，没有一个人帮忙。水果大叔撇下摊子，上前帮了小麦田一把。他刚问出口："小麦田，怎么了？"小麦田的眼泪就流出来了。"和你哥哥吵架啦？闹离家出走？"水果大叔在小区门口做了几年生意，小麦田每次回家都要买些水果。有时候回来得晚，水果大叔把傍晚的水果贱卖，小麦田还按正常售价把钱拿给水果大叔。

此刻水果大叔的温暖让小麦田委屈至极。一点一滴的温暖，在网络世界里万千的辱骂和嘲弄中，变成热带雨林里一滴辛辣的汁液，蛰痛着小麦田即将崩溃的心。

把书全部邮寄回老家后，天色渐晚了，天边一抹残存的夕阳吐着叹息。小麦田回到阿水家，把每个角落都看遍了。他想，今后无论如何他都不会回来了。原来他和姐姐杨梅有一点特别相似——做好决定的事永不回头。他把钥匙挂在了门旁的钥匙盒上。

这个小小的钥匙盒已经被小麦田差不多忘了。平常出出进进，挂钥匙已经成了习惯，习惯了某件事，就会忽略这件事。这个钥匙盒是三年前阿水过生日时小麦田送给他的。在西单商场里，一家专门做"DIY"手工的礼品店里，小麦田花了一整天时间给阿水做了一个钥匙盒、一个大房子。两件礼物加起来两千多元，几乎花掉了学生时代小麦田一个月的零用钱。做房子时，小麦田选了两个小男孩贴在模型屋子前，一个男孩是他，一个男孩是阿水。制作时，用的胶水是临场高温烧热的，只要不小心碰到，手上就会起水泡。如今要走出阿水家的小男孩，回想起自己把满是水泡的双手伸到阿水面前时，阿水只是对礼物笑笑，说句："这礼物也没什么用啊！"但无论如何是小麦田的心意，阿水还是收下了。它静静地摆在阿水家里一年。第二年，小麦田又给阿水做了房子。第三年，还是房子。只是房子越来越小，因为小麦田再也没有那么多心意在一排排货架前挑选配件，再绞尽脑汁去设计，如何让屋子显得漂亮而气派。这件礼物更像是对往昔的遗憾。这件礼物还是阿水每个生日都会拍一张照，发表到网络上炫耀的工具。现在，小麦田把房子模型前的一个小男孩奋力扒下来。一个不小心，房子跌在了地上，摔得支离破碎。

小麦田走出了阿水家，手里捏着那个小男孩。他本来想留下来当一份记忆的见证物。但随后想想，又觉得没这个必要。所以，他把小男孩扔进街边的垃圾桶，把自己当小男孩的岁月也扔进了垃圾桶。

回到姐姐家后，小麦田仔细翻看了网络上众人对他的辱骂和嘲讽。姐姐为他收拾了客房，什么话也没问就明白了怎么回事。父亲和继母在客厅里看电视。小麦田拉开窗门，走上阳台。北京的风彻底冷了，一夜间进了冬天。这阳台不大，方方正正的，水泥围栏垒得很高。北京的夜晚单调得出奇，还是十二岁的小麦田走进北京城时一模一样的夜景，黑暗的阳台上就是头上一片天。响着风的空洞洞黑黝黝的微带沙土气的天上，高悬着被云层遮碍的黄月亮，裹着一团寂寥清光。

小麦田没来由地想起和阿水初次相遇的夜。春夜。柳絮。还有路灯下灿然的一个拥抱。小麦田想，原来这就是一段结束的开始。还有些藕丝没有扯清楚。他该写点什么，写在网上，让听不进解释的阿水看。他知道阿水一定会看的。

    但是他不会再回去了。

    他们也不再回得去了。

第十一章

小小麦田

北京的雪以往在十一月中旬就下了，但今年的雪姗姗来迟，到了全城供暖，雪还积在天空里，云朵因此显得沉闷，摇摇欲坠。大片灰蓝色空中飞着乌黑的沙土。北京从小麦田离开的那一年已经雾霾深重了。飞沙走石仿佛给风卷出一只只手，每吹一次，都像从云朵里把雪往外掏出一块，又掏出一块。

　　小麦田站在姐姐家的阳台上，背着全家人抽烟，很快烟缸里就堆满烟蒂。整整一个月，每一天从他的网络空间站都会进出无数留言。他不想看，偶尔瞟一眼，也只是草草带过。夸人的话和骂人的话不一样，夸人的话都千篇一律，但骂人却花样无穷。自尊心那么强的小麦田，居然在网络上数以千万的人对他进行攻击时，一滴泪也没掉。

　　他只是觉得世界变了样子。生活的突然折变让他很不适应，小麦田的不适应体现在极度的适应上，他整个人像被抽空，脑子里没了想法，一天也不说一句话，按时吃饭洗澡，只是失去了睡眠的能力。就像七年前突然接到二姐的死讯，他照旧把手上的作业做完，把饭吃完。等到手里实在没事可做了，他才去想"噢……姐姐死了……"心里的痛苦需要一段时间去积累，去理解。现在，小麦田还要些时间才能接受这巨变。他把所有精力全部投在了姐姐的婚礼上。

　　大姐杨梅结婚的好心情被小麦田的这茬事给扫了不少兴致。有一天很晚了，姐姐走进他的房间，进门就被浓浓的烟雾呛得咳嗽不止。她拉开窗尸，让被雾霾污浊的月色洒进房间，也让屋里的烟雾加强北京雾霾的攻击力。她坐到小麦田身边，动作很轻，生怕惊扰到躺在床头发呆的小麦田。

小麦田听到了姐姐的叹息，声响不重，但重在哀婉。她可怜我吗？小麦田缩在床上想。离开阿水的三天，接受着千万网民唾骂的三天，小麦田原本浓密的黑发一把把脱落，飘得一地板全是，像一堆死去的、狰狞的黑色尸骨。姐姐轻轻地拉起他的手。这动作让"可怜"成型了。小麦田抬起眼睑一眼姐姐，空洞洞的眼神里填着不屑和排斥。杨梅被弟弟这份陌生的神情吓住了，她不自在地放开弟弟的手，说："姐姐替你看了。姐姐知道你不会看的。"

"看什么？"小麦田的声音沙哑。他三天抽了一条烟。

"网上……那些……"杨梅一摆脑袋，样子豁达极了，可语气却小心谨慎。她太了解弟弟的性格，这三天的变故一定让弟弟绷着的神经拉到了极限，再触犯到他，他一定会疯的。

四年前的某一天，杨梅提着满手零食去学校看望弟弟。推开宿舍门，她看到弟弟缩在被窝里，一直打战。三伏天，弟弟身上居然盖着棉被。似乎他还不觉得热，还央求姐姐出去给他买床棉被来，不知道为什么，他太冷了。杨梅冲上去，把他的棉被一把掀开，他看到弟弟赤条条地缩成一团，枕头上、床单上全是汗渍。她说："你怎么了？"弟弟摇摇头，很不想说话。杨梅使劲摇晃弟弟，一直不停地问："怎么了，到底怎么了？"

姐姐逼人的问话让小麦田彻底疯了，他"呜啦呜啦"的手舞足蹈，把姐姐的手甩开，把姐姐使劲推出他身外，然后他像一条在煮锅上的虾，骤然间把蜷曲的身体拉得绷直，又骤然蜷曲，又骤然绷直……杨梅赶紧让傻在一边的蚂蚁帮忙，他们好歹帮小麦田把衣服穿上了。衣服都臭了，像尸体发出的腐臭。就是这一天，杨梅头一回在小麦田面前展现出姐姐的爱。她急哭了，让蚂蚁把小麦田背到医院。姐姐替小麦田挂了神经科的号，但医生建议他们把小麦田转到精神科。

　　医生给小麦田注射了镇静剂。晚一些，小麦田安静下来，两只眼睛成了洞，傻愣愣地张着，一眨也不眨。杨梅在病床边一直叹息，就像今天的叹息，不重，可叹息里全是哀婉。然后就是小麦田长达一年的治疗期，杨梅给弟弟找到一位北京很出名的心理医生。每周一次。诊所在双井附近，高耸的玻璃大厦，第十三层。小麦田把这些细节记得特别清楚，因为每次走到大厦底下，他都会抬头把大厦的楼层从下到上数清楚。他记住了心理医生问诊的病房窗口，挂着小碎花窗帘，屋子里全是木质家具，柜子里没有文件档案，全是医生从全国各地收来的可爱摆件。小麦田喜欢这个环境。窗帘拉闭的时候，屋子里的光会被窗帘照成橘黄色。

　　"你好，小麦田。"心理医生微笑着，朝小麦田走来。他穿挺括的西装，即使夏天也穿西装，冬天也不加棉衣。

　　"睡一觉好吗？你没有生病，我一眼就看出来了，你只是缺乏睡眠。"此时小麦田已经躺在了医生的病床上。

"我有病……"小麦田轻轻地说。如果没病，他何苦一天花几百元来诊室睡大觉？

"信我的，你没病。这是我午休的床，对别的病人都不开放呢。"心理医生的微笑不是能让人一眼记住的，显得很柔和，所以给人很好的视觉感和心理安慰。

心理医生坐在小麦田床边。从西装内兜里拿出一盒烟，轻轻推出一支。"要抽吗？"

小麦田摇摇头。

心理医生把枕边的放氧器打开，是一个小瓷缸，插上电源后，瓷缸里会附着一层淡淡的白雾。瓷缸是空的，把水浇在瓷盖上，水会流入瓷缸，于是便生出清脆的流水声。

和流水声一起传进小麦田耳朵里的是医生的问询。都是些家常话。得过精神病的小麦田知道精神病人最真实的想法，其实他们什么都懂，医生的问话、家人的急切，他们心里都清楚着呢。可他们就是说不出话，他们想努力解释，但说出口的就是沉默。每一次看病的下午，都和第一天一样，他们聊一会儿，然后医生就打开喷雾瓷缸，给小麦田喂一颗安眠药，让他睡觉。不知道为什么，小麦田在诊室里总睡得很沉，一个梦也没有，每次醒来都如死而复生，身体累到极致，可头脑却清醒无比。等到离会诊结束还差十分钟，医生叫醒小麦田。回到家小麦田才恍然大悟，他今天居然睡着了，他今天居然又睡着了！不管晚上他偷偷摸摸吃多少安眠药，他照旧失眠，通宵达旦地熬夜写作，身体不累，意识却累到极致。在医生的诊室里睡得好舒服啊，让小麦田越来越勤地往那里跑。一年后，小麦田的病痊愈后，医生告诉他，其实开给小麦田的不是安眠药，而是维生素。

直到小麦田被医生确认痊愈后，他也没有告诉医生自己为什么得病。那是因为他太孤独了，在学校里一个朋友也没有，一个星期甚至一个月都不开口说几句话的。那一段时间，他想钟灿想得走火入魔了，这个校园里的每个角落几乎都留下过钟灿的身影。精神病是瞬间的刺激。就在那年深秋的夜晚，他想死，于是他爬到操场上用来做运动的铁栏杆上，他往下跳，跳下来，双腿直直落地，膝盖突然的九十度弯曲，让筋骨的弯曲撞出一阵快意的酥麻，他就恋上了这酥麻，他每天都爬到栏杆上往下跳。这死亡的游戏让他又惊又欢快。

小麦田的精神病痊愈后，得到的唯一好处是：他不再害怕孤独了。再多的孤独他也能消化掉。他学会在洗澡时自言自语，耳朵里始终插着耳机听歌。自言自语是安全的，因为只有自己不会触犯自己，因为只有自己的触犯才可以被轻易原谅。自言自语的安全还体现在，他永远不用受沉默的折磨。

此刻，小麦田所受的折磨是自己心里的这一关。他恨死了，恨阿水，恨所有人，包括恨自己。原来自己对自己的触犯也不是那么轻易能被原谅的。反而最难原谅的就是自己。他花了三年时间去忍耐一个他早已不爱的人，只为了得到一处安生之所，可他现在又在流浪。他曾努力把阿水看成一个家的另一半，为他做饭，为他仔细收拾房间，到头来，他只是在无穷的伤害里自讨苦吃。

姐姐把小心翼翼的关怀奉献给弟弟，她让小麦田躺下来，轻轻把被子往上扯些。他也恨姐姐，如果姐姐三年前就有今天的成就，他何苦为了不忍受地下室肮脏的环境而忍耐着阿水？小麦田感觉暖气蒸得他窒息。这已不是曾经寒冷的地下室，不是冬夜里缩在小床上听老鼠蟑螂满地乱爬的地下室，不是阴暗发霉的空气让他膝盖发痛的地下室了。三年前，他用自己的方式让自己过上健康的生活，哪怕这种方式是眼看着另一半出轨，哪怕是他和他无穷尽的冷战、对打。如果三年前的姐姐是如今的样子，那么一切会不会从一开始就是正常的，不会错位到如今无以复加的地步。

姐姐杨梅在床边，一副想和小麦田聊聊的样子。但小麦田不想说话。四年前精神病的恶魔，再次把小麦田死死攥住。

但姐姐不肯放过他。安安静静的十几分钟过去，杨梅从包里拿出一份留学申请单。上面是香港大学的入学申请。

小麦田愣住了。他一点也想不到，姐姐在为家里的每个人安排后路。

"弟，先去珠海读一年预科班，姐姐会把香港留学的事给你安排

228

好的。"

　　小麦田不明白为什么要去珠海读预科班。

　　"蚂蚁的爸爸在珠海有套房子，在郊区，你也好静下心学习。"

　　小麦田接过姐姐送给自己的沉甸甸的后路。他想，换个环境也好，也许只要离开了北京，新的环境会让他有一份新的生活呢。杨梅说："我给你也订好了机票。12月3号的。"

　　"为什么这么急?"

　　"你和爸妈同一天走。"

　　"哦……"

　　"弟——"杨梅伸出手，摩挲着弟弟所剩不多的头发，"你要相信，孽缘早点斩断好。"

　　小麦田用脑袋摆出个"?"。

　　"姐姐就是因为一段孽缘，葬送了前程。"此刻的杨梅仿佛又回到了十八岁，"所以啊，在珠海好好读书，别的不要想。"

　　小麦田觉得眼前的杨梅温暖了，出奇地温暖，温暖得过头了。

　　"姐，你怎么了嘛?"

　　杨梅摇头笑笑。"你不用操心姐姐，姐姐有分寸的。"

　　屋外的月色透过雾霾爬到窗户上，像小偷一样鬼祟。很多年后，小麦田还能想起自己这一晚看到的变成了人形的月色。那恍惚是几千年前的月色了，残酷而冷静。姐姐在月色里偷偷别过脸，把一点点残存的哀怨留在阴影中。

　　杨梅的婚礼照常进行。一个星期后，和小麦田亲近的家人、朋友，都不再觉得阿水和他的网络之战有什么重要了。杨梅把早先买好的西装拿给小麦田，让弟弟和蚂蚁的侄女当伴郎伴娘。姐姐带小麦田去发廊，把他的中式短发剃成了平头，他的头发因为失眠熬夜变成一把把长在荒野上的枯草，更稀薄了，所以干脆剃掉。小麦田看着化妆镜里的自己，突然觉得这张脸是憔悴得过分了。他从来没有过如此深重的黑眼圈。他就淡漠地看着镜子里淡漠的自己。从来没有过的心酸让他一瞬间崩溃了。

　　理发师木愣愣地看着泪流满面的小麦田，神气活现的剪刀手顿时僵住了。小麦田忙捂着脸，把泪偷偷擦掉，一叠声说："对不起，对不起……请继续……"理发师把头转过去寻求杨梅的帮助。杨梅微笑着说了句："没事的，他失恋了。"

　　小麦田被"失恋"二字狠狠地锥了一下心。他想，他和阿水之间不会是"失恋"这么简单，或许还有些更深的含义是此刻的小麦田所不能理解的。要到很久以后，小麦田才明白和阿水在一起的三年时间，他是真的把阿水的家看成了自己家，就像他和阿水的第一个夜晚，他把他家里的脏衣服洗掉，把地上的灰尘拖掉。他从第一天起就把自己当成了这间"卧室"

的主人。他从来没想过要走。但如今却走得这样仓皇急促，连一点留恋都不给他留下。这份失落是他意想不到的。他不是一直在期待结局？可结局降临了，他才发现原来自己的准备竟是毫无准备。

小麦田剪完头发后，姐姐杨梅带他去超市，想给他的珠海之行买些装备。她细心地给小麦田挑睡衣，挑枕头，挑所有新家需要准备的物品。小麦田忽然想起三年前和阿水也是这样，推着购物车，穿行在超市迂迂回回的货架之间。那是他和阿水少有的一段快乐时光，因为他还太小，也不懂爱情中潜藏的隐秘。不知道底细是快乐的，因为底细带来忧虑。他还想起和阿水的某一次争吵，那是两年半前小麦田的一位朋友过生日，他想让阿水借他点钱，帮朋友买个礼物。但阿水拒绝了。所以他是双手空空牵着阿水去他朋友的生日宴会的。一帮人坐在一桌聊天，朋友的穿着展现着他的生活，一身的名牌，脖子上、手腕上、手指上戴满金银首饰。没有礼物已经让小麦田很尴尬了。但不知道那天阿水怎么了，句句话都和小麦田针锋相对，同时把锋芒刺给小麦田的朋友。小麦田问："你平时逛街都买些什么？"朋友说他逛街无非就是消费，钱多得失去了逛街的兴致，花钱是唯一的目的。阿水插一句："那我可给不起你这样的生活。"小麦田暗地里掐了阿水一把，意思是听他说说就行了，何必当真？但阿水不下台阶，故意说："你掐我做什么？"一场虚与委蛇的对话被阿水僵住了，空气静止下来，静中藏着不安。但小麦田只是冲阿水笑笑，十分含情脉脉。朋友只好悻悻地走开去招呼别的客人。小麦田唱完一首歌，阿水便用话筒说："能不能别唱了，好难听！"KTV里所有人嘲笑的眼光便齐刷刷盯着满脸通红的小麦田。玩到十二点，阿水先走了。临走前还对小麦田的朋友说："你生日的日子不好，赶在我心情最糟的一天。"那朋友于是对小麦田只剩白眼。小麦田待到了四点多，终于待不下去，回了阿水家。

　　他重重的开门声和关门声并没有打扰在电脑前激情创作的阿水。那时小麦田以为他在深夜创作，但丝毫不知道他正和前任闹得如火如荼，所以一时半会儿抽不开身理会小麦田。他居然把一个浑身火气的小麦田晾在那里！小麦田又动作很重地洗完澡，把卧室门狠狠一摔，躺到床上。大概两个小时过去，阿水终于昏昏沉沉地进了卧室。小麦田冲阿水说道："你今天没吃药？"阿水隔了好一会儿才针尖对麦芒地回道："我想不通我为什么要陪你去参加朋友的生日会。"

　　"你没看见别的朋友的另一半都去了吗？"

　　"可我根本不想去。"

　　"那你事先应该告诉我。"

　　"我这个人一向自我惯了，而且你不是挺能容忍我的自我的？"

　　听到这里，小麦田觉得阿水口中的"忍耐"二字非常刺耳，或者他的语调里有中伤和挑衅的意思。总之他认为阿水在嘲弄自己。这句话让小麦田为这段感情所付出的忍耐显得如此可笑。

他藏在被子里的身体突然竖起一层鸡皮疙瘩，他哪来的这股恶意？而且只是针对小麦田。他怎能对小麦田勤勤恳恳的付出如此不仁？

阿水还在不停地抱怨，满脸嘲弄，越来越过分。小麦田立起身子，把阿水的话堵回去，他滔滔不绝起来，说阿水可真顾他的面子，在那么多朋友面前损毁他，让他的脸没处搁。阿水说那是你自己的问题，如果是别人说这些话，他现在有机会秋后算账？所以这笔账是空账，你小麦田就慢慢算去吧。他想他歪曲事实的本领可真大，他居然把这看成一次算账？他拼命压住要吐出口的话：你看你像个男人的样子吗？我周末回家，家里又脏又乱，一个星期的碗全在洗碗槽里候着，都发霉长虫了。你再看看你的窗台上，挤满多少情人留在家里的毛绒玩具？真令人作呕。你再看看你自己，欠着一百多万的债，却每天要买各种各样的奢侈品，到了危急关头，还不是我找家人帮你解决的？是的，你的确还了我家人的钱，但那些情人会有这份心吗？他越来越觉得身边的这个人庸俗不堪。他搞不懂为什么阿水也要把他拖进庸俗的世界。

小麦田安静下来。

他很庆幸自己没有把心中的话说出口，不然太可怕了，爱情也许没想象中那么结实，如此这般针锋相对，岂不是也庸俗得成了下三滥？裂缝一旦崩裂，那一切就不会弥合如初，连他苦心留下的"卧室"也不存在了。

也许阿水看出了小麦田心里的抱怨，他也静下来。屋子里是窗帘布透进来的微黄日光。他伸手碰了小麦田一下，小麦田想，今天我绝不让你收场，如果你阿水不给我道歉的话，别趁着安静把他一搂就算讲和。但小麦田的身体却在阿水的拥抱里原谅了他。

几年后，和阿水分手之后的小麦田想，年轻就是好，荷尔蒙抹煞原则，激情不计较是非。天大的争吵也能一把搂和。也许就是从这一天开始，小麦田慢慢意识到了他和阿水之间的相处模式：要用一次毁灭来换取短暂的和平，要用顶到沸点的厌恶逼出一缕破罐子破摔的激情。小麦田摇摇头，三年后的他竟不能理解当时的自己和阿水。也许三年前的自己正享受着毁灭带来的快意，也享受着快意引发的激情。三年前的他太小了，根本来不及了解感情生活是什么，这感情生活就被阿水狠狠盖下一个戳——这就是阿水让他看见的感情生活！他便以为，他们之间不正常的相处其实是最正常的，别人之间最正常的相处其实最不正常。

小麦田回过神来，姐姐杨梅的购物车里已堆满东西。他们叫了个车回家，因为东西多得双手都拿不了。姐姐放纵的消费太不正常了，只有破罐子破摔的人才会这样，像曾经欠债百万的阿水每天都给自己买昂贵的奢侈品一样。姐姐说这些都是小麦田能用上的。他让小麦田去了珠海之后省着点用，珠海那地方小，又偏，很多东西都是买不到的……

小麦田没细想姐姐这句"买不到的……"话里深藏的内涵。到了婚礼这天，顶一头板寸的小麦田早早到了现场，这不是一个好天气，天空阴沉沉的，雷暴压在云层里，风在低空盘旋。小雨一直在下，有点像清明前后的雨，很小，但黏在身上感觉非常不爽，而且北京的雨已经好几年没干净过了，全裹着黄土。小麦田担心姐姐的白色婚纱会一场婚礼下来变成黄的。好在中午的时候雨停了，婚礼司仪连忙把端着盘子穿行在自助餐桌旁的大家招呼到座位上。姐姐从欧式建筑里走出来。走出来的是个彻彻底底焕然一新的姐姐，化妆品是个伟大的发明，吸毒带来的苍老和颓丧不见了，全盖在白粉底下，胭脂涂得太多，把姐姐的脸涂成太阳。走出来的姐姐像团白色的火，被温暖暖覆盖。身边的蚂蚁也帅了，改良过的西装把大肚腩最大程度地压扁下去，被摩丝拉卷的头发使他看上去像一位钢琴演奏家。婚礼进行曲响起来，姐姐挽着蚂蚁的手臂，朝等在证婚台前的父亲走去。小麦田跟在姐姐身后，出神地望着姐姐被婚纱鼓胀的背影，为什么这么多女孩期待一场婚礼？无非是苦等的承诺，如今被一纸婚约兑了现。姐姐是个活在危险里的人，对出现的一丝安全感都要紧紧握牢。证婚台越来越近了，精心打扮过的父亲笔直站着，脸上全是喜悦和紧张。当姐姐和蚂蚁终于穿过冗长的红地毯，来到证婚台前，又开始下雨了。云层里霎时劈出闪电，天昏闷到极致。父亲的手牵起姐姐。司仪用话筒喊："证婚仪式现在开始！"

司仪的话让骚动的宾客们安宁下来。司仪说："杨梅，你愿意一生一世爱你的丈夫，守护他，爱护他，无论贫穷疾病……"

"我愿意！"杨梅和司仪的声音在大风里像怒吼。

谁都不知道，宾客队伍里混入了五个陌生人，沙尘暴加小雨把婚礼现场弄得狼狈不堪，陌生人很轻易地就混了进来。他们像捕食的狮子，静静地埋伏着，等待一个最好的时机出现，好一口拿下猎物。不能再等了，其中一人朝另一人递去眼神。于是在司仪还没有把蚂蚁的承诺逼出口前，他们穿过层层人流，一拥而上，把台上的杨梅一举拿下。

杨梅转过头时，小麦田看见了她的神情。恐惧和惊慌只是一闪而过，紧接着就是坦然和随便。她是早知道会有这一天的，只是没想到他们会选在结婚这一天。杨梅被他们反扭着手，然后锃亮的手铐在阴沉天气里闪过夕毒的光。杨梅被铐起来了。

这么娴熟专业的动作只会属于警察。在场的宾客一个个看得目瞪口呆，司仪慌忙下来，话筒沉重地砸在地上，发出一串刺耳的锐响"嘶——"。小麦田完全愣住了，他离姐姐不过几十公分距离，所以在五个便衣警察实施抓捕行动时，完完全全被他们来回推搡着。他没有想起来去握姐姐的手。如果再来一次，他一定会握姐姐的手，让在所有亲戚朋友面前丢光了脸的姐姐能有丝毫安慰。

原本顺服的姐姐在话筒落地发出的狰狞锐响中，突然使出全身力气，将扭住她的两个警察挣开。就在两个警察还没来得及反应时，杨梅突然蹲下身子，朝小麦田狠狠看去。也不知道为什么，小麦田一下就明白了姐姐的意思，他把被脚步踩得左滚右滚的话筒捡起来，递到姐姐嘴边。

"蚂蚁！"姐姐大喊。

蚂蚁从慌忙里抬起头。

"你愿意娶我的吧！"姐姐说。

蚂蚁还没回过神来，姐姐又说："你愿意娶我吗？"

蚂蚁在亲戚朋友的拉扯下离姐姐越来越远，就在姐姐眼中的希望快要破碎时，蚂蚁突然冲向杨梅，肥胖的身材让警察也没法阻挡他的爱情。他冲着话筒说："我愿意！"

姐姐喜极而泣。她幽静而缓慢地说："我有了宝宝……"

蚂蚁哭了，在被警察用身体形成的人墙前，他哭了。蚂蚁哭了，在他失望的亲戚朋友面前，他哭了。蚂蚁哭了，在一份注定要远离的家庭和爱人面前，他哭了。他哭得那么动情，鼻涕口水全流了出来。这么一个邋遢的蚂蚁，小麦田从来没觉得他好过，他一直在心里默默地厌恶这个姐夫。但此刻，小麦田觉得蚂蚁好帅，他在姐姐面前一直都像只听话的小狗，从来没这么男人过。五个警察觉得再耽搁下去，现场一定会大乱，他们把杨梅迅速带离现场，蓬松的婚纱裙让杨梅成了瓮中鳖，想逃也逃不掉。

僵在舞台上的父亲直到女儿被警察带走才回过神来。他还来不及思考女儿到底犯什么罪，就重重地后脑着地，倒下了。一窝蜂围在杨梅身边的亲戚此刻全部聚集在父亲身边。离开的杨梅连父亲的脸都没看见。小麦田想，姐姐一定后悔让父亲来参加她的婚礼了。她一定在心里做过挣扎，她最终做了决定，因为她不想让父亲缺席自己的人生大事。但不缺席的代价，却是让父亲又险些失去生命。

当婚礼现场归于平静，小麦田和蚂蚁坐在狼藉里，暴雨轰然而至，噼噼啪啪打在他们脸上。打扫卫生的阿姨默默绕过他们。蚂蚁绝望地看着天空。小麦田想，他也一定后悔极了，如果他对姐姐的爱不是纵容，不是溺爱，也许今天的这一幕就不会发生。在雨中待了很久，小麦田不知道自己和蚂蚁是怎么去到医院的。父亲在病床上吸着氧，继母已经在手术风险书上签了字。

手术安排在一个星期之后，费用是十五万。小麦田把他的稿费全部拿了出来，加上姐姐转存到父亲名下的钱，一共是二十万，手术费和后期治疗费应该是够了。小麦田在病床边守了父亲一天一夜，身上的湿衣服干透了，他听着心脏仪发出规律的"滴滴"声，生怕他一走，滴滴声会猛然间成为一串刺耳的响音。失去姐姐像做了个梦魇，显得极不真实。可他分明是在现实中，只有屋外的天色还不见好，阴沉沉地压着，一片昏黄，像梦。昏黄里，大树的叶子全落光了，又被雨打湿黏在路面上。小麦田走出病房，去屋外抽一根烟，他看到一群蚂蚁踩过湿漉漉的叶子，他伸出手，让蚂蚁阵仗爬到他手上，让它们来提醒自己这不是梦。蚂蚁给皮肤带去轻微瘙痒。一阵无趣上来，小麦田放下手臂，让蚂蚁轻轻落回地上。

父亲手术后昏迷了三天，醒来时，他又变成了老头子，头发被剃光了，光溜溜的头皮上包着纱布，有一道狰狞的伤疤藏在纱布里。这伤疤让父亲变成了痴呆。不过他终于能开口说话了，一家人谁都没注意这个问题。父亲开口便问："梅梅呢？"

蚂蚁去握父亲的手。这个与他没有血缘关系的家庭，往后他要挑大梁了。

蚂蚁说："爸爸，我会等梅梅出来的。"

父亲眼圈泛起一层泪，问他："梅梅犯了什么事？我有钱，能托托关系吗？"

"爸，你放心，她……"蚂蚁不想给刚刚苏醒的父亲又一记重创，姐姐出事的原因到了嘴边又被吞下去。

"你说……"父亲声音绵软，语气却斩钉截铁。

"她……吸毒……贩毒……"蚂蚁说。

"为什么偏偏要挑结婚的那天捉她啊……"

"他们部署了好几次，都被梅梅逃了……"

"唉……"父亲重重地叹了一口气，闭上眼睛，像死去了，可心脏仪里滴滴声仍在规律作响。

　　姐姐的事故让小麦田完全忘记了和阿水的网络大战。那天夜里，他偷偷打开电脑，快速地浏览了阿水的网络空间。他突然觉得这件事小到几乎可以忽略，他再去回应什么，只会让整整三年的恋爱沦为小孩过家家。他又关上电脑，父亲在床上睡得死沉，他有点羡慕父亲的病，人的精神始终熬不过身体的极限，病痛让父亲还能入睡。可他只能呆呆地看着天色由黑转白。继母来换班后，他回了姐姐家，洗个澡，他想上床睡一会儿。但北京城又喧嚣起来了，从窗外透进飞机飞行的噪音，汽车穿行的噪音，小孩子嬉耍玩闹的噪音……世界充满噪音。姐姐婚礼那一天话筒掉落的噪音似乎还没从他的听觉系统里被过滤，残留的印象那样真切，简直让他想死。他想起二姐留给他的一盒子星星。这么多年，衣服换了无数批，爱慕的人也换了几个，留下的只有一盒不再发光的星星，还有记忆里想不起模样的二姐。使他不能忘记二姐的，是小蓓蕾带来过的温暖。他把星星上的灰尘拂掉，然后极有耐心地一个个擦拭干净。这是他的命运吗？一个如此疼痛的青春期。

　　两个月后，父亲出院了，姐姐的公诉书也下来了。案子将在不久后开庭。律师说，姐姐的贩毒克数是够判死刑了，但法官应该会考虑姐姐正在怀孕期，量刑最好的结果是二十年，最差估计是死缓。但只要不是

240

死刑，一切都有回转的余地。律师开会，全家人都瞒着父亲，只有小麦田和蚂蚁去了。蚂蚁把他所有的存款都拿了出来，四处托关系，希望能见姐姐一面。

小麦田接到了珠海考研预科班的通知书。他已经没有多少时间能够待在北京。这难道就是姐姐给家里人安排的后路吗？把弟弟的学业安排好，把所有存款转到父亲名下……留给蚂蚁的是什么？小麦田去问蚂蚁。蚂蚁在黑暗里不断抽烟，这几个月的奔波让他瘦到只剩一百三十斤，如果撩开他的衣服，蚂蚁身上一定会有肥胖之后留下的可怕斑纹。瘦下来的蚂蚁是个名副其实的美男子，他的样子变了，但他的眼睛没有变，他的眼里还是装满了姐姐。

小麦田把姐姐卧室的灯打开了。一张张婚纱照贴的满屋子都是。经历一个季节，由冬入春，艳红的"喜"字已开始褪色。蚂蚁见小麦田进屋，仍旧"好男人"地把烟头掐灭，把窗户打开。最初的着急过去了，如今的一家人对于姐姐的事，更多的是冷静处理。小麦田想，这个爱姐姐爱到疯狂，爱到近乎痴迷的人，肯定也被失眠症害得不轻。他问蚂蚁："姐夫，你打算怎么办？"

蚂蚁双手一摊，摆出个束手无策的表情。

"唉……"小麦田叹息一下，屋子里又被寂静攻占了。

小麦田从裤兜里拿出一盒烟，递给蚂蚁一支。蚂蚁抬头看看他，他冲蚂蚁笑笑。抽吧，让香烟把心里的愁与苦好歹驱散一些。

"再过几天，我就能见到你姐姐了……我们一起去看看她……"蚂蚁似在安慰小麦田，也似安慰自己。

"嗯……姐夫，你早点睡吧。"他知道自己说出这句话等于没说，睡眠离他们显然已遥远。

蚂蚁点点头，小麦田把灯轻轻关上。掩门的一瞬，月光下，只有蚂蚁傻呆呆的清瘦背影。

去珠海的前三天，小麦田和蚂蚁见到了姐姐。隔着一大块静音的玻璃，保存在小麦田心里的最后一眼的姐姐换下了婚纱，出现在他面前的是个再平常不过的女人。但好歹姐姐撑住了，她努力让自己笑得再没皮没脸一点。小麦田想，也许是姐姐想让肚子里的孩子活得健康快乐些，所以再大的苦她也锁在心的最深处，把一份快乐拿出来。也或许是她不想让弟弟和丈夫伤心。姐姐的精神很好，电话里她告诉弟弟和蚂蚁，说她被关押的生活也不错。蚂蚁明显放下心来。姐姐还站起来给蚂蚁看自己逐渐隆起的肚子，她说："蚂蚁，你要是能听听就好了。这小家伙不安分得很！"蚂蚁笑得父爱尽露。二十分钟的探视时间远远不够，小麦田感觉还没说几句话，警察就催得紧了。把最后两分钟留给蚂蚁和姐姐说悄悄话吧，他接起电话对姐姐说："姐，过两天我就去珠海了……我把剩余的稿费留给姐夫，你放心，我们永远等着你！"姐姐笑了，小麦田也笑了。把珍贵的一分一秒留给爱情吧，小麦田起身离开了探望室。

他不知道姐姐和蚂蚁谈了什么，以至于出门的蚂蚁满脸泪水。几年后，在河南出家当了和尚的蚂蚁见到小麦田来，才把心里最后一点红尘往事说给小麦田听。探视到最后一分钟，姐姐流泪了，她沉默了很久，忽然说："蚂蚁，和我离婚吧，再去找个女孩子……"

蚂蚁显然没料到方才还让他享受父爱的妻子，居然会说出这句话。他狠狠地说："你说的是屁话！你知道婚姻多么神圣吗？说过的话怎么能不兑现？"

姐姐说："我耽误你太久了，真的，蚂蚁，听我的吧……"

蚂蚁说："你再敢说这种话，我就撕烂你的嘴！"

"蚂蚁！"

"你别说了！我不要听这种话！我说过，我会等你的！"

"蚂蚁……"杨梅欲言又止。

"梅梅，别多想。"如果现在能够把手穿过玻璃，蚂蚁一定会握住她的手。

"我去做胎检了……"

蚂蚁的一颗心轰然一坠。听杨梅的语气，胎检的结果不会很好。

"医生建议我打掉孩子，但我不肯。"

"为什么？"

"因为这是你的孩子……"

蚂蚁的心沉下来了，他没有听到坏消息，因为坏消息还没被说出口，警察就把姐姐杨梅的电话扣下了。被带走的姐姐一直朝蚂蚁呐喊，几秒后，蚂蚁见她停了一瞬，又努力把声音放慢，想让蚂蚁通过她的嘴型辨出真意。蚂蚁却不愿去理解，只见杨梅继续无声呐喊。跟她骂街一样，她的呐喊渐渐失去了真实意义，升华成一种抽象，变为一个秘密的概念。她引长脖子，鼓起小腹，浓酽的血腥灌进鼻腔和脑髓，像一只美丽的母狼那样长啸，啸得满脑子空白，接着心里也空空荡荡，她整个人的生命渐渐化作这嘶鸣的频率声波，所有过往的不洁和如今的罪孽被震荡一净。

姐姐被警察带走了，玻璃对面留下个空荡荡的位置。不知为何，蚂蚁憋了三个多月的眼泪在空荡荡的玻璃面前终于泄闸了。对面的身影似乎还在，薄薄一片，还能听见、看见她的音容笑貌。他沉默地起身，走出了探望室。

小麦田把钱全部转给蚂蚁后，离开了北京。之前姐姐订的机票作废了，他打了无数电话、投诉了无数机场客服，才花了最少的钱成功换了新票。离开后，他相信蚂蚁不会乱用他的钱，后来事实证明他的相信是正确的。钱分文不少地给了父亲，除了父亲后续的治疗费和保养费，剩余的就是为姐姐的出狱跑关系而花钱。他现在珍惜来之不易的钱，如果没有这笔钱，他想象不出会是怎样的结果，肯定给他家庭的严冬又雪上加霜。坐在飞机上，北京的乌云越来越远。他已经筋疲力尽，暂时把脑后的烦扰忘却吧，他闭上眼，伴着舷窗外绛紫色的云，沉沉睡去。

第十二章

小小麦田

天暖起来，海风声浪越来越小。小麦田走在海边，高高的水泥堤坝让他只能远远地看海。这是他第二次见到大海。他还记得第一次看海，是和阿水在三亚。他陪阿水出外景，给别人拍摄婚纱照。那是多年前北京的深秋，三亚仍穿夏装，只是不能下海了。他一个人躲得远远的，绕着沙滩一圈圈走，从中午走到傍晚，结束完工作的阿水拼命找他。由于小麦田散漫的行为，使这次难得的出行又变得糟糕闹心。他和阿水在海边大吵一架。之后，他和阿水就再也没有一起出来过。

　　如今，姐姐突然把他空运到广东，让小麦田独自适应这一片陌生的土地、陌生的气候、陌生的人群。珠海气候微涩，空气里都灌满海水，却有一丝甜意。到了清明前后，雨季爆发，屋子里全是水。珠海人的脸孔黑黝黝的，和全世界海边的人没有两样。他们笑起来很傻，露一嘴洁白的牙齿。穿着是太随意了，一年四季都是白T恤、沙滩裤，夹一双人字拖。尽管小麦田一个人孤独地在珠海住了两个月，尽管网络上的风波还未散去，但糟糕的心情丝毫没影响到他打扮的热情，每一天他都会把自己倒饬得清爽干净。他知道，如果一个人连打扮自己的兴趣都没了，那就彻底废了。

　　两个月，小麦田的生活三点一线，通宵失眠写作，早起到预科班上学，中午在学校附近的餐馆里吃一顿简餐，下午上课，大约八点回到家里，自己煮一碗泡面，然后继续写作。如果你走进他的卧室，还是会发现他孤独生活之中的一丝挫败痕迹。写废的稿纸在地上团成大雪，枕头上全是干掉变黄的水渍。他都不知道自己还拿什么力气哭。他觉得自己应该顶不住了，人对于孤独的承受，到目前为止已经是极限。

试想一下，整整两个月，他与人之间的交谈仅仅发生在和小卖部老板、饭店老板之间，而且说话不超过三句，其余时间都是安静的。以至于当小麦田想和谁说说话，却发现自己近乎失语。在学校里，成人的世界都是冷漠的，各干各的，互不接触。不接触的好处是：彼此看不到对方的底线，自然也就触不到对方的底线。陌生是一种安全气质。只有在广州的朋友阿言，每个月会来看他，两个人缩在家里看看电影，饭后去海边散步，偶尔去几次KTV。小麦田的家在珠海郊区，十年前这片荒地还不属于珠海的管辖，让小麦田喜欢的是，虽然小区是那种革命时期的居民楼，但能看得到海，看得到清晨从海平线升起的太阳。他清晨六点准时把台灯关掉，像几年前坐在阿水的房间窗台上，抱着膝盖看日出。

小麦田一个人看了五个月的日出，夹着甜意的海风褪去了最后一丝凉爽，变得闷热黏稠。他在预科班做了五个月的独行侠，班里同学没把他忽略，反而最记得他，准确地说是他的沉默太突出了。初夏的傍晚，一个来自马来西亚的黄发女孩把小麦田拦住。她说："你可以加入我们的网群吗？"小麦田不解。黄发女孩解释道："你只需要告诉我你的QQ号码。"小麦田把号码写在纸上，晚一点他到家时，加入班群的消息已经闪动了许久。他加入进去，才发现，原来班级里各

248

自埋头苦读钻研学业时的冷漠，并不影响课下同学们活跃的交流。经过和阿水的网络之战，小麦田已经把网戒得差不多了，原本他也不是个爱上网的人，电脑于他只是节省力气的写作工具，何况他此刻正写作的这本书是用铅笔写在稿纸上的。今天，小麦田把写作推延了两小时，他把时间花在了班群上，看来自全球各地的人在网络上用英文杂聊。他不发一语，但一直都在线上。等到班里同学都聊得差不多了，小麦田突然接到一框单独蹦出的消息。

"我是山本。"简短的四个字，没有加表情，也没有做作的符号。干脆、简明的四个字，完全把日本人的性格展现无余。小麦田对山本是有印象的，永远端端正正坐在讲台下方第一排的正中间，戴一副眼镜，喜爱黑色，从里到外都是黑色。炎热的夏天，男生们多偏爱白色T恤，所以山本的一身黑简直是鹤立鸡群。他喜欢中国，而且中文特别好，每一场测验都拿第一名。他对于学习的痴迷是让人咋舌的，很多偏门的中文知识他都了解。

小麦田在消息框里回复他："你好。"

电脑另一端的山本也许没想到，有一个比他更简明扼要的人。他是班里的"班草"，虽然日本男人普遍不高，但他绝对是例外。一米八三的身高，脸孔英俊，但冷漠，容易让人和日本鬼片男主角的脸联想在一起。班里有十多个中国女孩，见了他都犯花痴，加上他成绩卓越，所以让人觉得他傲然睥睨。隔了很久，山本都没有回复。小麦田一看时间，十点半了，他把电脑关掉，手机关机，开始写作。

第二天中午下课，山本追上了独自去餐馆吃饭的小麦田。起先小麦田只听到后面传来一串带有浓浓前鼻音的"喂！喂……"，他下意识地转过头，才看见山本追了他一路。"你走那么快做什么？"山本气喘吁吁地赶上小麦田。小麦田没意识到自己快速的步伐：孤独一人的时候，时间总是过得很慢，时间太慢也许是因为脚步太快。小麦田傻傻看着他，不明就里。

山本从黑色书包里变戏法一样拿出件黑色短袖衫，说："来，换上吧。"

小麦田更不懂了。

"你不热吗？我看你穿得好厚，我每天为这个事纠结死了。"山本边说话，边用下巴指指过道尽头的卫生间，意思是叫他去卫生间里赶紧换上。

小麦田觉得太可笑了，他穿什么用得着他管？"你有病啊？"小麦田把衣服扔给山本，出了教学楼。

山本像受了极大的委屈，在原地一动不动。后来和山本熟悉之后，他给小麦田讲："不明白中国人为什么总对别人的关心置之度外。"

小麦田说："中国人是很冷漠的，他们会觉得莫名其妙的恩惠里总有鬼心思。"

山本笑笑，说："我觉得中国人很热情啊，我去北京玩的时候，很多人都很热情啊……"

小麦田不服地说："那是因为他们要做你的生意！"

山本说："麦，我觉得你这个人很奇怪。你好像不喜欢人。"

"我喜欢狗。"

"好吧，那我们养两只狗好不好？"

山本把两只小狗送到小麦田家中，是一个月之后的事。现在，山本跟着小麦田进了餐馆。他决定不碰第二次钉子，远远地隔开小麦田坐。吃完饭后，小麦田去海边，他猛不迭低头看到自己的影子后面拉着一串长影，回过头，果然是山本。

小麦田停在闷热的海风里等山本走近。"你到底要干什么？"小麦田问。

"没事，我就是想找你聊聊。"山本说。

"奇怪，班里那么多女孩子为你着迷，你怎么不找她们？"

"我有女朋友的，我答应过她不和别的女孩说话。"

小麦田笑弯了腰，把山本笑得莫名其妙。

"你说吧……"小麦田说。

"嗯……我看了你的书！"

小麦田一惊，班里没一个人知道他是谁，更没人知道他出过书。山本的这句话突然让他羞愧到极点，恐惧到极点。他害怕别人知道他是谁，更害怕别人在背地里对他和阿水的网络之战嚼舌根、说是非。他此刻恨极了山本，没来由的一股恨。

"你好像特别关心人性！但你受昆德拉影响太多。"山本说。

小麦田支支吾吾地答应着，不知不觉中，他们并排走在了一起。小麦田满脑子都是"怎么办"，山本却仍旧满嘴"人性"疑问。小麦田一点没有要谈文学的意思，他打断山本，脱口就是一句："班里除了你看过我的书，还有谁看过？"

山本撅起嘴，想了半天，然后说："不知道。"

"不知道需要想这么久？"小麦田有点生气了。

"你怎么了？"

"热，火气大。"

"刚刚让你换短袖嘛。"

"你有病啊？我和你都没说过几句话，你就送我衣服？"

"我看你好像很焦虑的，想和你做朋友。"

"可是我不想。"

"为什么。"

252

"我是个奇怪的人，朋友的定义在我心里是指超过了三年，并通过了我内心考验的人。而你我认识才第一天。"

"错，我们认识五个月了。"

"那是在一起上课，并不等同于认识。"

"你也喜欢昆德拉吗？"山本对小麦田故意的抬杠并不介意。他突然扭转话题，让小麦田为自己的抬杠难为情。

"什么？"小麦田还没从"朋友"的话题里抽身。

"你的书里充斥着大量昆德拉的思想。"山本看向大海，若有所思。

小麦田想，这是个多么奇怪的人，对别人的冷漠丝毫不在意。他突然对山本提起了交谈兴趣。

"昆德拉是我十六岁喜欢的作家。当然现在也喜欢。不过当下更偏爱现实主义的作家。"

"你认为昆德拉不是现实主义？"

"不是。他是超现实。"

小麦田在心里笑笑，什么时候他也和别人谈"现实主义"了，他以前顶讨厌这些术语，觉得做作极了。

"说实话，你的两本书我都看过，都是超现实主义，很唯美，很超脱。但我心里觉得昆德拉是现实主义呢。"

天哪，还要纠结多久这可笑的"现实主义"？

"那是因为你没看过我们中国很多作家的书。"小麦田给山本列举了一些。

"你明天能把他们的书给我带过来吗？或者，我晚上去你家拿，我晚上不爱睡觉，喜欢看书。"

"随你便。"小麦田说。

他们已经走在回学校的路上。海岸线远远的隔着，海鸥夹着水汽在小麦田和山本脑袋上盘旋，小麦田抬头望着洁白的海鸥，突然说："山本，你看海鸥。"山本在烈日下对小麦田一笑，没来由地笑，他说："怎么了？"小麦田说："海鸥是多奇怪的动物啊，它们看上去那么干净，却以腐烂的垃圾为食。"

山本在这一刻也许看出了小麦田心里的孤独和陌生。之后的路上他一句话都没说。到了下午上课，坐在山本后排的小麦田一直望着山本挺拔的背脊。他又变成了埋头苦干的学霸，黑衣服上的汗一层层干涸，变成盐白色的星斑。能够静下心来为一个目标奋斗的人是幸福而幸运的，小麦田有那么多心事，日日夜夜，他的心都在狂风暴雨里挣扎。看着山本的宁静，他似乎好受了些。他一直知道，再大的磨难终会过去，只是孤独的时间是难熬的，一分一秒的走动都能记在心里。他趴在桌子上睡了一会儿，一睡就到了放学，过分嘈杂的铃声将他惊醒过来。小麦田浑浑噩噩地收拾好书包，走进珠海的黄昏。在公车站等车时，山本追上来了。他呼哧呼哧地喘气，追了小麦田好一阵。

"你像风一样，一眨眼就跟丢了！"

"你平时不坐这班车呀？"

"不是说好去你家拿书吗？"

小麦田一惊，他害怕别人看到他的孤独。家里的每个角落几乎都有孤独的痕迹，虽然他努力过得像个正常人，但摆了一桌子的泡面还是会出卖他，扔在地上写废的稿纸也会出卖他。小麦田说："那你先陪我去超市买点吃的吧。"

"我们去买海鲜，我做海鲜一流哦。"车一抖，小麦田跟跄了一下，山本把小麦田滑落的书包很自然地接过来，背到自己肩上，动作轻得竟让小麦田没有丝毫发觉。

车过五站，黄昏下，车渐渐驶进一片空旷的田园，几栋别墅孤零零地立在田园里，有一家人正在开派对，院子里摆满了食物，五彩灯光在铁架上围成一片彩虹的小天空。那是小麦田向往的生活，朋友聚在一起，喝酒打牌吃海鲜，累了就坐在院子里看风景。小麦田留恋地看着，直到车渐入荒凉，天也彻底黑了，这样的灯火人家、良辰美景再也不见。

海鲜市场充满臭味，大多都关门了，黑下来的集市显得无比诡异。风起来，把架子上的遮雨布吹得哗啦啦响。山本沮丧地说："来晚了……"

小麦田说："那我们回去吃泡面好了。我也不想往里走了，太臭了。"山本说："把你的手机给我！"小麦田说："没电了，我很久不用手机了，懒得充电。"山本于是掏出自己的手机，把电筒打开。他说："照好。我想你没光会怕。等我一会儿。"说完他便跑进集市更深处。身上的两个背包在背后左右开打，可这样还影响不了山本奔跑的速度。人一会儿就没影儿了。

小麦田越等越毛骨悚然，山本已经去了很久，其实也没有多久，就是黑下来的集市和小麦田心里的孤独，让小麦田觉得时间太漫长，仿佛自己在鬼市待了一生一世。不能再等下去了，再等下去小麦田怕自己会崩溃。他喜欢夜晚写作，是因为这样他就能熬过一个个难受的夜，全情投入是让人迷恋的，这样就能最大程度地减低他对黑夜的感知。小麦田走进黑黢黢的集市，绕了好大一圈，前面终于有了一点点光影。他站在一个拐角处，远远地看着山本和一个当地渔民讨价还价。听不清他们说什么，但大概是这样：山本一家一家地敲门，当然也一家一家地吃了闭门羹。这么晚，海鲜早被人买光了。终于有一家肯卖给他海鲜，但价格绝对是平常的几倍以上，加上山本又是外国人，中国话一说就暴露了，渔民自然要狠狠敲他一笔。他身上没有多少钱，只好把手上的手表摘下来抵债。小麦田就是看到了山本摘表的一瞬间，他很想冲上去制止山本。凭什么？他们不过认识第一天？但不知为何，小麦田死死地站在原地，心里也没有感动，只有空，空荡荡的，风吹过都有回响。后来，小麦田回想自己的这一刻，突然意识到，也许这股空寂，这股风过的回响，就是最深沉的触动。山本触到了小麦田心中最柔软的那一块。

这一刻，小麦田想起了钟灿，想起了阿水。他们都曾感动过小麦田。当钟灿把他轻轻推出狼的陷阱，当阿水在黎明的路灯下那暖暖的拥抱。这些微小的琐碎细节在这一刻全部冲破了时间的阻塞，清晰无误地一一浮现出来。山本是那么好，带着日本人冷酷的体贴、较真的温柔。他眼眶湿了，他狠狠一擦。一块昂贵的手表，交换的不过是一条鱼和几十只死去的虾。

小麦田快步走回街头，故意装作漫不经心的样子，看山本一点点走进。山本像个哄小孩的家长那样，把海鲜袋子举到小麦田面前，摇一摇，说："今晚有吃的啦！"小麦田一笑，低下头，他对这样的盛情只有羞愧。

这是小麦田第一次让陌生人参观他的孤独。九十平方米的家有三个房间，一台过时的小电视，还有一台洗衣机。除此之外就是摊在地上、餐桌上、床上的复写稿纸。小麦田匆忙地收拾了一下，很快就收捡干净了。家里干净了，却让单调的生活一览无余。"这是你的新作吗？"山本把海鲜放到厨房的案板上说。小麦田点点头。"我一会儿再看，先做饭，你肯定饿了。"小麦田不说话，只是微笑，因为他实在不知道说什么。

他早已经丧失了和人交流的能力。楼下小卖部阿姨给他送汤喝，他也只是笑，连"谢谢"都忘了说，第二天想起来，才慌忙跑下楼专门和人家道声感谢。山本在厨房里刨鱼去鳞，忙得热火朝天。小麦田蜷在椅子上，把手叠在桌子上，歪着脑袋傻愣愣地看山本。这个背影在他眼里越来越模糊。不知道什么时候睡着了。醒来之后，山本把日料都做好了，趴在小麦田对面看他。小麦田吓一跳，山本笑说："你醒啦? 开吃吧。"小麦田本能地看一眼挂钟，已经九点多钟，末班公交车是十点。小麦田说："你赶紧走吧! 一会赶不上车了!"

小麦田一窘，他的本意不是想赶山本走，他是真的怕山本赶不上车，但话一出口就变味儿了。山本也一窘，沉默了一下，他提起背包说："好吧。"

小麦田羞得不知道说什么，他慌了手脚。山本已经穿好鞋。关门前，山本还傻傻地冲小麦田笑。山本就这样走了。过了好久，小麦田才想起来，山本怎么坐车? 他身上一分钱都没有了。难道要他把书包也抵给别人吗? 小麦田连鞋都没穿好，就赶紧冲下楼追山本。可街上没有山本的身影。他只好沿着来路一点点找，边找边喊："山本! 山本! ……"走到车站了，他见山本若无其事地坐在等车的长椅上，伴着路灯看书。见小麦田来了，山本问："你怎么来了?"

小麦田突然特别想哭。

他把山本一把拉起来，牵着他的手一点点往家走。山本在后面问："怎么了？怎么了？"小麦田摇摇头，哽着嗓子勉强答一句："没事。"然后眼泪就流下来了。

回到家后，山本应该没有发觉小麦田哭过，但他应该发觉了小麦田的不对劲。海鲜冷了，鱼肉吃起来无比冷涩，就像此刻冷涩的空气。山本也怕触动小麦田，所以也一直沉默。吃完饭后，十点过了，小麦田收拾着桌上的剩菜，说："没车了，今晚睡这里吧。"小麦田又一窘，这句话听起来多像个密谋，好像他这个喜欢男孩子的人要把人家怎样似的。山本倒是毫不客气，回一句："你有洗面奶的吧？我得洗脸的。"小麦田哈哈笑起来。

小麦田带山本参观他的"书房"。一张两层的小床上堆满了小麦田的行李，衣服倒不多，就是书一摞摞垒得凌乱不堪。很费劲找到了小麦田推荐给山本的书。山本抱着书就看起来。小麦田说："你起来，我给你收拾一下，今晚你就睡这里吧。"

山本抬头就是一句："中国人真不好客，你就让我睡这里？"

"怎么了？"小麦田问。

"在里面待了半个小时，你看！"山本把腿伸给小麦田，上面全是蚊子包。

小麦田慌了，他说："那，你就睡我卧室，我来睡这里吧。"

"我很奇怪你在怕什么？"山本说。

"我晚上要写东西，会吵到你的。"

"写东西又不用嘴。"

"我不喜欢关灯写作。"

"正好，我不是跟你说了，我晚上喜欢看书的。"山本举着一摞书说，"这些就是我今晚的精神食粮！"

山本洗完澡后，穿上了小麦田的衣服。小麦田瘦，衣服穿在山本身上显得特别小。小麦田也洗完澡，准备开始写作，他把灯尽量调到最暗，怕影响趴在书里睡着的山本。写了两个小时，思绪总被身后的山本打断。他时不时回头看看山本，他睡着的样子真好笑。小麦田起来活动身子，干脆走进浴室把山本的脏衣服洗了。没有洗衣机，只有蹲在地上一点点将山本黑衣服上的白星斑搓掉。洗了一会儿，山本像日本鬼片里惯用的桥段，没有一点声音地出现在背后。吓得小麦田滑了一跤。山本像个搞恶作剧成功的小孩笑小麦田胆小。小麦田坐在地上，起不来了，山本慌忙上去扶他。把他扶上床后，山本说："一醒来你就不见了！原来在洗衣服。"

"广东潮气大，明天衣服怕干不了。"

山本拍拍胸脯，万丈豪情似的："这不穿着衣服嘛。"

"你自己照照镜子！笑死人了。"

"我觉得挺好。"

有股什么滋生了，不是情愫，不是暧昧，更不是喜欢。是一种说不清道不明的什么开始蔓延在空气里，一下子将小麦田和山本推入危险关系。

山本说："你今晚写不了了。就睡了吧。我看你特别疲倦。"

小麦田点点头，卷起被子睡下，山本接着看书。小麦田本来以为自己睡不着，可没出三分钟，他就开始做梦，他梦到了在监狱里的姐姐和蚂蚁。他在梦里一直哭一直哭，父亲不知道什么时候出现了，于是父子两人抱在一起哭。他只觉得自己哭得那么大声，心里想千万别吵到看书的山本。然后他瞬间惊醒了，他感到山本手臂的温暖。天哪，山本抱着他，他的眼泪淌了山本一胳膊。他绝没想到自己在夜里那么糗，这份糗还拿给山本尽情参观。他赶紧将山本推开，想到，不要，千万不要。他这个人已经不相信爱情了，更何况山本对他，只是对待一个朋友，或者弟弟，或者别的什么，也许是同情心作祟。小麦田对自己今晚的糗感到极度羞愧。

他觉得这个梦是有预兆的。第二天一早应该给蚂蚁打个电话。小麦田像个无头苍蝇一样东走西走，不知道该干什么。山本戴着眼镜看小麦田在屋子里绕圈圈。也许是小麦田推开的动作把本没有什么的拥抱变得有了什么，"拒绝"也能让性质改变。山本不好意思起来，他问小麦田："你怎么了？"

"啊？哦。没事，我有点热。"小麦田说。

"你有心事。"山本严肃起来了。

"啊？没有没有。"

"不能和我说吗？"

小麦田一笑，把窗户打开，坐在了窗台上。初夏的夜风微凉，一股股兜头向小麦田扑来。

"和我说说吧。"山本起床走到小麦田身边。

他们隔着一步远的距离，但小麦田能感到从山本身上传来的温暖的气息。他突然抬起来，哭了。他太不安了。以前一个人的时候，他从来没发现自己的不安，家里突然来了人，不安竟这般毫无预警地从心里蹦出来，把他打了个措手不及。

哭着哭着，山本一下子把小麦田的头按在了自己的胸膛上。"有什么不开心就说出来！你过得太累了！"

小麦田哭了好一会儿，然后缓缓说出了自己的故事。从二姐杨蓓的死，到十二岁遇见钟灿，再有就是阿水的故事，大姐和父亲的丑闻。他说了很久很久。山本听完，静了，也许他心里有很大的震动。听完小麦田的故事，他说："睡吧，明天还要上课呢。"

第二天醒来，小麦田发现山本不见了，只有桌子上一杯牛奶压着一张纸条，上面写着：借你100元，到学校还你。

山本不会想到，这一天他都没有还小麦田100元的机会了。小麦田醒来后，原本想打开手机，为昨晚的糗事给山本抱歉，但他忽然意识到自己没有山本的联系方式。手机充电开机后，未接提醒里有十多个蚂蚁的电话。小麦田战战兢兢地回拨过去，第一个电话没打通，过了很久，他心里的恐惧越积越多，他又给蚂蚁打去电话，还是无人接听。小麦田给班主任打电话请假，说家里有急事，他可能会回一趟北京。

订了去北京的机票。接下来的时间，他简单收拾了行李，又把家里收拾了一遍，他想让自己忙起来，好略微消除些等待噩耗的惧怕。蚂蚁的电话在小麦田到了机场后才打来。小麦田已经做好了接受噩耗的准备。但让小麦田万万没想到的是，虽然是噩耗，但不是姐姐的判决下来了，不是姐姐的死缓或十年以上有期徒刑。蚂蚁在电话里沉重地说："你姐姐早产了，医生说是畸形怪胎……"

小麦田故作镇定地说："姐夫别怕，我在机场了，八点到北京。"

太阳沉下去后，飞机也沉沉地落在地上。重着陆把小麦田从要睡不睡的状态里抽拔出来，窗外是北京夜空乌黑黑的云。排队等待下机的时候，小麦田拿出手机，隔着舷窗拍了一张北京的夜空。只有这时分里有小麦田的安宁，下了飞机之后，他不会再有时间去看自己待了快十年、又匆忙离开的城市天空。他一下飞机就闻到了熟悉的气味，北京的气味。从父亲牵着他的手走进北京城的第一刻，他闻到的就是这气味，九年了，北京的一切都在变，小麦田的故事也在变，但这气味是唯一的不变。他狠狠地吸了一下鼻子，这一刻的小麦田是伤感的。

小麦田往机场打车的楼层走去。忽然，他变了主意。打车多方便多快啊，不出一小时就能把他从机场运送到医院。他想起夜色的机场路旁全是高耸的白杨树影，以前他每一次路过这条路，都要把白杨树影看个遍。但此刻，他不想那么快到达目的地。让时间过慢一点吧，让他晚一点、再晚一点去接受现实。他换了机场地铁专线，挤满了人的车厢里气味熏天，但没有人说话，每个人脸上都写着疲倦。他依靠着这难得的寂静，想象着姐夫口中的"畸形怪胎"。他是听过吸毒的人容易生死胎，胎儿没死，也多半是残废。但姐夫口中的四个字确实被过分渲染了，显得恐怖而神秘。下了地铁后，小麦田又转了好多趟车，终于到了医院。此时已经夜晚十一点半。

夜色中的医院像个巨大的太平间，被一层惨白色的光笼罩，这层惨白也许是死神的大手，医院便是人间最后的中转站。医院两旁的大树上叶子正茂密，把同样惨白的路灯盖住了。黑暗压下来，白光又反折上去，树叶于是就成了一只只猫头鹰眼睛，在黑暗之下闪烁着凄迷的光。姐夫蚂蚁在路头等他，小麦田一出现，蚂蚁就跑上来把小麦田的挎包背在身上。到了住院部门口，蚂蚁拉住了小麦田。他递给他一支烟，说："抽完再上去吧。"

小麦田和蚂蚁坐在阶梯上抽烟，有满脑子的疑问需要蚂蚁解答，但问话就是说不出口。他在给他足够的准备时间，也让一支香烟把即将面对的恐怖压下去。抽完一支又一支，小麦田满嘴苦涩。他冲蚂蚁点个头，说："进去吧。"

　　小麦田走进病房，第一眼看到的是两个警察别着脑袋看向窗外，脸上有种不忍的心酸。见他进来，警察自动让出一条路，像两块幕布渐开，角色要登上舞台。小麦田在几分钟后已走到姐姐面前，她正在慢慢苏醒，手撑着病床扶手，身子有些软似的，好像即将崩溃。眼前的杨梅变成了另一个人，表情淡淡的，也不同周围的人多话，只是一个劲地向怀中的婴儿呢喃，身体里一触即发的崩溃让她的力量全消失了。她抬手看看手背上的输液针，嘴在氧气面罩下往上一抬，算是个笑了。对于从千里之外赶来的小麦田，以及等待抓捕她的警察，她已不再感兴趣。

　　小麦田从窗子里看见她把怀里的婴儿换个姿势抱。但狭窄的襁褓让小麦田没看见传说中的畸形怪胎。杨梅的背影左右晃动，机械的，一摇一摇，人世间伟大的母爱全在这充满睡意般温存的晃动里。病房灯光炽烈，于是窗户上的人影就只剩下一条薄薄的剪影。此刻，他面前的姐姐太高大了，高大得近乎完美。

　　她解开斜着蓝白条纹的病号服，露出一只乳房，把婴儿的嘴合拢上去。待它找到了母亲的乳头，杨梅便侧过身子，以一个肩挡住她几乎全裸的上半身。她这时望向窗外，眼睛眨得很慢很慢，神情也不灵活，却有一丝温柔的满足。她忽略着一切，包括她的丈夫和弟弟，还有她注定不能自由的下半辈子。她似乎也忽略了怀中的孩子，它的残缺和丑陋，这一切自然得似乎都可如此忽略。此刻她就是一个实实在在的母亲，纵然生活里有百般的苦，却又天性使然的有些享福。婴儿喝饱乳汁，她把它抱直，拍打着它的背脊，又是一摇一摇，唱起了安眠曲。

小麦田心中涌出一股莫名的感动。比以往任何时刻的感动都深切又真实。姐姐是个多好的母亲，一个天生的雌性动物，他还感动姐姐的乳房，那么小的乳房，却盛满这么多乳汁。像姐姐脆弱的灵魂，却盛满那么多苦难。

小麦田走到姐姐身边坐下，他把姐姐枯萎发飘的头发捋一捋，小声说："姐，我来了。"杨梅笑笑，仍旧忽略着身边的一切，她唱安眠曲的声音那样动听，把整个病房里僵冷的气氛瞬间解冻，这怀抱中的小婴儿就是她梦境里的春天。小麦田大着胆子将盖在婴儿脸上的布块翻开。他以为自己早就做好了心理准备，但看见这个小小人儿的时候，他还是哭了。他用语言形容不出婴孩的怪异与扭曲。它只有一只眼睛，鼻子几乎找不到，只有嘴部的一撇红色嘴唇大大张开，唇边还淌着暗黄的乳汁。小麦田强压着心里的恶心，重新把布块给它盖好。他的崩溃赶在姐姐前面，整间病房里只有他压制性的哭泣。他哭着叫姐姐："你怎么了？你怎么了？"但姐姐仍旧像具苍白失血的女尸，在她梦境中的春天里载沉载浮。

蚂蚁上前拉住小麦田。这个男人粗粗地叹了口气，眼睛里是满满的无奈。护士轻手轻脚进来了，提醒着小麦田和蚂蚁已经过了探视时间。小麦田和蚂蚁走出病房。小麦田问蚂蚁："姐姐怎么了？"

"也许是疯了……"蚂蚁把一个空烟盒拿在手里转。他眼睛里盖着一层水雾。

过了半晌，蚂蚁说："从孩子出生，她就一直这样，不让别人接近小孩。也不和别人说话。"

"医生怎么说？"小麦田问。

蚂蚁没答话。小麦田是第二天从医生口中知道，孩子活不过两天，他全身都是病，能有一口气就是奇迹了。此刻，他和蚂蚁和姐姐一起，在等待这个小生命的死去。小麦田给了姐夫一个拥抱，他曾经那么胖，如今被生活折磨得骨瘦如柴。他把头靠在小麦田的肩膀上，闷声哭了出来。

蚂蚁不敢离开医院，小麦田也陪着姐夫坐在病房门口的凳子上。午夜的寂静把医院变成地狱。小麦田太累了，他靠着墙浅浅地睡了一会儿，他做了一个短暂的梦，梦里全是婴孩的脸。很奇怪，他一点都不害怕，他甚至特别喜欢它。这个小怪物一直在笑，它还没体验到幸福，就已在笑着面对生命中的苦难。大约是凌晨四点，病房里突然传出了尖叫，不像是人类的叫喊，锐响划破宁静。小麦田和蚂蚁奔进病房，他看见姐姐弯着身体，见不到姐姐的脸，只有输液针管夹在满头黑发里乱舞。两个警察试图拉开姐姐。她是彻底疯了，预谋在她心里盘算了很久。她的两只手像钳子，死死地卡在婴儿的脖子上。这个小怪物的独眼暴突出来，怒气铮铮地看着要把他置于死地的母亲。它没有眼泪，大概还不会哭，巨大的嘴唇里往外渗着黄色液体。他在母亲手中做着最后的挣扎，面孔不一会儿就从白褪成灰，再有就是淡青。再过一会儿，不动容的五官就平平铺在母亲手里，眼皮松垮到极限，目光瘫痪了。小麦田冲过去帮警察拉开姐姐，但姐姐的力气惊人的大，他猛然间看到姐姐手臂上突起的血管，所有死亡都由这些血管传出，直捣婴儿灵魂。他哭着喊："姐夫，快来帮忙啊！"但蚂蚁只是蹲下身子，把一只手拿到头上，把脸埋在由手臂形成的弯曲阴影里大哭起来。

这一刻，在场的所有人都明白了。这婴儿的死对谁来说都是解脱。

婴儿被掐住的身子彻底软下来，姐姐随之也软下来。她的眼旁全是泪。疯狂使她变成鬼。她把手从婴儿的脖子间放开，突然冲下床，打开挡路的警察。她拉开窗户想往下跳，但她的自戕没有成功，一个警察在最后一刻拖住了她的身体。此时病房外围满了人，死去的婴孩已被医生快速抱走。

等安置好姐姐，天已初明了。姐姐唱了一整晚的安眠曲，但在场的人没有一个人能睡着。生死，就在他们眼前轰地拉开，又轰地合上。而新的一天，又在姐姐的安眠曲中，又在初晨的鸟声中，静静到来了。

268

第十三章

小小麦田

小麦田只在北京待了五天，便匆匆回到了珠海。一开手机，里面有山本二十多个未接来电，在北京他忙着处理姐姐的事，所以一直没有回电。回到家是下午五点，山本应该放学了。正当他准备给山本回电话时，山本的电话就来了。

只有一声"喂"，然后就是两个人很长很长的沉默。也许山本有很多要解释的话，他也许会说"我并不在意你喜欢男生"或"我为我突然不能接受这样的事情而道歉"，小麦田给山本留够了酝酿时间，但山本没一句解释，只是说："我买了两只小狗，有它们的陪伴，你就不会寂寞了。"

小麦田很莫名地感动了一阵，他说："可我从来没养过狗……"

"没关系，我和你一起养。"

小麦田刚下飞机，筋疲力尽。他说："山本，谢谢你，我想休息一会儿。我刚从北京回来。"

山本满腔话语，可听小麦田这么说，只能欲言又止。"好吧，那你要休息多久呢？"

"不知道，能睡着就谢天谢地了。"小麦田笑笑，什么叫"需要休息多久"，他已经失眠了五天五夜，也不在乎多失眠一天，只是现在他不想说话，一个字都不想。

"我挂了，你好好休息。"

小麦田搁下电话后，躺在床上想这五天里的事。姐姐把怪胎杀死后，睡了个很长很长的觉，小麦田坐在姐姐身边，看睡梦里安静的她。他一点都想不起几个小时之前出现在姐姐脸上的那恶魔般的神情。那时的她太安宁了，皮肤竟呈现出一种极透明的蓝，那种清澈的蓝，像躺在山涧里被绿树遮掩的一汪泉水。小麦田轻轻地触碰着姐姐的脸颊，很冰，她用一份毁灭、一份扼杀，换取了自己由暴烈到平静、由炽烈到冰冷的过渡。暴烈到极致就会平静，炽烈到极致就会冰冷。小麦田想，人大概分两类，一类是大多数，一类是极少数。姐姐杨梅就属于那极少数的群落：他的成员有天生的一堆优长，聪明伶俐、美貌出众、才华横溢，但这些都不重要，重要的是他们都像姐姐一样水滴石穿，就像一根柔软的丝线，串起了与生俱来的零散的优美，再将杂质摒弃。与他们的出众并行的，也是绝对的人性缺陷。他们不懂爱，或爱的暴烈冲动，或爱到极致冷漠。他们注定要用巨大的疼痛去换取新生，要用黑暗的轮回找到光明的涅槃。他们的灵魂里，伟大与可怜并重，可怜造就了伟大，伟大反哺着可怜，如凡·高、海明威、川端康成……他们都是极少数的一类人。小麦田抚摸着姐姐的脸。太安静了，黑夜变成一个巨大的熔炉，将所有可怜都焚身碎骨。

小麦田细细揣摩着他心里的这些"极少数"，他想起阿水，他觉得阿水应该也是这极少数的一员。他有他人性的吸引力，走到哪儿都散着光芒，但黑夜里的他也是完完全全的黑暗体，像一个缩在阒寂角落的流浪汉，不轻易相信，有他根本性的人性缺陷。但小麦田还要几年时间才会知道，他曾经深爱过就是那些缺陷，也因他的缺陷而无法忍受，最终选择离去。

姐姐睡了两天，睁眼后，她面对的将是一场审判。警察和医生不知道该不该判姐姐杀人罪。一个注定要死去的婴儿，它的母亲为它提前解决痛苦。这是人道的还是非人道的？警察们请来精神鉴定医生。只能让更高级的人给出结论了：杨梅早已患有精神分裂。

杨梅从监狱转送到精神病院是小麦田离开北京之后。他不想看见姐姐走进精神病院的样子，更准确地说，他想逃。逃的欲望在心里潜伏了很久，甚至那一天，当他听见姐夫在电话里说姐姐生的是怪胎后，他想扔掉电话。甚至当他在机场准备登机去看姐姐后，他想转身离开。他内心最深处的想法是，他不要看见她，那个一直沦陷在黑暗里的"极少数"，他不愿自己刚开始的新生活被那极少数当作弥补的食物，一点点吞噬、消耗，二十岁的小麦田早已忘了快乐的滋味。他笑得如此勉强，连镜子里的另一个自己都看出他的可怜。他应该不会去精神病院看姐姐了，就像蚂蚁那样。

金晃晃的一个秋天，蚂蚁最后去医院看了一眼姐姐，然后把自己为数不多的存款全部交给父亲，去了河南。他在一间寺庙里剃度出家，当了一个满腹心事、一腔红尘的怪和尚。

不出所料，同样满腹心事的小麦田没睡着。事情想着想着，他陷入了一种类似梦魇的状态，貌似是睡了，但意识却像脱离了本体，成为第三者，默默看着床上的小男孩。

多年后，小麦田回想起今天的这一刻，才意识到他的灵魂因为"逃离"的欲望过于强烈而出窍了。灵魂看着这具躯体，灵魂哭了，它觉得他那么可怜，应该有个人好好来爱他，疼惜他。小麦田觉得自己的身体越来越轻，仿佛落花似的要掉下来。然后，猛打一个战栗，他疲沓地从梦魇里挣脱出来。

他浑身大汗淋漓，汗水夹着眼泪就那样毫无预兆地流下来。他哭得那么惨，有天大的委屈。他冲到窗台上坐着，抱着膝盖，屋外的天早黑了，不远处的海水在月色中闪动着粼粼波光。太美了，他就着美景放声大哭，反正这个家只有他一个人，反正他的哭声不会有人听见，即使听见了，别人也不会当回事。从十二岁离开家乡到北京，再从北京流放到珠海，整整九年时间，他没有这样大哭过。此刻，他把这九年里所有的故事都哭出来，哭自己的悲恸，哭自己得到的又失去了的。他越哭越厉害，终于吵到了邻居。小麦田的哭声是被重重的敲门声终止的。

他擦掉眼泪，慢慢走到门口，门上的猫眼坏了，他不敢开门，可敲门声越敲越猛。没办法，他只能开门了。刚拉开一个缝，屋外的人就猛地把门往里一推。他是侧着把门推开的，加上楼道没有灯，所以小麦田一开始看到的只有一个颀长的身影。他冲进屋里，把怀里阻碍他用手推门的东西放下。是两只小狗。

小麦田吓得轻微"啊"了一声。快一星期没见山本，他变了样子。他身上不再是通体的黑色衣装，头发也剪了，剃成了板寸，他脸上五官的轮廓凶猛地撑出来，把凛冽诠释到极致。不过在他凛冽的日本五官下，有了温暖的笑容，还有一种夕阳般的神色。他不再一身黑，上衣换上了天蓝色的polo衫，底下一条白色裤子。以至于当他都进门半响了，小麦田还没把他认出来。

其实小麦田闻到了他的气息，就已经认出了他。只是小麦田还在想，原来山本不知何时就已坐在门外，大概从小麦田回家时他就偷偷跟着小麦田，也许打电话的那时候他就已经在了，所以他才会问小麦田"需要休息多久"，他怀里抱着两只小狗，那样不方便，小狗的屎尿撒了他一身，那样的臭，可他仍旧没有回家，也没有敲响小麦田的家门。他不想离开，又不想打扰小麦田休息，所以只能静静地坐在门口，等小麦田出门，因为他猜到小麦田还没吃晚饭。他一直告诉自己，再等等，再等等。虽然他不知出于什么感情要等小麦田，也许是一种怜悯，也许是一份疼惜，也许仅仅为了那一天他不辞而别让彼此关系变得僵化而尴尬。直到他听见屋子里爆发的哭声。他以为出了什么大事。他猛烈地敲门，如果小麦田再晚一分钟开门，他就要拿起手机报警了。

这些想法快速地在小麦田脑海里过了一遍。他的确脏极了，小狗的屎尿把他的新衣服弄脏了。小麦田赶紧让山本去洗澡，把脏衣服换下来，自己忙着收拾满屋子乱窜的两只小狗。山本在浴室里大声对小麦田说："一雌一雄，雌的叫小紫，雄的叫小帝。"小麦田笑起来，说："山本，我们中国话不说一雌一雄，说一公一母。"山本说："麦，别叫我学了，我已经被学习逼疯了。"

小麦田不懂山本在一个星期内为何会有如此大的变化，现在连他最钟情的学习也不顾了。

小麦田进厨房给山本煮了碗面，如果不是山本来，今晚的小麦田又会懒得做饭。他的厨艺是不错的，和阿水在一起的三年多时间，他把南北菜系的菜谱全背下来。阿水是个对"吃"有高要求的人，他默默地为阿水学了一身手艺，如今吃了几个月泡面、简餐的小麦田有种恍若隔世之感。

山本从浴室走出来的第一件事，是喷香水。第二天小麦田才知道，山本原来对狗毛过敏。此刻，山本和小麦田面对面坐着，餐桌上的面条已经驼了，往上鼓胀着。小麦田让山本快吃，可山本一直打喷嚏。小麦田问："你怎么了？"山本摇摇头笑笑，表示没事的。

小麦田没有和山本说这几天在他身上发生的变故。倒是山本在侃侃而谈，原来他的改变全因女朋友。在遥远的日本国度里，有一个他爱了五年的女孩子。他原本打算研究生毕业后就将她娶过门。但"电话"让一切成为泡影。新时代的科技让一切变得便利，也变得简单。连分手都可以跨越无边的大洋，一通国际长途就搞定。阿水和小麦田的分手也是如此，他们在电话里分手，三年的情感累积被一通电话轻易打散，甚至他们连最后一面都未见到。新时代的科技让所有人情世故都像过眼烟云。小麦田听着听着，突然把手搭在了山本的手背上。山本连绵不绝的话戛然而止，一开始还眉飞色舞一副无所谓的表情慢慢凝固起来，他放下筷子，把手从小麦田手中抽出，捂着嘴小声地哭起来。山本的哭把小麦田的哭也引逗出来了，于是两个人就在饭桌上面面相觑地哭着，让两只过分活泼的狗也静下来，莫名其妙地抬着脑袋看他们。

小麦田没想过自己会当着外人的面流泪。哭到最后，似乎他们彼此都看出了彼此的滑稽，倒扑哧笑了。小麦田说："再大的难过也会过去的。"山本抬头看了小麦田一眼。这一眼里有无数内涵。说不清具体是什么内涵，里面的情感太多了，有怜爱有温存有疼惜，兴许是山本眼眶里蓄着泪花，这泪花把真实滤掉了，生起一层朦胧，所以让小麦田有瞬间的误会。小麦田微微一笑，说："来，让你看看什么是真正的惨！"山本跟随小麦田走进卧室，他把自己完成的新小说拿给山本读。"只有在小说里，再惨烈的故事才会有温暖的结局。我喜欢写温暖的结局。"小麦田说。

山本躺在床上看书的间隙，小麦田把碗洗好了，又把山本沾满狗屎和狗毛的衣服用手洗干净。等回到卧室，山本已经睡了，小麦田把吊灯关掉，台灯打开，完成的小说还有些需要修改的地方。小麦田一边改着书稿，一边听山本淡淡的呼噜声。有个人陪在身边总是好的。以往的深夜，他能听见的只有空气里粘滞的沉默，这沉默让他无法呼吸。他扭过头看着山本，隐约的光线下，他睡得像个小孩子。小麦田知道，此时此刻的山本还没有全然接受女朋友离开的事实。他心里不愿承认，所以他的伤痛目前来说还算好。等到有一天他终于意识到爱情的离去，才会彻底崩溃。人需要一次切肤的痛，才能蜕皮新生，走向成长。成长，像竹子拔节，要痛着褪去旧壳，却朝着太阳的方向，越长越高大，越痛越坚挺。

合上书稿已是凌晨五点。小麦田悄悄地把换洗床单从衣柜里拿出来，到书房把小床上的书挪开，铺上被单准备睡觉。蚊子和闷热的天气弄得他辗转反侧。等到快要入睡的时候，山本进来了，迷迷糊糊间他听山本说："去大房间睡吧，这里蚊子太多了。麦，我不介意的。"

小麦田想睡了，回答山本的话咕噜咕噜说不清楚。其实他想说："这是我家，你凭什么说不介意？"

但他确定山本没听清楚，转个身又睡了。之后的事情是等到他醒来才顺着逻辑推理出来的：小麦田睡着后，山本坐在床头，露出两只大胳膊，用人肉做铜墙铁壁，阻挡蚊子大军的进攻。小麦田醒来之后，见山本靠在床头睡着了，地上摊着一瓶花露水。小麦田好想好想抱住他。但一周前山本不辞而别的那张字条上分明写着"介意"，小麦田推醒山本，让他赶快补一觉，他为他做午饭。

　　小麦田和山本吃完午饭已经下午两点了。把午饭推迟的原因是，他们需要把家里的狗屎狗尿打扫干净。山本哈欠连连，小麦田便让山本去补觉。他把两只小狗关在厕所里，但小狗可怜的呜咽声又让小麦田于心不忍。于是他就一边扫，两只小狗一边闹。最后小麦田去市场买了食材，先给两只小狗做了午餐，再做他和山本的。长期失眠的小麦田终于感觉到累了。山本精神抖擞地睡醒出来，可脸上布满了由狗毛过敏生起的小红疹子。小麦田说："你不是知道自己狗毛过敏，为什么还要买狗呢？"

　　"我不是答应过你嘛。"山本不客气地拿起筷子大吃起来，他饿疯了，也不把小麦田的家当外人了。

　　"可是我们马上要考试了。到时候何去何从还不知道呢。"

　　"噢，对了，麦，要告诉你一件事。"

　　"说吧。"

　　山本放下筷子，突然静默起来。这让小麦田意识到山本的事不会是好事。果然，山本说："我不会在香港读书了。我要去蒙特利尔。"

　　小麦田顿了一顿，故作镇静地说："那敢情好。那里远吗？"

　　"麦……"

　　"啊？"

　　"没事。"

"你多久走？"

"大概下月月底。"

"恩，好。这两个小家伙你也带走好了。"

"那怎么行？"

"你不行，就把它们的麻烦留给我啊？"

"……"

小麦田见山本一脸委屈，哈哈大笑说："好嘛好嘛，先替你照顾着。"

山本还是闷闷不乐。小麦田怕他误会自己喜欢他或怎样，连忙又夹菜又大口吃饭，一副若无其事的样子。山本见状，也就吃起来。这一顿饭，两个人都吃得味同嚼蜡。

吃完饭，伺候两只小狗，筋疲力尽的小麦田躺在床上呼呼大睡。山本则坐在书桌前看小麦田的新小说。他用了一个下午沉浸在小说的世界里。他读完这本书时，小麦田醒来了，时钟走向七点。黄昏还有一丝光线残存天际，晚霞已落下帷幕，缤纷色彩渐渐退场。小麦田侧脸看着光线打在山本脸上，觉得这就是他想要的生活了，很静很静的生活，只是人不对，不应该是山本，不是一个即将与他离别的人，而应该是个彼此爱慕的人，两个人长长久久在一起，偶尔争吵，更多的是平淡。

小麦田在山本走后，悄悄上网查了"蒙特利尔"，那是个布满枫叶林的优美小城，那时他还没出过国，最远就是香港了。他想，自己总有一天会去找山本，就像两个踏实的朋友一样，坐在街边的长椅上，踩着红彤彤的枫叶残片，聊聊天，喝点啤酒。而不是如同此刻，他们之间的感情由"朋友"而起，哭过一场后，却逐渐换了性质，变得莫名其妙。他要刻意与山本保持距离，他要刻意忽略山本无心之中给他制造的感动。现在，他面前的山本放下书稿，小麦田慌忙闭上眼装睡。山本走向他，轻轻地坐在床边。弹簧床"咯"的一声，让他们俩都有瞬间的心惊肉跳。山本抬起手，慢慢地摸着小麦田额前的头发，搓一搓。该有一个吻落下来，但是没有。小麦田感觉脸上被一滴冰冷的液体蛰了一下。山本竟为了一个月之后与小麦田注定的告别落下泪来。

　　几天后，山本给小麦田打来电话，说他租住的房子已经到期了，他还有一个月的时间在珠海，能不能去投奔小麦田。小麦田同意了。他特意为小书房装上空调，买来新被子。他不愿山本和自己的关系变得凌乱，宁愿止步在朋友这一层。他还买来了狗笼，让两只小狗尽量在自己卧室里活动。那次山本抱着狗在小麦田屋外等了一晚，活活让他吃尽苦头。离开小麦田家后，他脸上的疹子暴起，越来越严重，小麦田陪着他在医院打了三天吊针，弄得小麦田又尴尬又感动。

　　山本的行李不多，但书却有两大箱子。这还是他没来得及看的书，看完的书已经贱价处理给卖废品的阿婆了。小麦田忙前忙后替山本收拾，才发现他是个极规律整洁的人，衣服在包里折叠得整整齐齐，书也分大小码好。收拾完箱子，他们一起去外面买海鲜。当晚，山本给小麦田做了最正宗的日本海鲜料理。两个人喝了些清酒，到最后都有些微微的醉，说话开始糊涂起来。山本拽着小麦田的手说："以前她在的时候，我感觉不到孤单。现在她没了，才觉得心里有一块空了。我不是接受不了她走，我是接受不了原来她早就没在我心里了。我接受不了，原来我早就已经习惯了一个人生活了……我以为我那么爱她……"

小麦田只是听着，笑着。他没彻底醉，只是晕。昏昏沉沉中，灯光迷蒙起来，有一种恰到好处的罗曼蒂克。他对山本说："我心里早就没爱了，这是我很清楚的一件事，所以我从不害怕一个人。"

"我知道，我知道你心里没爱，也不会再接受别人了……"山本说。

"也许只是那个人还没出现，有一天他出现了，会让我重新学会什么是爱。我姐姐曾经说过，如果你爱一个人，早上他出门之后你会担心他今天会不会被车撞死。如果他安全回到了家，你会感激上帝。"

山本听完苦笑了一下，他说："我以为爱情就是两个人相互喜欢，纯粹的喜欢。生命在爱情里显得无关紧要。"

小麦田想，他和山本终究不是一路人。他们对爱的理解完全是两个方向。有一天当山本和最爱的女孩结了婚，他应该会明白小麦田的话。爱，是怕失去。

那天晚上，山本和小麦田喝酒直到夜深。两个醉醺醺的人，喝完酒之后牵着狗到海边散步。海水被夏风吹得刮荡起来，一个浪接一个浪，把海边的小圆石磨得晶莹剔透。天空万里无云，月光当空劈下来，把黑天照亮一条通往深海的幽冥光束。还有丝丝缕缕活泼的月光离开了大队伍，调皮地跑到海边的小圆石之间，这光印在圆石上，便使得石头一会儿成了绿色，一会儿又成深灰。再翻过一层，又有绛紫、绯红、碧蓝透出来。月光拟人化了，被海水带动得扑朔迷离、摇摆不定。两只小狗在海边玩得不亦乐乎，在五彩的粼粼波光里使劲撒欢。小麦田和山本说了很多话，又像什么都没说，第二天起来全忘了。小麦田依稀记得的就是这一晚的月光。那条笔直的光束像是架通天堂与地狱的桥，银光灿灿。想要遇见光明，必先经历黑暗。就像一个人想要知道幸福的滋味，他首先需要品尝痛苦。只有身在最低谷，慢慢学会爬起，才知道天空的辽阔和往事的淡然。人越长大，生活会给你做减法，它夺走你一些快乐，告诉你什么是成长。它夺走你一些朋友，留给你真正的朋友。它夺走你的梦想，让你认清现实的真相。小麦田这一刻多么想挽起山本的手，他需要一个依靠。人越长大，生活还会告诉你，能够依靠的只有自己。所以小麦田只是把双臂抱在怀里，自己温暖自己。他遥遥地望着那道光，那样美的光，简直让人陶醉。

这是山本留给小麦田最绚烂的一夜。他在他的生命里就像涟漪一样，轻轻从海底深处泛上来，又将消失得无影无踪。山本走后，小麦田仔细问过自己，有没有那样一刻，他喜欢他，仅仅是喜欢而已呢。小麦田没有找到答案。也许以后，这答案也不重要了，总之，他来过他的世界，又离开。他记住过他，他也会将他彻底遗忘。

山本寄居在小麦田家中的一个月，他们仿佛过着正常的夫妻生活一般，只是没有肢体接触，连手碰到手都会机警地弹开。但山本会陪着小麦田一起去市场买菜，一起上学，一起坐公车回家，一起遛狗。他们分享文学世界里那些虚妄的快乐，共同体会电影给内心带去的震撼或失望。山本放弃了考试。到了递交材料申请读研的那一天，山本陪小麦田去了香港。傍晚，他们到维多利亚港坐船，是山本坚持要来的，他说他要让小麦田体会什么是浪漫，因为他觉得小麦田就像中国大多数的"家庭主夫"，把谈恋爱也谈成家庭模式。腥臭的海水让小麦田无比反胃，他没体会到什么浪漫。夜空中的维多利亚港，布满了立在高楼中的广告牌，这里代表了香港，代表了香港的物质气息。小麦田一点也不喜欢。

还有一个深夜，小麦田和山本缩在地上看电影。小麦田想把《情书》再看一遍。可山本不喜欢日本爱情片，就像小麦田对中国爱情片嗤之以鼻一样，似乎每个国家的人面对自己国家的艺术都要犯点别扭。但小麦田坚持要看，山本便陪着他。关了灯的房间只有从屏幕上映出的大片大片的雪白。电影里的雪景太美了。小麦田一句话不说，似乎看呆了，看傻了。山本不知道，此刻的小麦田脑子里正飞速地过着往事，他眼眶里的泪花是为往事泛起的。又或许山本是知道的，因为他把手轻轻地搭在了小麦田的手背上，带给他日本男人沉默的安慰。这只手轻，柔软，满足了温暖的一切条件。手背上的经络由于闷热而微微胀起，一只雄性的充满能量的手，此刻却能在握住另一个雄性之手时变得如此温柔和安静。

　　一个月时间飞速而过，离山本走的日子越来越近。他们谁都不去提醒对方离别的日期，但两个人都在心里默数着。山本临走前一晚，小麦田没有睡觉，因为他害怕山本会再一次不告而别，因为他知道这一回的离别也许意味着他们此生不复再见。离别的前一天，他们还是像往常一样，一起去市场，一起遛狗，一起到海边散步，一起看部电影，说一说文学。只是聊天到一半，小麦田没来由地抽噎起来。山本叹息一声，重重的，隔了半晌，山本说："麦，我会送你一片蒙特利尔的枫叶。"他的手再次握住了小麦田的手。小麦田猛地抽回，抱歉似的笑笑，然后从卧室里拿出十几年前二姐送给他的星星。小麦田说："山本，我能送你的，是我的世界里一片暗淡的星空。"

　　那些星星不亮了，又似乎在递给山本的一瞬间发出了亮。这一刻，小麦田才真正体会到山本口中的"浪漫"。原来谈恋爱真的无须身体接触，原来所有温情在抛离了肢体的激情外还能如此纯粹无暇。小麦田起身最终检查了山本的行李，看看这屋子里还有什么是山本落下的。他怕万一山本落下了什么，在往后的孤单生活里，他只要看见那东西，便会由山本触动起内心柔软而脆弱的那一块。

清晨，海鸥的叫声响开了。小麦田送山本去机场。他忙前忙后，为山本找机票办理处，找安全检查口。他给山本买了一大堆广东的特产，让他带去蒙特利尔，让他能在遥远的千里之外还能想起这个让人怜惜的小男孩。待一切办妥，山本在安检口外排队。小麦田确信，只要山本走进了那通道，他们将永远失去联络。有一种关系是两个人在一起时，会自然地撑起一个世界，在这个世界里，只有他们两个，但只要一分开，这世界便会瞬间崩塌，两个人投奔各自的新世界。好像以前的世界只是一场美梦。如今，他们站立在梦醒的边缘。小麦田好不舍。

他看着山本慢慢随人流走近安检通道。他看着山本慢慢地回过头。他看着山本慢慢地朝他走来。他看着山本慢慢地说："麦，我有句话要问你。"

小麦田"嗯"了一声，他不愿多说话，他怕话一说多就要掉泪。

山本把两个胳膊架在小麦田的双肩上，整个身体前倾，似乎向前扑的力量被往后拽的力量抵消了，这双手的接触，瞬间化成了一堆感觉，一堆灵性。他的双臂那样修长，他的脑门因即将问出口的重要问题而扩大了，两颊现出日本成年男人冷酷的凹陷。小麦田向这个刚成年的日本男人张开知觉，花一样朝他怒放。山本说："你有没有喜欢过我？一点点，哪怕，一瞬间？"

小麦田微微笑起来，他没有回答。他调皮的表情告诉山本：别闹了。但他心里说："有吧？虽然我也不确定。"

小麦田还想到，也许从这一刻开始，他就永远地失去自由了，像一切向往忠贞和永远的人一样。

姐姐说过：爱，是怕失去。

又或者可以换个方向来阐释这句话。爱，是心不舍。

小麦田笑着，目送山本走进安检通道。离别本身是无情的，小麦田的沉默让原本高大的山本驼下背来，成了佝偻的一团乱影。他慢慢朝安检通道走去。他慢慢看不见了。他最后看见的是山本受伤的蹒跚的背影。

一年后，小麦田如愿去香港读了研究生。经过导师推荐，他去了香港一家颇有名望的杂志社实习。小麦田为了出行方便，把家从珠海搬到了深圳。搬家是件辛苦的事，更何况小麦田还有几大柜子的书，简直给搬家的辛苦雪上加霜。小麦田是不舍卖书的人，他把箱子一个个包好，付了昂贵的快递费，将书邮寄到新家。

小麦田在一堆狼藉中乱走，想找找还有什么是忘记的。突然，小麦田想起了锁在柜子深处的枫叶。

　　是一个装满枫叶的巨大盒子。枫叶经过岁月，早变成了干脆的纸，稍用力一握就会碎裂。每一片枫叶的颜色都有区别。那是半年前，山本从蒙特利尔给他邮寄过来的。山本走过了蒙特利尔的每一条街道，拾起过从每一棵枫树上飘下的一片完整枫叶。那些红灿灿的枫叶发出一片金光，他抚摸每一片红得沸腾的枫叶，知道他此刻就在身边。

　　西边的窗子全部都有白色透明纱帐，进来的光使一切东西都带一层淡淡的白。包括此刻他走进来的影子。小麦田如愿地闭上眼，安宁地享受着这一刻无比的幸福与满足。

　　是山本帮助他放下，无论是钟灿是阿水，在未来的日子，他都可以把他们像收藏枫叶一样，装进心里一个大大的盒子里。时光荏苒，上面落满灰尘。这盒子永远都会带在身边，可他永远不会再打开了。

　　此刻，小麦田突然很想数数山本到底给他寄了多少枫叶。他拿起来一片片观赏，又轻轻放到一边整齐堆好。这盒子像个无底洞，总是摸不到底。当小麦田数到三千六百三十一片时，盒子的底部出现了一张模仿枫叶制成的塑料小卡片，如果不细看，根本分辨不出真实的枫叶和卡片。这张卡片存在了一年，里面的秘密也存在了一年。小麦田打开它，上面是几行用英语写的话：我爱你，我愿把一切岁月和自由都给你。我等你的答复。

　　可小麦田永远地错过了。山本不知道小麦田的E-mail，小麦田从山本走后，电话号码也换了无数个。山本只有把自己的E-mail留在卡片上。但一年过去了，这浪漫的枫叶只是干脆得一握就碎的枫叶，它们早已被岁月吞噬了隐藏在红灿灿光芒之下的一份爱情。

小麦田抱起巨大的枫叶，静静关上门。他留恋地望了这个家一眼，多么好，他的孤单由这个家开始，也由这个家结束。

又过半年，在杂志社最初是打下手的小麦田，终于接到了第一个大专题采访。他要去台湾。又过一个月，小麦田结束了第一个大专题的采访后，递交了他的第二个专题的想法，他想走遍云贵川，去探访远居在深山的手工艺人。这都是些年过八旬的老人。但杂志社没有通过他的专题。于是小麦田请了年假，靠自己的力量完成了所有采访。他到了云南大理。

小麦田在十五岁的时候来过大理，从此之后，他每一年都会来一次，有时是几次。小麦田住在古城的客栈里，安静的小院子，有一只狗。他突然想念家里的两只小狗：小帝和小紫。他把它们带到深圳。如今他又想把它们带到大理。这里有他期许了十年的平淡生活。

小麦田在大理租下了一个院子，然后毅然决然回深圳辞了职。

小麦田迎来了二十一岁的生日，过完今天，小麦田就二十二岁了。他的十年倏忽而过。他的十年故事也该在今天落幕。大理的夏天很凉爽，生日这天，他一个人在洱海边坐了很久，没有欢乐的人群为他祝贺，没有酒，只有洱海上空的月亮照亮着小麦田心里长久的孤寂。小麦田笑着流汩了。

那一晚，小麦田做了个梦。他看见十二岁的自己走进门来，为他端上一个生日蛋糕，他心里涌起瞬间的酸胀，因为他觉得这十年里，他没有像此刻一样如此疼惜过自己。他总是像颗结穗的麦子那样，总得有个谁把他身上的麦穗全部剥掉，他可以默默为他牺牲、死去、化进泥土。梦里的小麦田心事不轻地走了。留在梦里的小麦田一面去切那蛋糕，一面透过窗子去看十二岁的小麦田脆弱的背影。他走远一阵突然又掉转身。他呼呼地把一大块蛋糕囫囵塞进嘴里，一股清淡的奶油腥气。他原来这样可怜自己，小麦田完全没想到。

他看着走远的自己，笑起来，笑得像个长者。

这一刻，他才觉得自己真的长大了。

于是，他轻轻地在梦里，对窗外的十二岁的自己说：再见，小小麦田。再见。

麦洛洛

2014年6月24日

完稿于云南大理

2004 年，12 岁，初到北京。

2014 年，22 岁，定居大理，写完第四本书《小小麦田》。